# 《日瓦戈医生》叙事特色与语言艺术研究

汪磊 王加兴 著

**图书在版编目（CIP）数据**

《日瓦戈医生》叙事特色与语言艺术研究 / 汪磊，王加兴著．—北京：北京大学出版社，2019.6

（文学论丛）

ISBN 978-7-301-29868-8

Ⅰ.①日… Ⅱ.①汪… ②王… Ⅲ.①《日瓦戈医生》—小说研究 Ⅳ.①I512.072

中国版本图书馆CIP数据核字（2018）第206354号

| | |
|---|---|
| **书　　名** | 《日瓦戈医生》叙事特色与语言艺术研究<br>《RIWAGE YISHENG》XUSHI TESE YU YUYAN YISHU YANJIU |
| **著作责任者** | 汪　磊　王加兴　著 |
| **责 任 编 辑** | 朱房煦 |
| **标 准 书 号** | ISBN 978-7-301-29868-8 |
| **出 版 发 行** | 北京大学出版社 |
| **地　　址** | 北京市海淀区成府路205号　100871 |
| **网　　址** | http://www.pup.cn　　新浪微博：@北京大学出版社 |
| **电 子 信 箱** | zhufangxu@pup.cn |
| **电　　话** | 邮购部 010-62752015　发行部 010-62750672<br>编辑部 010-62754382 |
| **印 刷 者** | 三河市北燕印装有限公司 |
| **经 销 者** | 新华书店<br>650毫米×980毫米　16开本　14.5印张　230千字<br>2019年6月第1版　2019年6月第1次印刷 |
| **定　　价** | 48.00元 |

# 小　序

这部书稿的撰写缘于一次译事的邀约。大约八年前，译林出版社约我翻译诺贝尔文学奖得主帕斯捷尔纳克的代表作《日瓦戈医生》。我对名著重译一向持积极态度，之前应漓江出版社延请曾试译过《果戈理幽默作品选》（承蒙读者厚爱，此书曾多次加印）。《日瓦戈医生》已出版多个中译本，尤其是蓝英年等先生和白春仁等先生的两种译本在我国读者中享有很高的知名度和美誉度，而且白老师还是我的恩师——博士生导师。我之所以不揣固陋，斗胆应承了这件译事，只是想在吸取前辈译本长处的基础上，注入自己的理解和领悟，并尽可能地形成自己的特色。

为了提高对原文理解的准确性，并力求吃透其精髓要义，我决定借重博士生之力，对这一大部头长篇小说进行深度阅读。2010 年我招收了两名俄罗斯文学方向的博士研究生。据我们当时掌握的最新相关文献，文本的叙事特色和宗教性乃这部经典作品的两大热点问题，属于该研究领域的前沿课题。两名博士生遂分别以《〈日瓦戈医生〉叙事艺术研究》和《基督教视角下的〈日瓦戈医生〉文本研究》为题撰写学位论文。前者进展顺利，2014 年论文答辩前就已在《当代外国文学》（2013 年第 3 期）发表《俄罗斯关于〈日瓦戈医生〉叙事诗学研究概述》一文，其后又在《国外文学》（2015年第1期）和《西安外国语大学学报》（2015年第4期）及《外国文学》（2016年第3期）相继发表《试论〈日瓦戈医生〉的时空叙事艺术》《〈日瓦戈医生〉人物语言分析》《〈日瓦戈医生〉与勃洛克文本的对话》三篇文章；后者的进展一开始也还算顺利，但在完成开题报告《基督教视角下的〈日瓦戈医生〉文本研究》之后，这位天资聪颖、语文学功底扎实的博士生因负笈海外而中止了国内的学业，甚是可惜。

为了精确把握这部文学经典的语言特色和修辞风貌，我于2013年申请了教育部人文社会科学规划基金项目"《日瓦戈医生》语言艺术研究"。在完成该课题期间，我对作家遣词造句的精妙与讲究也有了进一步的认识和感悟。

这部《〈日瓦戈医生〉叙事特色与语言艺术研究》便是汪磊博士学位论文《〈日瓦戈医生〉叙事艺术研究》与我主持的教育部人文社会科学规划基金研究课题"《日瓦戈医生》语言艺术研究"相结合的产物。

尽管《〈日瓦戈医生〉叙事艺术研究》被评为了江苏省2016年优秀博士学位论文，尽管教育部人文社会科学规划基金研究课题"《日瓦戈医生》语言艺术研究"也已于2017年顺利通过结项，但由于种种原因，翻译《日瓦戈医生》的承诺却迟迟未能兑现，为此我深感愧疚，也特别感谢译林出版社对我的极度耐心和博大宽容。

还要感谢学校社科处所提供的"中央高校基本科研业务费专项资金资助"（Supported by the Fundamental Research Funds for the Central Universities），项目编号：14370404。

是为小序。

王加兴
于南大和园
2018年8月9日

# 目　录

# 导　论

鲍·列·帕斯捷尔纳克（Б. Л. Пастернак，1890—1960）是20世纪俄罗斯文学史上最重要的作家之一。作为诗人，他早在20世纪初就蜚声文坛，20世纪30年代被苏共“党内头号思想家”布哈林称为“我们当代诗歌界的巨匠”。作为小说家，他创作的长篇小说《日瓦戈医生》（1946—1955）将现代抒情诗和伟大的俄罗斯叙事文学传统完美结合，荣膺1958年诺贝尔文学奖。

然而，作家一生命运坎坷，小说在苏联尘封三十余年，直到1988年“回归”后才再次焕发生命力。1990年是帕斯捷尔纳克100周年诞辰，暨联合国教科文组织宣布的帕斯捷尔纳克年，俄罗斯克里米亚天体物理实验室还将其发现的一颗新星命名为“帕斯捷尔纳克星”。在崇尚经典的今天，帕氏小说吸引着世界各国的专家学者，成为文学研究的热点之一。

在我国，帕氏的小说历经官方话语、专家话语和大众话语的更迭，对知识分子而言更具特殊意义，它不但目睹了中苏两国历史发展中的一些相似性，而且见证了文人墨客内心的坎坷历程。1999年，《中华读书报》组织的面向全国读者的“我心目中的20世纪文学经典”问卷调查显示，《日瓦戈医生》在入选的5部俄罗斯文学作品中位列第一。

## 第一节　论题的提出

1957 年 10 月 15 日，《日瓦戈医生》在米兰用意大利文出版，此事犹如一枚重磅炸弹投入文学界，影响波及世界多国的政治、外交、文化以及社会舆论。就苏联而言，一位本土作家将国内不予发表的作品在国外出版，而且小说内容隐约包含对十月革命的否定，帕斯捷尔纳克自然成为口诛笔伐的对象。而在欧美国家，小说获得广泛赞誉，1958 年 10 月 23 日瑞典科学院将当年诺贝尔文学奖授予帕斯捷尔纳克，以表彰他在“现代抒情诗及俄国小说伟大的叙事学传统方面做出的卓越贡献”，此举加剧了苏联境内对小说作者讨伐的力度。

就在作家获奖的当天，苏共中央主席团即做出《关于帕斯捷尔纳克诽谤性小说的决定》，把《日瓦戈医生》定性为“一部诽谤性的描述十月社会主义革命、实现这场革命的苏联人民和苏联社会主义建设的作品”[①]。1958 年 10 月 25 日，《文学报》用两栏的篇幅发表了讨伐帕斯捷尔纳克的“檄文”：“他得到的犒赏是因为他同意挂在反苏宣传的生锈钓钩上的诱饵的作用……不光彩的下场在等待着受过洗的犹大、日瓦戈医生和它的应受到人民蔑视的作者……”[②]次日，《文学报》刊载《新世界》杂志五位编委 1956 年 9 月给作家的退稿信，信中指出，帕氏的小说对俄国知识分子和人民投身的革

① 沈志华：《苏联历史档案选编》第 28 卷，北京：社会科学文献出版社，2002 年，第 332 页。

② 见：李必莹：《“帕斯捷尔纳克案件”始末》，《苏联东欧问题》，1989 年第 3 期，第 87 页。原文载：《Литературная газета》, 25 октября, 1958。

命问题做出了否定的回答，因此《新世界》不可能刊登。另一篇社论《国际反动派的挑衅》称此次诺贝尔授奖是“西方极端反动势力最近展开的反共进军”[①]，认为小说否认十月革命和马克思主义，是一部拙劣的毫无用处的下等作品。同一天，《真理报》刊登政论家萨拉夫斯基的文章《围绕着一株莠草的反革命叫嚣》，指责小说作者是“对社会主义革命、对苏联人民和苏联知识分子的恶毒的诽谤”[②]。10 月 28 日，《文学报》全文刊登了苏联作协理事会主席团关于开除鲍·列·帕斯捷尔纳克作协会籍的决议，认为“（小说）暴露了作者在思想贫乏中的自我欣赏，只是一个由于历史没有按照他所往下规定的弯路前进而又气又惊的庸人在失魂落魄之余发出的哀嚎而已。小说的主题思想是虚伪的，一文不值的，是从颓废派的垃圾堆里捡出来的”，决定“取消鲍·列·帕斯捷尔纳克苏联作家的称号，开除其苏联作家协会的会籍”。[③]

虽然勃列日涅夫执政时期苏联准备出版此书，然而迫于反对者的压力，最终未能公开发行。20 世纪 60—70 年代，苏联当局对小说的态度有所缓和，这在两位“重量级”人物身上有所体现。苏共领导人赫鲁晓夫最先忏悔了自己当年对帕斯捷尔纳克获奖的粗鲁态度，在回忆录中这样写道：

> 直到今天，我还没有读过他的书，所以也不能作出评价……主要的问题是，应该让读者有机会作出他们自己的

① 见：《国际反动派的挑衅》，衷维昭译，《译文》，1958 年第 12 期，第 61 页。原文载：《Литературная газета》, 26 октября, 1958。

② 见：《围绕着一株莠草的反革命叫嚣》，李琮译，《译文》，1958 年第 12 期，第 84 页。原文载：《Правда》, 26 октября, 1958。

③ 见：《关于开除鲍里斯·帕斯捷尔纳克会籍的决定》，《译文》，1958 年第 12 期，第 58—59 页。原文载：《Литературная газета》, 28 октября, 1958。

> 评价，而不应该采取行政措施和警察手段。不应该对我们从事创作的知识分子作出判决，好像他们在受审判似的……关于《日瓦戈医生》这本书，有人也许会说，我对这本书未能出版表示后悔已经为时太晚了。不错，可能太晚了，但晚一些总比不表示好。①

另一位参与迫害帕斯捷尔纳克的《新世界》杂志前主编康·米·西蒙诺夫 1977 年在写给德国作家安德施（A. H. Andersch）的信中也承认，20 世纪 50 年代对待帕斯捷尔纳克的一些做法可能是不公正的，对自己当年没有冷静对待作家获奖一事表示了愧疚。②

直到 1986 年，我国才开始正式译介这部小说。这年 12 月份漓江出版社推出了力冈与冀刚先生合译的《日瓦戈医生》，比苏联出版该书早一年的时间。

20 世纪 80 年代后期，我国开始展开对这部小说真正意义上的研究。在为力冈、冀刚译本所作的序言《反思历史，呼唤人性》中，薛君智写道："我们该如何看待这部闻名世界的作品呢？我想，首先应当摈弃过去围绕小说所进行的非文学色彩的冷战思维的影响，而对小说本身及其创作背景进行认真严肃实事求是的分析。"③ 摆脱冷战思维的禁锢，实事求是地分析文本，为小说研究指明了前进方向。由此发轫，国内介绍作家生平、研究小说内容的文章雨后春笋般涌

---

① 尼·谢·赫鲁晓夫:《赫鲁晓夫回忆录（选译本）》，述弢译，北京：社会科学文献出版社，2005 年，第 356 页。

② 见：*Симонов К. С.* Сегодня и Давно. М.: Советский писатель, 1980. С. 246。

③ 薛君智：《反思历史，呼唤人性》，《日瓦戈医生》序言，帕斯特尔纳克：《日瓦戈医生》，力冈、冀刚译，桂林：漓江出版社，1986 年，第 3 页。

现，“帕斯捷尔纳克热”在我国逐渐形成。1987年，《当代苏联文学》第2期刊载俞中青的《诚实的历史反思：读〈日瓦戈医生〉梗概》，随后《外国文学研究》第4期、《读书》第4期分别发表薛君智的长篇评论《帕斯捷尔纳克的生活与创作道路——兼论〈日瓦戈医生〉》和赵一凡的《埃德蒙·威尔逊的俄国之恋：评〈日瓦戈医生〉及其美国批评家（哈佛读书札记）》。此外，《文汇报》10月24日还刊载了薛君智撰写的《苏联作家帕斯捷尔纳克与他的〈日瓦戈医生〉》。与以往观点不同的是，这些评论努力摘除“有色棱镜”，开始正面评价小说内容。

迄今为止，中国的帕氏小说研究已走过近三十个春秋，发表的学术论文达百余篇，主要研究者包括薛君智、高莽、白春仁、蓝英年、汪介之、董晓、何云波等。陈建华主编的《中国俄苏文学研究史论》第三卷第三十九章综述了这些论文的研究成果，主要包括三个方面：

1. 人物形象研究

对日瓦戈医生的理解在我国经历了“小人物”说、“多余人”说、“知识分子”说与“基督形象”说、“使徒”说和“圣愚”说。早期，研究者通常将日瓦戈断定为消极的人物形象。20世纪90年代中后期，部分学者套用俄国传统文学分析方法，将他归为“小人物”和“多余人”，例如古渐的《日瓦戈：苏联文学中的“多余人”——兼论俄国文学中“多余人”形象比较》。21世纪以来，有研究者结合作家身世，从自传性角度分析日瓦戈形象，将其看作知识分子的典型，如易漱泉的《一代知识分子的命运：评〈日瓦戈医生〉》、何云波和刘亚丁的《精神的流浪者——关于俄罗斯知识分子的对话》。还有研究者认为日瓦戈是俄国历史中“圣愚”在文学作品中的体现，如黄伟的《使徒和圣愚：日瓦戈形象原型的跨文化阐释》。

2. 小说主题研究

研究者们不仅阐释了小说历史反思的意义，而且关注作品中知识分子命运的问题、哲学思想、人道主义、人性以及生存的意义，例如李华的《历史与人性的冲突——读〈日瓦戈医生〉》、宋卫琴的《呼唤人性尊严——俄罗斯知识分子的悲剧命运，日瓦戈形象分析》、程洁的《生·死·生存——〈日瓦戈医生〉解读》、刘佳林和严长春的《慌乱的敲门声——论〈日瓦戈医生〉中的生活思想》等。

3. 艺术特色研究

鲁有周的《〈日瓦戈医生〉的艺术魅力浅探》较为全面地分析了小说的史诗般的规模、丰富的人物形象塑造、“现代派”写作色彩（主人公潜意识、梦境和幻境、内心独白）等内在的文学价值。董晓在《〈日瓦戈医生〉的艺术世界》中对小说的诗化特质做了探讨，认为作家在作品中通过中心人物的心灵世界将自己沉重的历史反思转化为一种诗意的境界，小说以其诗的韵味独特地审视了俄国革命的历史，也是一部真正的爱情诗歌。

从研究方法上看，在笔者搜集的20世纪80年代后期以来我国《日瓦戈医生》研究的120多篇学术论文中，运用社会批评、文化批评方法的共计90篇，其中9篇兼用了作家作品对比研究方法，运用历史批评介绍作家生平和小说创作历程的有14篇，另有6篇介绍小说接受史、研究史及其他，运用美学分析手法的共12篇。在所有文章中，采用文本细读方式解读作品的不足10篇，不到论文总数的 10%。

近些年来，以此为研究对象的学位论文数量也逐渐增多，如孙文君的《〈日瓦戈医生〉中的生命意识》、姜丽娜的《〈日瓦戈医生〉的象征性研究》、郭蓓的《诗意盎然的叙事性作品——论〈日瓦戈医生〉的美学特质》等硕士学位论文，再如苗澍的《巴赫金的对话理论与〈日瓦戈医生〉》、黄伟的《〈日瓦戈医生〉在中国》等博士学位论文。

此外，国内还出版过几本专著，如张晓东的《生命是一次偶然的旅行：日瓦戈医生的偶然性与诗学问题》、冯玉芝的《帕斯捷尔纳克创作研究》。

应该说，我国学术界的相关研究在很大程度上冲破了政治话语的羁绊，但就研究内容和方法而言——尤其是小说的文本分析，亟待进一步拓展。

张建华教授考察新中国六十年帕斯捷尔纳克小说研究的状况后指出，自中译本诞生以来，我国帕氏小说的研究经历了两个阶段：20 世纪 80 年代中期至 90 年代中期属于“以社会历史批评为主体的研究”时期，20 世纪 90 年代中期以来是“走向文化批评和审美批评的学术转型”[①] 时期。他是从研究方法上对中国帕氏小说研究的时代特点进行评价的，其结论是正确的。这一高屋建瓴的观瞻，既肯定了我国学术上取得的成就，又深刻地认识到其中存在的不足，对未来发展具有重要指导意义。

① 见：张建华：《新中国六十年帕斯捷尔纳克小说研究之考察与分析》，《外国文学》，2011 年第 6 期，第 40—47 页。

当前《日瓦戈医生》的研究正处在"学术转型"的关键时期。虽然我国研究者取得了一定成绩，但出现的问题亦值得深思。一方面，许多研究者仍停留在意识形态评价与"读后感式评说"的水平；另一方面，多数研究缺乏学理的支撑，分析不够深入，鲜有新颖的见解。诚如张建华教授指出的：

> 研究对象（指《日瓦戈医生》——本书作者注）被人们谈得最多的还是其思想、伦理、文化意义，而作为一个作家的艺术品质，却不太得到评论界的高度关注，对以作品为中心的审美细读批评有所忽略，对作品仔细研读、敏锐发掘有所缺失。[①]

坦白而言，我国传统的研究很少细致入微地分析小说的文本结构、形式和语言，对作品的评论大多建立在个人感悟和"经验主义"文论上，其成果常常具有主观色彩。因此我们认为，必须以科学的文学理论为指导，对《日瓦戈医生》做精细的文本分析。

基于近年来我国帕氏小说研究的境况和存在的问题，我们提出"《日瓦戈医生》叙事特色与语言艺术研究"这一论题，拟用西方叙事学理论（含俄罗斯学者的理论）结合文本细读的方式分析帕氏小说的美学特征，探索经典的价值。

叙事学（нарратология）是一门关于叙事文本的学科，主要研

---

① 见：张建华：《新中国六十年帕斯捷尔纳克小说研究之考察与分析》，《外国文学》，2011年第6期，第46页。

究叙事①的本质、形式、功能以及所有叙事类型之间的共同特征。该术语最早由保加利亚裔法国文学理论家托多罗夫（T. Todorov）提出，他在1969年发表的《〈十日谈〉语法》中写道："……这部著作属于一门尚未存在的科学，我们暂且将这门科学取名为叙事学，

① 关于术语"叙事"与"叙述"的用法，我国学界曾有过一场影响范围较广的学术讨论，详见：赵毅衡：《"叙事"还是"叙述"？——一个不能再"权宜"下去的术语混乱》，《外国文学评论》，2009年第2期；申丹：《也谈"叙事"还是"叙述"》，《外国文学评论》，2009年第3期；伏飞雄：《汉语学界"叙述"与"叙事"术语选择的学理探讨》，《当代文坛》，2012年第6期等文章。目前国内较为一致的观点是，叙事强调所述的事件，叙述强调讲述的行为，前者重在事件本身，后者重在记述的方法、技巧等方面。在俄罗斯当代语文学中，叙述（повествование）是言语类型的一种，它与描写、议论一起构成"言语的功能意义类型"。与后两者不同的是，叙述主要用于传达事件的进程和连贯性，属于狭义上的叙事（нарратив），而"在广义上，叙事是言语主体（叙述者、讲述人）话语的总称"。俄罗斯文论家塔马尔钦科（Н. Д. Тамарченко）认为，叙事是"结构言语形式"的一种，与其他话语形式一起构成统一的艺术体系。"结构言语形式"这一术语将维诺格拉多夫的"结构言语范畴"和巴赫金的"言语形式""言语表达形式""话语的典型形式""言语体裁"等概念融于一身，它指的是作家以"第二性的"描述主体（叙述者、讲述人、主人公）或第三人称所写成的文学作品片段，具有典型的结构，并涵盖话语主体和作者思想两个方面的功能。前一个功能是话语的具体倾向，后一个功能指的是它的结构，向读者展示说话人的立场。所有的"结构言语形式"都来自某种言语体裁，表达的正是作者对世界的看法。"因此，叙事是叙事作品文本片段的总和，这些片段被创作者划归为描绘和言语的'第二性的'主体（叙述者、讲述人），它们承担着（联系读者与艺术世界的）'中介'功能，即：其一，是发给读者的各种信息（指狭义上的叙事——本书作者注）；其二，专门为了连接彼此，并在统一体系中确定人物和叙述人所含具体指向的一切话语关系。"因此，我们认为，叙事（叙述故事）既是一种"言语形式"（巴赫金语），又与文本的建构、话语交流息息相关，涵盖作品的体裁、语言、结构等范畴。叙事研究不仅包括言语体裁和形式，而且包括叙事话语和作者思想，即叙事艺术不能囿于文本形式方面的探索，不仅应关注叙事作品的技法层面，而且还应该重视作品语言的分析和思想的探索。在本书中，我们使用"叙事""叙述"两词基于两方面考虑：1. "叙事"用于宏观、虚指的范畴，"叙述"侧重具体的记述行为、技巧，当指学术理论研究、话语模式、故事层次结构及艺术性时我们用叙事学、叙事艺术、叙事理论、叙事模式等术语，而具体到表达层面讲述的方式、方法、技巧时则用叙述语调、叙述行为等语汇；2. 固定词语表达约定俗称的含义，例如叙述人、叙述主体、叙述者表达叙说或者记载故事的人；使用叙事文学、叙事作品、叙事诗来指代作品的体裁，表达小说、诗歌等文学作品的内容指向性。

即关于叙事作品的科学。”① 其实叙事学的理论框架在此之前已初步成型。

现代叙事学理论起源于20世纪二三十年代普罗普（В. Я. Пропп）对俄罗斯童话故事的研究和什克洛夫斯基（В. Б. Шкловский）、艾亨鲍姆（Б. М. Эйхенбаум）等人的俄国形式主义文论，形成于60年代中期的法国。众多欧美文艺理论家，如列维－斯特劳斯（C. Levi-Strauss）、托多罗夫、罗兰·巴特（Roland Barthes）、格雷马斯（A. J. Greimas）、布雷蒙（C. Bremond）、热拉尔·热奈特（G. Genette）、W. C. 布斯（W. C. Booth）等，将文学叙事学理论用于作品文本分析，取得了巨大成就。例如法国叙事学家热奈特以普鲁斯特（M. Proust）的《追忆似水年华》为研究对象，从时间、语式、语态等语法范畴分析小说，探索文学叙事的普遍规律，写成《叙事话语》一书，成为叙事学经典佳作。美国文学批评家W. C. 布斯接受法国结构叙事学后，结合修辞学研究小说中作者控制读者的手段，论述了作者叙述技巧、读者阅读效果等问题，他提出的“隐含的作者”“可靠的叙述者”“不可靠的叙述者”至今都是叙事学理论的代表性术语。

西方叙事学理论以20世纪90年代为界，分为经典叙事学和后经典叙事学。

经典叙事学“研究所有形式叙事中的共同叙事特征和个体差异特征，旨在描述控制叙事（及叙事过程）中与叙事相关的规则系统”②。

---

① T. Todorov, *Grammaire du Décameron.* Mouton: The Hague, 1969, p. 132.

② Gerald Prince, *A Dictionary of Narratology.* Nebraska: University of Nebraska Press, 1987, p. 65.

其研究范围包括作品结构、叙事话语、叙事语法等，涉及叙事框架、叙述交流、叙述声音、叙述聚焦、叙述时间以及人物模式和描绘[①]等众多方面。例如叙事框架指作者采用的叙述方式，主要表现在故事层次和事件序列上。叙述交流指作者如何通过文本叙事将自己的思想、情感、观点传达给读者。叙述声音、叙述聚焦可以归结为“谁说”与“谁看”，即作品中叙述者的类型和视角问题。叙述时间包括文本时间和故事时间，前者指叙述者讲述一个故事所用的篇幅，后者则是事件本身发生过程里的时间，叙述者在作品中通过省略、停顿、概述、场景、延缓等手段处理文本时间，达到不同的叙事效果。显而易见，经典叙事学理论对文学作品的研究立足于文本本身，通过周密的逻辑分析和客观的理性思考获得结论。与我国传统文论相比，这一文学评论方式具有逻辑性、思辨性和科学性的特点。

后经典叙事学拓宽了经典叙事学的研究视野，更注重文本以外的语境研究。这一概念最早由戴卫·赫尔曼（David Herman）于1997 年提出，他在主编的《作为复数的叙事学：叙事分析新视野》（又译《新叙事学》，1999）一书中表达了这样的观点，20 世纪 90 年代以来叙事学跳出文本形式研究的窠臼，借鉴了女性主义、巴赫金对话理论、解构主义、语篇分析以及（心理）语言学等方法论和视角，焕发出勃勃生机，它“不仅与文学理论和叙事理论的研究相关，而且与普遍的批评实践相关”，“已经演变为一个更具包容性和

① 人物模式类似于普罗普提出的 31 个“功能项”，指作品中充当行动元的人物，如主体与客体、帮助者与反对者、发送者与接受者等。人物描绘指作者运用直接或间接的艺术手法对人物的行动、语言、外貌及周围环境的刻画与描写等。

开放性的工程”。“一门‘叙事学’（narratology）实际上已经裂变为多家‘叙事学’（naratologies），结构主义对故事进行的理论化工作已经演化出众多的叙事分析模式。”[①] 换句话说，叙事学已不再专指结构主义的一种文学理论，而是上升到广义层面，成为叙事研究的代名词，指采用一定的视角或原则分析叙事作品的研究方法。在后经典叙事学中，语法学、诗学、修辞学、心理学、历史学等学科的研究成果都可以成为叙事分析的基础和方法来源。例如意识形态对文本的影响，这原是政治批评的内容之一，而在后经典叙事学中，作品的意识形态不是政治话语，而是指反映在文本里的作家的艺术观和世界观。读者阅读作品的过程中可以或隐或显地感受到作品的意识形态，如叙述者干预可能指明作者的创作意图，也可能揭示了作品的内在结构。从研究方法上看，后经典叙事学呈现出多元发展趋势，产生了以詹姆斯·费伦（James Phelan）为代表的修辞叙事学、以苏珊·兰瑟（Susan Lanser）为代表的女性主义叙事学、以马克·柯里（Mark Currie）为代表的后现代叙事学、以赫尔曼为代表的认知叙事学[②]，以及部分学者主张与后结构主义、历史主义相结合，与精神分析、读者批评联姻等等。

美国文艺理论家华莱士·马丁（Wallace Martin）在《当代叙事学》一书中对20世纪叙事理论作了简单的勾勒，见下页图[③]：

---

① 戴卫·赫尔曼主编：《新叙事学》，马海良译，北京：北京大学出版社，2002年，第1—3页。

② 此外，有研究者认为，后经典叙事学的另一发展趋势是，它超越了文本研究的范畴，将研究对象扩展到谈话、电影、美术等其他非文本艺术形式。从媒介上看，后经典叙事学还包括电影叙事学、音乐叙事学、绘画叙事学、社会叙事学等。

③ 华莱士·马丁：《当代叙事学》，伍晓明译，北京：北京大学出版社，1990年，第19页。

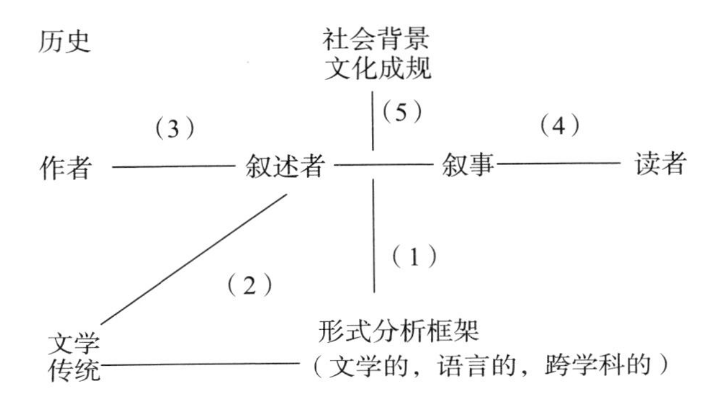


作者指出，轴（1）为早期法国结构主义者的形式分析，三角形（2）是俄国形式主义者为叙事学研究做出的贡献，轴（3）为视点批评，轴（4）是读者反应批评，轴（5）为社会学学者和马克思主义批评家评论方向。

华莱士·马丁的著作完成于20世纪80年代中期，作者以其对叙事理论历史发展的宏观把握敏锐地嗅出后经典叙事学的端倪。从图中可以看出，作者—叙述者—叙事—读者轴以下属于经典叙事学内容，也是整个叙事学理论的基石；其上则是后经典叙事学的发展趋势，与历史、社会、文化等学科相融合。

自20世纪80年代后期叙事学理论传入我国以来，90年代学界出现叙事学热，我国学者开始发出自己的声音，徐岱的《小说叙事学》、罗钢的《叙事学导论》、申丹的《叙述学与小说文体学研究》等著作借鉴国外相关理论，揭开了我国叙事学研究的序幕。研究者或以西方叙事学理论诠释我国文学作品，如张世君的《〈红楼梦〉的空间叙事》、郑铁生的《三国演义叙事艺术》、谭君强的《叙述的力量：鲁迅小说叙事研究》；或打破中西文化的差异，参照西方理论建设我国文学自己独特的叙事学体系，如杨义的《中国叙事学》、陈平原的《中国小说叙事模式的转变》、赵毅衡的《苦恼的叙述者》等。这些著作不但印证了叙事学理论，而且拓展了其思维空间，取得了较高的成就。

总而言之，历经近一个世纪的发展实践证明，文学叙事学已经建构出一套应用于叙事作品分析的理论体系，并且以理论与实践相结合的方式不断向纵深发展，是一套行之有效的科学理论，在当代众多文学批评理论中占据重要地位。

## 第二节　相关研究成果综述

首先需要指出，叙事学理论与传统的文论及文学批评无论在研究方法还是在研究目的上都有着明显的差异。传统的文论及文学批评大多将叙事作品看作历史的“模仿”或“反讽”，小说是社会生活的如实再现，评论家研究作品的目的在于揭示文本的社会价值和教育功能，阐释其背后的伦理和道德意义。这种借助于人生经验和主观印象的批评方式忽略了作品本身的美学意义和艺术价值。经典叙事学理论则有力地弥补了这方面的不足，它立足于文本本身，通过对作品内部结构、叙述方式、叙事话语等多层次的深入分析，有理有据地展现作品的艺术魅力。其次，我们认为，完全否定传统的文论及文学批评同样有失偏颇。传统文论对人物情节、创作背景、主题思想等方面的研究对于揭示作家的创作意图具有重要意义，从某种程度上说，正是蕴藏文本之中的思想内涵才使小说成为传阅经典，获得广泛的赞誉。因而我们分析文本时不能过于注重辞令技巧而忽视创作主体所要表达的思想内涵。经典叙事学理论有其自身的局限性，它将文本视为唯一的研究对象，仅采用共时研究手法分析作品的内部特征，忽视创作主体的作用，摈弃了对作家创作主旨的挖掘。这一缺陷也是致使后经典叙事学理论产生的重要原因之一。然而后经典叙事学理论经过二十年的发展，目前尚未形成一套成熟的理论体系。由于叙事学家们研究内容的不同以及分析手法的差异导致了众多分支的产生，这也给研究者对理论依据的选择带来一定困难。最后，叙事学的发展历史中，俄国文艺理论家沃洛希诺夫（В. Н. Волошинов）、巴赫金（М. М. Бахтин）、维诺格拉多夫（В. В. Виноградов）、洛特曼（Ю. М. Лотман）、伽斯帕罗夫（М. Л. Гаспаров）和乌斯宾斯基（Б. А. Успенский）等也都做出过巨大贡献。综观西方和俄国的叙事研究，我们发现两者存在着诸多差异。研究手法上，欧美学者（尤其是结构主义叙事学家）侧重叙述技巧的形式分析，俄国叙事研究不仅关注技法和手段，而且还深入挖掘作家的创作思想，所谓“形式与内容并重”。对待文本语言的态度上，欧美研究者多将文学语言看作一种叙述方式，而俄国学者则将语言上升到审美高度，运用美学观点看待语言，精于作品的修辞分析。此外，西方经典叙事学将叙事作品视为独立自足的体系，以文本自身为中心，隔断了作品与社会、历史和文化语境的关联，而俄国的文学叙事研究始终以“人本主义”为出发点，结合创作主体和文化语境等多角度对文本进行阐释。之所以产生这种差异，不只是因为俄国的思维方式不同于西方，根本原因还在于俄罗斯有着自己独特的哲学思想体系、文学批评传统，以及文学理论研究中的语文学传统。“文学是最富于人文主义特征的艺术”（高尔基语），无论是 19 世纪经典文学中的“小人物”“多余人”，抑或是 20 世纪苏联文学与“改造和教育劳动人民的任务结合起来”，人道主义精神和人文主义关怀向来在俄罗斯文学、文化批评中闪耀着璀璨的光芒。不仅如此，别林斯基强调，“不涉及美学的历史批评，以及反之，不涉及历史的美学批评，都是片面的，因而也是错误的”①，将文学作品的思想性与艺术性、历史分析与美学阐释统一起来，这是俄罗斯文学批评不懈追求的目标。另一方面，将语言学原理自觉运用于文学作品的文本分析，这是俄罗斯文学研究的另一个显著特色。俄罗斯语言学理论研究源远流长、自成体系。喀山语言学派、莫斯科语言小组、布拉格学派（亦称功能语言学派），乃至彼得堡诗歌语言研究会、俄国形式主义流派等都对艺术文本的语言分析提供了丰富的资源。众所周知，雅可布森（Р. О. Якобсон）、巴赫金和维诺格拉多夫等俄国学者特别注重探索文学语言的美学功能和修辞作用。

因此在俄罗斯文艺理论界，研究者通常从语言层（语言材料及其表现手段）、形式层（文本体裁与创作风格、作品结构与叙述方式）和信息层（文本间性、创作思想）三个方面来分析文学作品的叙事艺术。

## （一）该论题在俄罗斯的研究状况

在《日瓦戈医生》的叙事诗学研究方面，取得较大成果的研究者主要有利哈乔夫（Д. С. Лихачёв）、若尔科夫斯基（А. К. Жолковский）、斯米尔诺夫（И. П. Смирнов）、法捷耶娃（Н. А. Фатеева）、科热夫尼科娃（О. Г. Кожевникова）、苏哈诺娃（И. А. Суханова）、布洛夫（С. Г. Буров）、弗拉索夫（А. С. Власов）等

① *Белинский В. Г.* Полное собрание сочинений в 13-ти томах. Т. 6. М.: Издательство АН СССР, 1955. С. 284.

人，他们所分析的内容大致包括五个方面：

1. 文体风格

关于《日瓦戈医生》的体裁，帕氏本人在与友人的书信中所使用过的称谓不下十几种，如“散文叙事”（повествование в прозе）、“我的史诗”（моя эпопея）、“抒情性叙事作品”（лирический эпос）、“散文”（проза）、“长篇小说”（роман）、“散文体长篇小说”（роман в прозе）等。在俄国，散文主要相对于诗歌（поэзия）而言，散文与诗歌是文学语言的两种组织形式。在古代，诗歌被奉为语言艺术的正宗；散文则处于边缘地位，甚至还用来指称所有非艺术语言的作品，包括编年史、政论文、哲学对话以及滑稽剧、讽刺小品等“低俗”体裁的作品，这一状况一直持续到 18 世纪末。19 世纪初散文才开始受到关注，后来逐渐被挖掘出优于诗歌的特质，如巴赫金指出，散文可以汇聚各种不同的“声音”（即所谓“复调”），可以具有内在的对话性，而诗歌由于融作者语言与抒情主人公语言于一体，本质上则属于单声部作品。

帕氏曾直言不喜欢自己 20 世纪 40 年代之前的创作风格，言下之意是指诗歌。他说自己一直希望从事散文的创作，“语言方面我最喜欢散文，而写得最多的则是诗歌。诗歌之于散文，正如画稿对于图画一样。诗歌对我来说是一部巨大的文学稿本”①。20 世纪 30 年代，在给高尔基的信中他写道：“所有这些年，我早就梦想写这样的散文……能讲完我所有的故事和命运。”② 在俄罗斯文学中，长篇小

① *Павловец М. Г., Павловец Т. В.* Б. Л. Пастернак. «Доктор Живаго», М.: Дрофа, 2007. С. 53.

② *Соколов Б.* Кто вы, доктор Живаго? М.: Яуза-Эксмо, 2006. С. 122.

说作为一种文学体裁，指的是在特定的艺术时空中聚焦个体命运发展历程的叙事作品。别林斯基认为，长篇小说作为一部个人生活的叙事作品，“是对情感、个体事件和人的内心生活的描绘”①。巴赫金亦指出，“长篇小说一个基本的内在主题，恰恰就是：主人公其人同他的命运和境况不相吻合。一个人要么强过他实际的命运，要么没能完全体现出人的精神”②。换句话说，叙述个体的命运是俄国长篇小说最基本的特征。因此，帕氏所言“散文体长篇小说”是就语言形式和作品内容两方面而言的，如同普希金的“诗体长篇小说”一样，作家希冀将优美的散文语言与个体命运的宏大叙事精妙地结合起来。

“文学体裁——这是在文学类别框架内所划分出来的作品类群。诸体裁中的每一种都具有特定的、由稳定的特性所合成的特征结。”③ 换言之，作品中特有的、稳定性的、占主导地位的特征决定了它的文体风貌。巴赫金将体裁之形式与体裁之内容区分开来，“每一种体裁……都是对现实加以理解性把握的手段和方式的复杂系统”④。因此，理解帕氏的创作思想，文体风格是关键。科热夫尼科娃明确指出：“确定作品的体裁——向来就是想要找到解读作品的钥匙。”⑤ 在她看来，该作品是一部“历史小说”。通过俄国革命前的

---

① *Белинский В. Г.* Полное собрание сочинений в 13-ти томах. Т. 7. М.: Издательство АН СССР, 1955. С. 133.

② *Бахтин М. М.* Вопросы литературы и эстетики. М.: Художественная литература, 1975. С. 479.

③ 瓦·叶·哈利泽夫：《文学学导论》，周启超等译，北京：北京大学出版社，2006年，第391页。

④ 同上书，第394页。

⑤ *Кожевникова О. Г.* К определению жанра романа Бориса Пастернака 《Доктор Живаго》 //Пастернаковские чтения. Выпуск 2. М.: Наследие, 1998. С. 215.

历史事实与小说情节内容的对比，她发现，书刊检查制度的趋紧、日俄战争后的股市动荡、革命前的铁路工人罢工、沙皇在第一次世界大战前线对部队的视察，甚至戈尔东前往战场所乘列车都与真实的历史相一致，事件发生的时间也完全吻合，于是进而认为，作家的小说是在“感受时代”，向读者再现历史。“结构主义诗学”鼻祖雅可布森研究帕氏早期的散文时曾指出，帕氏作品具有“诗人的散文”①（проза поэта）的特质，“帕斯捷尔纳克的散文是伟大诗歌时代诗人的散文，它的所有特征都源自于此”②。法捷耶娃在此基础上进一步提出了帕氏创作中的文学双语现象，通过考察诗歌与散文这两种语言的交替，她指出小说在创作风格上兼具诗歌与散文的双重特征。她对作品语言的语音组织（如拟声、韵律、元辅音重复）、修辞手法（如隐喻、象征）等方面深入分析后得出结论：“帕斯捷尔纳克的小说语言毫不逊色于诗歌语言，因为散文和诗歌在创造形象性上有着同一个来源，这就是在语言艺术家的笔下用来表现所有细腻思想的话语。”③ 利哈乔夫院士在《关于鲍·列·帕斯捷尔纳克长篇小说〈日瓦戈医生〉的思考》一文中表达了这样一种观点，即不能将帕斯捷尔纳克的这部作品简单地归结为普通意义上的某种文学体裁，它是帕斯捷尔纳克的“精神自传”“抒情自白”，有着“史诗小说”和“小说—抒情诗”的典型特征④。

---

① *Якобсон Р. О.* Работы по поэтике. Сост. и общ. ред. М. Л. Гаспарова. М.: Прогресс, 1987. С. 324.

② Там же, С. 325.

③ *Фатеева Н. А.* Синтез целого. На пути к новой поэтике. М.: НЛО, 2010. С. 215.

④ *Лихачёв Д. С.* Размышления над романом Б. Л. Пастернака. //Под редакцией *Л. В. Бахнова, Л. Б. Воронина* С разных точек зрения Доктор Живаго Бориса Пастернака. М.: Советский писатель, 1990. С. 179—181.

在1988年6月15日《文学报》举办的“《日瓦戈医生》：昨天与今天”的圆桌会议上，与会专家们对小说体裁的界定真可谓众说纷纭：“社会小说”“诗人小说”“政治小说”“歌剧小说”“哲学小说”“寓言小说”等不一而足，但这些都未能准确地概括出帕氏小说的文体特征，直到今天，这部小说的体裁都是学界尚未解决的问题之一。目前俄国研究者比较一致的观点为：“（该小说）是一种主要以抒情手段建构叙事文学的尝试。”[①] 奥尔利茨基（Ю. Б. Орлицкий）和阿尼索娃（А. Н. Анисова）两位研究者还为小说冠上了新的名称“прозиметрум”（诗文合璧体），即诗歌与散文的集大成者[②]。

2. 作品建构

“评论家拉扎连科认为，《日瓦戈医生》有一个锥形结构。所有的线索都为塑造一个小说中心人物形象——日瓦戈医生服务，这是锥体的最顶端。”[③] 拉扎连科的锥形结构是就人物和情节安排而言的，与传统观点不同的是，他不但肯定了小说拥有多层次的叙述结构，而且还论证了帕氏眼中知识分子的中心地位，这对重新评价小说的艺术手法和人物体系都具积极意义。

苏哈诺娃尝试从音乐方面理解帕氏的建构手法，在《〈日瓦戈医生〉的文本结构》一书中她写道：“小说是一部类似于马勒风格的宏大交响乐——数个主题齐头并进。小说的建构逻辑正具有音乐的

---

① *Воздвиженский В. Г.* Проза духовного опыта // Вопросы литературы, 1988. №9. С. 88.

② *Зотова Е. И.* Как читать 《Доктора Живаго》? М.: Всероссийское общество инвалидов, 1998. С. 15.

③ 转引自：冯玉芝：《帕斯捷尔纳克创作研究》，北京：人民文学出版社，2007年，第124页。

特征，因此也就不必期待情节与现实生活完全相同。"① 这位语言学家从词汇—语义和情节主题层面对小说结构进行了剖析。作者使用文本语义场理论，通过对"暴风雪""大地""蜡烛"等形象和主题的分析，发现小说中存在着不断重复与变奏的主题群，这些主题群或从文本内部自发生成，或由外部文本引入而来，作品建构因而呈现两大特点——音乐性与绘画性，前者让小说的主题如音乐般不断地进行变奏，后者则说明小说具有俄罗斯绘画与宗教圣像画方面的艺术特性。苏哈诺娃继承了音乐专家、语言学家伽斯帕罗夫的研究手法，早在 20 世纪 80 年代后者就认为"在寻找帕斯捷尔纳克的音乐主题过程中所要注意的不是素材，而是其作品的内部结构"②，作品结构的交织与叠加，小说情节上的"偶合"（совпадение），"事实上比复调音乐结构的多条线索与和弦的相符还要令人惊讶"③。

弗拉索夫的专著《日瓦戈医生的诗歌》则重点探讨小说第十七章"尤里·日瓦戈诗作"与散文叙事情节在作品结构上的联系。作者认为，小说兼有客观史诗叙事和主观抒情叙事这两种叙事类型，包含了艺术话语的两种形式——散文与诗歌。"尤里·日瓦戈诗作"对于整部小说无论在结构上还是在意象塑造上都起着重要作用。"尤里·日瓦戈诗作"与小说的散文叙事在结构上是一个整体，两者因统一的主题思想而紧密相联系。这些诗作使得散文叙事里出现的诸多意象和象征似乎又一次获得了生命，历史叙事也因此上升到崇高的精神维度。弗拉索夫还认为这 25 首诗歌的顺序也不是作家随意排

① *Суханова И. А.* Структура текста романа Б. Л. Пастернака «Доктор Живаго», Ярославль: Издательство ЯГПУ, 2005. С. 142.

② Там же, С. 6.

③ *Гаспаров Б.* Временной контрапункт как формообразующий принцип романа «Доктор Живаго» // Дружба народов, 1990, № 3. С. 226.

列的，这些诗歌拥有自身独特的机理结构与情节变化，其内在的诗学时空与作品主题保持着高度的一致；在这些诗作中，帕氏将日瓦戈当成自己的合著者，以“抒情作者的形象”阐发自己对大自然、爱情以及《福音书》的看法。

另一位研究者叶萨乌洛夫（И. А. Есаулов）则借助俄罗斯文学中的复活节原型来研究帕斯捷尔纳克的布局谋篇，他将小说的篇章结构与东正教复活节原型中的“基督中心主义”思想巧妙地联系起来，认为“小说的结构是对复活节和新生命在艺术上井然有序的一次朝圣”[①]。叶萨乌洛夫是著名的文化和文学研究专家，擅长从俄罗斯东正教思想和精神传统方面解读俄国文学作品。他将小说结构与复活节原型结合起来理解，开辟了从文化角度揭示小说艺术建构的新途径。

3. 人物设置（及其原型）

小说包含大量《福音书》情节，帕斯捷尔纳克创作《日瓦戈医生》时曾经写道：“这是我第一部真正的作品……表现我对艺术、对《圣经》、对历史中的人的生命以及对其他等等事物的观点的作品。”[②] 弗雷登别尔格（О. М. Фрейденберг）甚至将它称作另一种类型的“创世记”，许多俄国学者不约而同地都将目光聚焦到小说人物的宗教特征上。康达科夫（И. В. Кондаков）指出：“基督性格的特点，他的旅途、传道、十字架受难，及其死后的复活，所有这些都

① *Есаулов И. А.* Пасхальный архетип русской литературы и структура романа «Доктор Живаго» //*Крошнева М. Е.* Теория литературы, Ульяновск: УлГТУ, 2007. С. 90.

② 鲍·帕斯捷尔纳克：《人与事》，乌兰汗译，北京：新星出版社，2012 年，第 100 页。

清晰地投射在日瓦戈医生的小说世界、帕斯捷尔纳克创作的思想题旨和哲学观点上。”① 关于日瓦戈医生具有基督性的观点获得多数学者的认同。阿鲁秋尼扬（Т. В. Арутюнян）写道：“首先，尤里·安德烈耶维奇与耶稣基督一样——是灵魂的医生。”② 从语言学角度上看，主人公的姓氏 Живаго（日瓦戈）与形容词 живой（活着的）所属格的形式相同，而在教会斯拉夫语的经书中该形容词是名词 Бог（上帝）的修饰语。伽斯帕罗夫解释说：

> 日瓦戈的名字源自教会斯拉夫的《福音书》：“永生神的儿子”（马太 16: 16，约翰 6: 69）。因此，在这个名字里，形容词第二格变成了名词第一格，用于修饰耶稣基督的词汇成为了世纪初知识分子的名字，还带有典型的“莫斯科人”的发音。③

斯韦特兰娜·谢苗诺娃（Светлана Семенова）也证实了这一说法：“日瓦戈名字本身就有一种生命的气息，而且字面上亦重复着古斯拉夫语的修饰语‘永生神’。”④ 除了日瓦戈，研究者还发现其他人物形象也都含有基督教的特征，如斯米尔诺夫将安季波夫与反基

---

① *Кондаков И. В.* Роман《Доктор Живаго》в свете традиций русской культуры // Известия АН СССР. Серия литературы и языка, 1990. №6. С. 533.

② *Арутюнян Т. В.* “Крестный путь” Юрия Живаго (К проблеме христианского назначения личности в романе Б. Л. Пастернака《Доктор Живаго》), Ереван: Издательство Ереванского университета, 2001. С. 26.

③ *Гаспаров Б. М.* Временной контрапункт как формообразующий принцип романа《Доктор Живаго》// Дружба народов, 1990. № 3. С. 240.

④ *Семенова С.*《Всю ночь читал я твой завет...》. Образ Христа в современном романе//Новый мир, 1989. №11. С. 242.

督联系在一起，认为“安季波夫－斯特列尔尼科夫将不属于他的‘末世审判执行者的角色’揽在了自己身上”①。谢苗诺娃将女主人公拉拉与抹大拉的玛利亚联系起来，认为“小说中的拉拉就是诗歌中抹大拉的玛利亚”②。一些研究者还认为玛琳娜和谢拉菲玛·东采娃身上也有抹大拉的玛利亚的影子。有学者在分析其原因时指出，帕斯捷尔纳克入住“作家村”以后，从不收听广播，也不阅读报刊，几乎将自己与外界隔绝，时常埋首于《福音书》之中，创作《日瓦戈医生》时作家参考的正是《圣经》的叙事结构③。俄国诗人、语言学家谢达科娃（О. А. Седакова）早就说过：“‘俄罗斯长篇小说’的骨子里通常都藏有某种类似于寓言的东西。”④ 因此对俄国读者来说，小说人物的宗教特征并不令人感到意外。但也有部分学者反对这种类比手法，苏哈诺娃就写道：

> 我们认为，对诗歌和小说中的形象进行同义对比并不正确，例如日瓦戈——基督，拉拉（或玛琳娜）——抹大拉的玛利亚，戈尔东和杜多罗夫——使徒，马克尔一家——普通大众，瓦夏·布雷金——堕落的学徒，科马罗夫斯基——撒旦，等等。⑤

---

① *Смирнов И. П.* Порождение интертекста. СПб.: Издательский отдел языкового центра СПбГУ, 1995. С. 171.

② *Семенова С.* 《Всю ночь читал я твой завет...》. Образ Христа в современном романе//Новый мир, 1989. №11. С. 243.

③ 参见：*Быков Д. Л.* Борис Пастернак. М.: Молодая гвардия, 2011. С. 90, 547, 556。

④ 瓦·叶·哈利泽夫：《文学学导论》，周启超等译，北京：北京大学出版社，2006年，第402页。

⑤ *Суханова И. А.* Структура текста романа Б. Л. Пастернака 《Доктор Живаго》, Ярославль: Издательство ЯГПУ, 2005. С. 109—110.

在她看来，如果将小说人物纳入宗教体系就容易犯形而上的错误。作品中共计240多个人物形象，大多都不具有宗教特征，其中还有宗教排斥主义者，如叶夫格拉夫、桑杰维亚多夫等。

此外还有研究者从历史真实人物出发，结合帕氏创作背景和文本联系考察人物形象，例如斯米尔诺夫在《神秘小说〈日瓦戈医生〉》中对科马罗夫斯基＝马雅可夫斯基、加利乌林＝尤苏波夫、帕雷赫＝施蒂纳、叶夫格拉夫＝普加乔夫进行了论述。他将小说中的人物与自己选定的对象进行比照，找出了两者的共同特征以及文本之间的联系。例如科马罗夫斯基的日常生活与马雅可夫斯基完全相符，两人由于害怕传染疾病都把住地打扫得特别干净，他俩都是牌迷，科马罗夫斯基喜欢在库兹涅茨基大桥闲逛，马雅可夫斯基也是如此，关于这一点帕斯捷尔纳克在自传体散文《安全保卫证书》中就有过描述；而叶夫格拉夫和《上尉的女儿》中的普加乔夫一样十分神秘，他们都在不同寻常的时刻出现在主人公身旁，如日瓦戈与叶夫格拉夫相识于暴风雪中，日瓦戈患伤害时梦到叶夫格拉夫，日瓦戈去世前后者还曾出钱救助等，种种情节与普希金《上尉的女儿》中普加乔夫与格利涅夫之间的关系十分类似，具有典型的俄罗斯童话故事中神秘“帮手”的特点。另一位研究者索科洛夫（Б. В. Соколов）在《日瓦戈医生何许人也?》一书中认为，小说的人物来自于作家的现实生活，维杰尼亚平的形象有别雷和斯克里亚宾的影子，斯特列尔尼科夫的原型是马雅可夫斯基，日瓦戈医生则如帕斯捷尔纳克本人所言，有作家、勃洛克、马雅可夫斯基和叶赛宁四个人的影子，主人公钟爱的三位女性分别来自作家的两任妻子和情人伊文斯卡娅。作者重在揭秘小说中的人物原型，而未对人物形象进行必要的分析，因此这种考证对理解作家的人物设置的作用实在有限。

4. 情节和时空安排

谢格洛夫（Ю. К. Щеглов）认为，帕斯捷尔纳克借鉴了西方作家常用的叙述手法——惊险—传奇情节技法[①]（авантюрно-мелодраматическая сюжетная техника），小说中的诸多“偶合”具有明显的刻意安排的痕迹，它们经常发生在故事的高潮点或转折期，其目的并不仅仅是服务于作品的情节设计，而且还是为了表现作家的哲学观、文艺观乃至宇宙观。作者经常将主人公的“偶合”安排在莫斯科以外的地点，如西伯利亚：在梅柳泽耶夫，拉拉、加利乌林与日瓦戈医生的短暂相处；在尤里亚京的图书馆，拉拉和日瓦戈医生的再次相逢；在瓦雷基诺，日瓦戈医生与斯特列尔尼科夫的彻夜交谈；甚至在火车上，日瓦戈医生都会碰到想法奇特行为怪异的人物等。这种安排凸显出作家将西伯利亚置于整个世界图景下的宏大叙事。叙述者还经常故意对读者隐瞒已经出现过的人物和情节，在两个貌似不同的人物或故事描述中读者常有似曾相识的感觉，例如安季波夫“假死”后以红军指挥员斯特列尔尼科夫的身份出现在小说中；加利乌林（Галиуллин）逃离梅柳泽耶夫后似乎在作品中销声匿迹了，然而事实上，人物谈话中常提到的盖卢尔（Гайлуль）、加列耶夫（Галеев）、加利列耶夫（Галилеев）、加列沃伊（Галевой）等名字其实指的就是加利乌林。这种暂时掩盖事实真相，不直接指明人物之间或故事之间有所关联的叙述手法被谢格洛夫称之为“暗合”（замаскированное тождество），它让读者在阅读过程

① 与东方小说不同的是，惊险—传奇情节在西方小说中十分常见，例如《基督山伯爵》《三个火枪手》《堂吉诃德》等，这类小说的典型特征是以主人公的冒险或传奇人生为主线，通过人物的世界观和性格折射当时整个社会的风貌。

中充满猎奇的愉悦。在叙述视角方面，谢格洛夫指出，作者采用全知型叙述者讲述故事的同时也穿插人物视角，视角上的转换一方面配合作者“暗合”的叙述手法，令读者对情节产生浓厚兴趣，另一方面也使叙述者不着痕迹地铺展开典型的狄更斯式的意外情节。[①]

文本的叙事时空也是研究者们感兴趣的领域之一。西尼亚夫斯基（А. Д. Синявский）将该作品的叙述时间分为“物理时间”和“生理时间”。前者指历史发展进程，用来衡量人们生活中的事件，后者则与人物内心的成长和完善相关，指主人公的精神历程。“在‘生理时间’中对他（指日瓦戈——本书作者注）来说就是《新约》和《旧约》，世界文学和艺术。”[②] 苏哈诺娃认为，《日瓦戈医生》的艺术世界具有永恒的特征，帕斯捷尔纳克使用未完成体动词现在时描绘过去发生的事件，让曾经的故事仿佛历历在目，使用完成体动词过去式描绘即将发生的故事，以造成一种仿佛已然发生的效果。过去、现在和将来在作家笔下被融为一个有机的整体。[③] 在叙事空间上有狭义和广义之分，前者指具体的事件发生地，后者则上升为哲学层面上的自然和宇宙。叙述者有时故意模糊时间与空间的界限，使得二者在文本中更加相得益彰。布洛夫指出，小说所包含的五种亚文本将艺术世界分割为莫斯科（战前时期、革命时期、新经济政

---

① *Щеглов Ю. К.* О некоторых спорных чертах поэтики позднего Пастернака: Авантюрно-мелодраматическая техника в 《Докторе Живаго》 //Под редакцией *М. Л. Гаспарова* Пастернаковские чтения. Выпуск 2. М.: Наследие, 1998. С. 185—186.

② *Синявский А. Д.* Некоторые аспекты поздней прозы Пастернака//Boris Pasternak and his time: Sel. Papers from the Second Intern. Symp. on Pasternak, Berkeley, 1989, p. 365.

③ *Суханова И. А.* Структура текста романа Б. Л. Пастернака 《Доктор Живаго》, Ярославль: Издательство ЯГПУ, 2005. С. 111—112.

策时期)、过渡地（第一次世界大战西线战场）和东方（乌拉尔）三个时空，主人公的空间移动具有童话故事的特点，如同历险或寻找真理的过程。[①] 而斯米尔诺夫则对小说时空上的乌托邦特征给予了关注，他首先指出帕氏对二月革命的描述就充满理想主义色彩，此后又证明了尤里亚京、瓦雷基诺等地点都具有乌托邦的特点，例如比留奇位于沼泽之中，济布申诺隐藏在森林里，尤里亚京建在山上，“乌拉尔在帕斯捷尔纳克小说中表现为这样一个地点，其中总是暗含着理想国的各种设计方案”[②]。

5. 文本间性

文艺理论家伊戈尔·斯米尔诺夫认为：“文艺作品的意义借助于完整地或者部分地引用另一文本而形成，这一文本在那位作者的创作中、相关的艺术、对话或者以前的文学中可以找到。”[③] 一部单独的作品“只有在它的互文联系中才能够得以阐释”[④]。文本间性（又译互文性）作为信息的载体，是帕氏在言论不自由的时代表达思想的一种方式，《日瓦戈医生》的“新生”在某种程度上即源自作者蕴藏于文本中的“隐秘话语”，对小说文本间性的研究有助于揭示出帕氏对俄罗斯历史、文化和艺术的态度。

俄罗斯学界对《日瓦戈医生》文本间性的研究主要涵盖四点：

---

① *Буров С. Г.* Сказочные ключи к 《Доктору Живаго》. Пятигорск: Рекламно-информационное агентство на Кавминводах, 2007. С. 236.

② *Смирнов И. П.* Роман тайн 《Доктор Живаго》. М.: НЛО, 2004. С. 95.

③ *Смирнов И. П.* Порождение интертекста: элементы интертекстуального анализа с примерами из творчества Б. Л. Пастернака, Санкт-Петербург: Издательский отдел Языкового центра СПбГУ, 1995. С. 11.

④ *Смирнов И. П.* Мегаистория. К исторической типологии культуры. М.: Аграф, 2000. С. 168.

其一，小说内部的文本联系——主要指“尤里·日瓦戈诗作”（第十七章）与散文叙事文本（前十六章）的关联。多数学者都认为有必要研究小说内部的互文，因为诗歌内容与日瓦戈人物命运的散文叙事部分紧密相关，前者多含对后者的暗指与隐喻。例如日瓦戈见到拉拉之前在侍从街看到安季波夫屋外窗台上蜡烛的情景，此后蜡烛不仅成为散文叙事里的重要意象，而且也是《冬夜》一诗中反复吟咏的对象：“桌上燃烧着一枚蜡烛，蜡烛在燃烧……”诗中蜡烛与暴风雪的主题揭示了散文中个人与革命相对立的思想。再如《分离》一诗很容易让人联想起拉拉被科马罗夫斯基骗走后日瓦戈神情恍惚的片段，只不过在散文叙事部分叙述者直接走进主人公内心世界，以人物视角表达真实感受，而在诗歌中作者摆脱“抒情主人公”的束缚，从外部审视主人公的内心。

其二，小说与俄国及欧洲经典作家作品的互文。这些作家通常包括普希金、莱蒙托夫、丘特切夫、托尔斯泰、陀思妥耶夫斯基、契诃夫、勃洛克、别雷、马雅可夫斯基、莎士比亚、歌德、狄更斯等人。例如苏哈诺娃通过对比普希金“暴风雪”的形象，发现“在普希金和帕斯捷尔纳克笔下的暴风雪这一形象中不仅有着题材上的相似，而且还有着以换说形式出现的文本呼应”①。在故事情节上，她也发现小说与普希金的一篇未竟之作、契诃夫的《草原》和陀思

① *Суханова И. А.* Структура текста романа Б. Л. Пастернака «Доктор Живаго», Ярославль: Издательство ЯГПУ, 2005. С. 55.

妥耶夫斯基的《罪与罚》等都有文本上的联系①。

其三，小说与俄国神话传说、童话故事等民间文学的文本联系。作家之子叶甫盖尼·帕斯捷尔纳克（Е. Б. Пастернак）指出，帕氏创作小说时对童话理论做过专门研究，曾仔细阅读过普罗普的《神奇故事的历史根源》一书。青年学者布洛夫结合普罗普的故事形态学，将小说纳入俄罗斯童话故事结构模式；不仅如此，他还对小说的故事情节与普罗普的“功能项”做了比照，既探讨了神话传说、童话故事等俄罗斯民间文学对作家的影响，又研究了小说的艺术空间。② 他的研究成果备受俄国专家的肯定，其专著《解读〈日瓦戈医生〉的童话钥匙》获学界较高评价。

其四，小说与《圣经》（主要是《福音书》）的互文。文学批评家阿纳托利·皮卡奇（Анатолий Пикач）曾说：“《圣经》对于诗人（指帕斯捷尔纳克——本书作者注）不是一个生硬的文本，而是一本

---

① 苏哈诺娃认为，《日瓦戈医生》中富夫雷金娜在马车中等候丈夫领取工资的场景是对普希金1830—1831年间一部未写完的小说的续写（普希金只写了两章），从时间地点、天气状况到故事内容、人物形象，甚至女主人公富夫雷金娜的姓氏、着装、神情和姿态帕氏都延续了普希金的题材内容。舅舅韦杰尼亚平带尤拉乘车前往杜普梁卡戈洛戈里沃夫庄园的情节与契诃夫的《草原》相同：两者不但在文笔、语调上相一致，而且在时间（圣母节前后）、空间（广阔草原上），甚至主人公的名字（Юра和Ера）和故事脉络极为相似。此外，《日瓦戈医生》与《罪与罚》情节上的类同最为明显：吉莎尔与拉斯尼科娃两人都失去丈夫，膝下一儿一女，从外地搬迁到首都，拉拉和杜尼娅都曾经在地主家担任过家庭教师，都为亲人而不得不去筹钱，甚至都备有左轮手枪；此外科马罗夫斯基与卢仁都是律师，安季波夫与斯维德里戈洛夫最后都是开枪自杀，甚至死前所做的梦都有类似之处。所有这些在苏哈诺娃看来并不是偶然的，而是作家对古典作家创作主题的变奏，印证了日瓦戈在安慰岳母时所说的关于生命本质的一句话：“有一个统一的没有止境的生命，总是充塞于宇宙之中，并且通过无数的组合和变化形式时刻在更新。”

② *Буров С. Г.* Сказочные ключи к «Доктору Живаго». Пятигорск: Рекламно-информационное агентство на Кавминводах, 2007. С. 4.

人类的记事簿。"[1] 小说不但采用《圣经》的书写结构，而且在叙事情节上也与《福音书》多有互文。例如日瓦戈安慰生病的岳母安娜——很像耶稣基督行医的情景，有学者认为东采娃给日瓦戈理发时差点割破喉咙的情节是对先知约翰之死的指涉[2]，"尤里·日瓦戈诗作"中就有 6 首与《圣经》的内容有关：《圣诞夜的星》《神迹》《受难之日》《抹大拉的玛利亚 I》《抹大拉的玛利亚 II》和《客西马尼园》，共反映了《圣经》中的 18 个相关情节。

除此之外，部分研究者还强调作品与欧洲及俄国哲学思想上的关联。例如斯米尔诺夫在《神秘小说〈日瓦戈医生〉》中指出，帕氏小说遵循的正是哲学小说的一般规则，将"历史的生命"与乌托邦相对立，"它是建构非拟人化文本的一种尝试"[3]。阿鲁秋尼扬将帕斯捷尔纳克与索洛维约夫、别尔嘉耶夫、费奥德罗夫等俄国哲学家的思想相联系，因为《日瓦戈医生》有关自由、历史、永恒、复活等观点常见于 19 世纪末 20 世纪初这些哲学家的著述之中。显而易见，俄国学界对这部作品的叙事诗学研究取得了丰硕成果。研究者们不仅继承了本土的文本分析传统，而且还吸纳欧美叙事学新成果，力求更加全面地展示出《日瓦戈医生》的艺术价值。从以上的综述和归纳中可以预见，俄国学界对该小说的叙事诗学研究大体会

---

① 转引自：*Арутюнян Т. В.* "Крестный путь" Юрия Живаго（К проблеме христианского назначения личности в романе Б. Л. Пастернака 《Доктор Живаго》），Ереван: Издательство Ереванского университета, 2001. С. 55。

② *Смирнов И. П.* Роман тайн 《Доктор Живаго》. М.: НЛО, 2004. С. 76.

③ 斯米尔诺夫在书中对小说有关乌托邦的思想给予了关注，他指出，帕氏对二月革命的描述充满理想主义，比留奇、济布申诺、梅柳泽耶夫和尤里亚京、瓦雷基诺等地点具有乌托邦色彩。乌拉尔地区的乌托邦特点，在斯米尔诺夫看来，包含着众多欧洲哲学家的思想，如柏拉图、培根、托马斯·莫尔、莱布尼茨、傅立叶等。详见：*Смирнов И. П.* Роман тайн 《Доктор Живаго》. М.: НЛО, 2004. С. 87—122。

呈现以下发展趋势：

第一，以取得的相关研究成果为基础，将艺术文本分析和语言研究进一步“深耕细作”，即深化作品叙事和语言层面的具体研究。如近年学界对作品最后一章“尤里·日瓦戈诗作”表现出浓厚的兴趣，对诗中象征等手法的分析越发精细，大有以诗歌语言分析为切入点揭示小说主题思想的趋势。俄罗斯有学者指出，探讨小说中诗歌文本的故事机制、时空特色、结构规律和辞章变化将是帕氏小说细化研究的一个重要方向。

第二，将叙事学、文学修辞学、语言学视角与文化、哲学、美学等视角相结合，以进一步拓展文本分析的话语空间。帕氏不仅是一位诗人、小说家，而且是一位哲学家和艺术家，年轻时代对新康德主义哲学的痴迷以及在音乐和绘画方面的造诣使他在《日瓦戈医生》中巧妙地将哲学阐释、艺术审美和语言创作结合在一起，小说研究者越来越强烈地感受到，有必要从多维视角进行综合研究。

第三，在叙事学、文学修辞学和语言学的领域里，不断出现一些新视角、新范畴、新观念被用来进一步揭示作品艺术建构的机制和功能。例如尝试运用文本“游戏理论”分析帕氏笔下“铁路”“森林”“星空”等传统母题，使用修辞叙事学观点探讨帕氏控制读者阅读的效果以及读者和作者的文本距离等，这些都将是大有可为的新课题和新领域。

### （二）该论题在欧美及其他国家的研究状况

欧美学者对《日瓦戈医生》的关注远早于俄国语文学界。据别洛娃（Т. Н. Белова）统计，早在 1988 年苏联出版小说之前，其他国家的相关研究著述已达1600余种①。从研究特点上看，小说的叙事艺术研究在欧美等国家的发展大致经历了三个阶段：20世纪50年代末至70年代研究者较少关注作品的美学内涵，大多从文化角度解读文本母题；20世纪80—90年代开始注重小说的文体和叙事学研究，并逐步与其他学科进行交叉和结合；21世纪以来的突出特点是研究方向上的细化和深入。

小说在西方面世之初，英国研究者斯图尔特·汉普郡（Stuart Hampschire）就在《〈日瓦戈医生〉：失落的文化》一文中指出，帕斯捷尔纳克多年翻译莎士比亚作品，这对小说家创作风格的形成具有重要影响。此语系西方最早对帕氏小说修辞特征所做的论述。作者还指出，小说的故事未按逻辑发展，是因为作者意图在文本中表现出“超自然力”对人类生活的影响。② 然而遗憾的是，汉普郡并未明确指出，“超自然力”究竟指的是宗教还是政治，抑或是人民推动历史前进的力量？稍后美国学者埃德蒙·威尔逊（Edmund Wilson）运用神话诗学分析法，从隐秘象征的角度分析小说的叙事③，他认为小说具有浓郁的“文化恋母情结”，拉拉即“俄国文化的女

---

① *Белова Т. Н.* Роман Б. Л. Пастернака «Доктор Живаго» в англоязычных исследованиях 80-х гг. // Вестник Московского университета. Серия 9. Филология, 1993. № 6. С. 11.

② 见：Stuart Hampschire, “Doctor Zhivago: As from a Lost Culture,” *Encounter*. 62. Nov. 1958, p. 3。

③ 帕斯捷尔纳克生前就阅读过威尔逊的文章。英国诗人斯蒂芬·斯彭德（Stephen Spender）曾询问过作家对此有何看法，帕斯捷尔纳克当时并未作答，后来在给友人雅克利娜·普鲁瓦娅尔（Jacqueline Proyart）的信里这样写道：“（他们）在小说的每个音节中寻找隐秘的含义，像对寓言和密码一样破解词语、街道名称和主人公名字的涵义。而我的作品中是没有这些的。我甚至会否认单独孤立的象征存在的可能性，无论作家是什么人，即便他是语言艺术家。”字里行间透露着作家对“解密”等研究方法的不认同。见：*Пастернак Б.* Письма к Жаклин де Пруайар // Новый мир, 1992. №1. С. 168。

神”，是俄罗斯大地母亲的象征。威尔逊研究的特点是热衷于对作为象征的词汇、称名等进行解码，如他将小说中多次出现的竖有广告牌“莫罗与韦钦金公司”（Моро и Ветчинкин）的十字路口看作俄罗斯文学白银时代与苏联文化的交叉路口，书中反复出现的拉拉梦见自己埋在土里的意象喻指凤凰涅槃和死而复活。① 移居英国的俄罗斯侨民学者维克多·弗兰克（Виктор Франк）1959年写了一篇《四维的现实主义》论文，分析的重点是人物形象和情节结构，该文考察了帕氏小说中人物与作家生平之间的联系，例如日瓦戈的形象中暗含作家青年时代好友萨马林的命运，小说主人公还具有哈姆雷特、圣乔治和基督三位一体的特征。关于小说的叙事弗兰克这样写道：

> 帕斯捷尔纳克在现实衰变的时代创作了这部小说，在它所反映的那个世界里仅存着一息非附加的、非日常生活中的赤诚之力——这种赤诚几乎已被剥夺殆尽，而这正解释了他的“种种怪异”：“时序的模糊”，自传一词在精神上的意义，诸形象的飘忽不定……②

此后弗兰克还从哲学和宗教神学的角度诠释了小说中“水”这一意象的象征意义和帕氏创作中的泛神论思想。③ 另一位著名的俄侨思想家斯捷蓬（Ф. А. Степун）准确地评价了帕氏小说创作的文学和

---

① 见：Edmund Wilson, “Legend and Symbol in *Doctor Zhivago*,” *Encounter*. XII. Nov. 6, 1959, p. 7。

② *Франк В. С.* Реализм четырех измерений（Перечитывая Пастернака）//Мосты, 1959. №2. С. 192.

③ *Франк В. С.* Водяной знак в романе《Доктор Живаго》 //Литературное обозрение, 1990. №2. С. 73.

哲学来源。他认为小说的叙事风格与俄国传统小说和西欧小说都不同，该小说结构具有“超自然主义”和“超心理学”的特征，作家将自己对世界命运、人类生活、大自然和艺术使命的思考融入作品叙事，“小说最后所附的具有崇高精神的美妙诗篇无可辩驳地证明了在帕斯捷尔纳克与基督教之间存在着一种超哲学和超美学的关联”①。

20 世纪 60 年代初，曾经与作家有过通信交往的几位青年研究者逐渐崭露头角。例如法国斯拉夫学家、小说法文版译者奥库蒂里耶·米歇尔（Aucouturier Michel）认为帕斯捷尔纳克与普鲁斯特拥有相似的“风格追求”，两者不仅在语言上都不拘泥于形式，喜欢使用隐喻，而且在对世界的看法上亦充满新奇的观点；就帕氏整个创作而言，《日瓦戈医生》无疑证明了作家努力简化早期创作中冗繁的表现手法，将抒情诗歌中隐喻的直义摆在了首要地位。② 1961 年，

---

① *Степун Ф. А.* Б. Пастернак // Литературное обозрение, 1990. №2. С. 71. 这篇文章写于 1959 年，是斯捷蓬流亡欧洲时所写。帕斯捷尔纳克在苏联读到过它的德文版，作家去世前三周曾写信给斯捷蓬感谢道：“您给了我多少心灵上的温暖和理解啊！您的认可以及如此崇高、令人振奋的支持让我感到无比自豪。”见：*Чудакова М. О., Лебедушкина О. П.* Последнее письмо Б. Пастернака Ф. А. Степуну《Быть знаменитым не красиво》. //Пастернаковские чтения. Вып. 1. М.: Наследие, 1992. С. 272。

② 见：http: //www. yandex. ru: *Е. Б. Пастернак, Е. В. Пастернак,* Очерк исследований о Б. Пастернаке. 另外还有两位法国研究者值得提及：海伦·佩尔蒂埃－扎莫伊斯卡（Helene Peltier-Zamoyska）较多关注创作者的美学态度和宗教观点，她认为，帕斯捷尔纳克决不接受布尔什维克所提出的“改造生活”的思想，这使作家本人和他的小说具有现实意义，也让他的主人公永葆时代特征。雅克利娜·普鲁瓦娅尔（Jacqueline Proyart）1964 年在巴黎出版了专著《帕斯捷尔纳克》，在书中作者着重描绘了作家其人的“真实肖像”，并将自己与帕斯捷尔纳克多年的通信收录其中，认为帕斯捷尔纳克是当之无愧的“俄国伟大的天才之一”。笔者之所以在此提及这三位研究者，是因为帕斯捷尔纳克生前就曾对他们的观点表示过肯定和认同，作家在与海伦的通信中就这样写道：“您在给我的信中写道：‘我觉得，我大致能猜到这一点（指关于艺术家在现实生活中的地位——本书作者注）。’您要知道，您说得多么正确。请相信，正是如此：米歇尔、雅克利娜和您最为善解（甚至说最善于预见或预言）与我相关的一切。”见：*Пастернак Б. Л.* Переписка с Э. Пельтье-Замойской // Знамя, 1997. №1. С. 135。

美国学者罗伯特·佩恩（Robert Payne）出版了《帕斯捷尔纳克的三重世界》（*The Three Worlds of Boris Pasternak*）一书，在书中作者从人物形象、宗教主题方面考察了小说的叙事艺术以及俄国哲学思想家费奥多罗夫对帕氏小说创作的影响。在他看来，“日瓦戈是一个渴望自由的人”，是一个动荡时代具有反抗精神但又无力改变世界的人，因此他唯有承受罪恶，“完成死亡的复活”①。1975 年，法国举办第一届帕斯捷尔纳克国际研讨会，由于苏联学者拒绝参加，与会专家主要来自欧美各国。著名文学评论家西尼亚夫斯基与拉扎尔·弗列依什曼②（Лазарь Флейшман）共同主持了开幕式。西尼亚夫斯基曾是《新世界》杂志主要评论者之一，20 世纪 70 年代初因苏联政府迫害而移民法国，长期致力于高尔基、帕斯捷尔纳克、阿赫玛托娃等人的研究。他认为，“类型化”不适用于帕斯捷尔纳克的创作，《日瓦戈医生》是在自由的形式中叙述着有关自由的征兆，因此“与上世纪（指 19 世纪——本书作者注）经典小说所不同的是，帕斯捷尔纳克叙事中的个性特征不再有心理、社会和日常生活等方面十分明确的界限……”③ 1976 年，斯德哥尔摩出版帕斯捷尔纳克研究论文集，其中有一篇是瑞典研究者博丁（Per-Arne Bodin）研究小说中九首宗教题材诗歌的论文。他曾前往莫斯科佩列杰尔基诺

---

① 引文出自：Robert Payne, *The Three Worlds of Boris Pasternak,* Newyork: Coward-McCann, 1961, p. 170。

② 拉扎尔·弗列依什曼是斯坦福大学教授、文艺学家，长期以来一直运用诗学理论研究帕斯捷尔纳克，2006 年在俄罗斯出版了个人论文集《从普希金到帕斯捷尔纳克（诗学与俄罗斯文学史研究选集）》，2009 年著有《俄侨与〈日瓦戈医生〉的会面：鲍里斯·帕斯捷尔纳克与冷战》。

③ *Синявский А. Д.* Некоторые аспекты поздней прозы Пастернака//Boris Pasternak and his Time: Sel. Papers from the Second Intern. Symp. on Pasternak, Berkley, 1989. p. 363.

（Переделкино）作家故居查阅帕氏关于《圣经》《福音书》的札记、作家生前随身携带的关于宗教仪式的摘录等资料，并得出帕氏小说具有基督教绘画特征的结论。[①] 马克·斯洛宁（Marc Slonin）在文学史专著《苏维埃俄罗斯文学》（1977）中指出，作家在《日瓦戈医生》中以自然场景、人物对话和个人思考为手段联通了整部作品，几乎回避了俄罗斯文学传统的心理分析手法。

就研究方法和内容而言，上述研究者的论述具有两大特色：第一，注重作家生平和历史的研究，论述者大多将小说与作家生平相联系，将小说看作俄罗斯历史的映照；第二，着眼于作品的宗教神学阐释，将小说与东正教、《圣经》相联系，努力挖掘作品的宗教内涵和神学意义。

20 世纪 80 年代欧美掀起新一轮《日瓦戈医生》研究热潮，美国研究者埃利奥特·莫斯曼（Elliott Mossman）结合 70 年代末发展起来的后结构主义和新自然主义等后现代主义研究方法分析小说中的隐喻手法，将小说与托尔斯泰的《战争与和平》做了比较，指出托翁在叙事中运用的是历史隐喻，而在帕斯捷尔纳克的笔下起主导作用的则是生态隐喻（ biological metaphor），自然与历史是作家的"第二宇宙"，"植物王国"不仅指历史的进程，而且喻指生命的变化，主人公棺椁前怒放的鲜花即是生命永恒的象征[②]。另一位美国学者密歇根大学教授马利克（Guy de Mallac）关注的是帕氏小说创作手法，他认为，与福楼拜的现实主义相反，这部小说不遵循严格的

---

① 见：P. A. Bodin, *Nine Poems from "Doctor Zhivago": A study of Christian Motifs in Boris Pasternak's Poetry. Stockholm: Almquist, 1976; P. A. Bodin, "Pasternak and Christian Art," Boris Pasternak. Essays.* Stockholm: Almquist, 1976, p. 203—214。

② Elliott Mossman, "Metaphors of History in *War and Peace* and *Doctor Zhivago*," *Literature and History.* Stanford: Stanford University Press, 1986, p. 76.

因果逻辑，并未追求客观与公正，而是将个体经验作为艺术世界的基础，努力抓住个体经验的宏大性与复杂性，属于后现代的现实主义，“正是现实主义之感使得帕斯捷尔纳克认为散文优于诗歌”[①]。1981 年作者还出版了《鲍里斯·帕斯捷尔纳克：他的生活和艺术》（*Boris Pasternek: His Life and Art*）一书。1984 年 5 月耶路撒冷举办第二届帕斯捷尔纳克国际研讨会，1989 年出版会议论文集《鲍里斯·帕斯捷尔纳克和他的时代》（*Boris Pasternak and His Times*）。其中英国研究者安吉拉·利文斯敦（Angela Livingstone）《帕斯捷尔纳克与〈浮士德〉》[②] 一文从歌德对帕斯捷尔纳克的影响入手，将日瓦戈与浮士德作了对比分析。1989 年她出版专著《帕斯捷尔纳克·日瓦戈医生》，详细地阐释了小说的风格。亨里克·伯恩鲍姆（Henrik Birnbaum）在《〈日瓦戈医生〉诗学的深层思考：结构、技巧和象征主义》（*Further Reflections on the Poetics of Doctor Zhivago: Structure, Technique and Symbolism*）一文中主要阐述了四方面内容：散文叙事与“尤里·日瓦戈诗作”之间的关系、文本体裁的问题、换喻与隐喻的功能、作家“朴素”的写作风格。作者认为，换喻和隐喻是小说中最重要的修辞手法，作家借此将日瓦戈医生的生活体验诗化地表达出来；“尤里·日瓦戈诗作”不但拓展了散文的深度，而且将主人公的命运转化成神话，蕴含着宗教象征。1989 年 2 月帕斯捷尔纳克研讨会在莫斯科召开，这是俄罗斯本土第一次举办此类大型国际会议，弗列依什曼、科佐沃伊（В. Козовой）等欧美

---

① 转引自：*Белова Т. Н.* Роман Б. Л. Пастернака 《Доктор Живаго》 в англоязычных исследованиях 80-х гг. //Вестник Московского университета. Серия 9. Филология, 1993. № 6. С. 15。

② Angela Livingstone, “Pasternak and Faust,” *Forum for Modern Language Studies.* 26, 1990, p. 353—369.

学者参与了讨论。美国学者弗列依什曼对比《日瓦戈医生》与帕氏30年代创作的中短篇小说，指出作家40年代小说创作风格的转变：

> 如果说创作《柳威尔斯的童年》时作者从手稿中删除了大段对于小说而言太过抽象的哲学和心理教育学专题的议论，那么如今在经历《帕特里克手记》的失败之后，着手撰写《日瓦戈医生》则标志着对哲学主题的回归——但不是在叙述层面，而是在人物的简短对语的形式中。[①]

移民美国的苏联文学研究专家勒热夫斯基（Л. Ржевский）细致地分析了小说中的人物语言、作者语言以及叙事风格，在《〈日瓦戈医生〉的语言与风格》一文中他区分出作家的两种风格："相对于主观之'我'的中立叙事"和"与'我'的主观表达直接相关的小说叙事风格"，前者具有客观色彩，仅仅交代事件始末、情节发展、故事场景以及人物活动，后者又被勒热夫斯基称为"内心表现力的风格"，具有帕氏早期诗歌风格的特征，能动地传达作者的主观情感。[②]

1990年是帕斯捷尔纳克100周年诞辰，牛津大学举办了帕斯捷尔纳克国际研讨会，英国学者克里斯托弗·贝恩斯（Christopher Barnes）在所作的学术报告中指出，帕斯捷尔纳克对狄更斯有着浓

---

① *Флейшман Л.* От 《Записок Патрика》 к 《Доктору Живаго》 //Известия Академии наук СССР. Серия литературы и языка. Том 50, 1991. №2. С. 43.

② *Ржевский Л.* Язык и стиль романа Б. Л. Пастернака 《Доктор Живаго》 // Сборник статей, посвященных творчеству Б. Л. Пастернака. Мюнхен: Институт по изучению СССР, 1962. С. 117—118.

厚兴趣，《日瓦戈医生》明显包含有“狄更斯式情节”[①]。此后各国经常举办类似的专题讨论会，几乎每次会议都会推出新的研究成果。例如 1991 年在德国马尔堡召开的研讨会上，德国研究者埃丽卡·格雷贝尔（Erika Greber）认为帕氏小说的创作手法是一种记忆—诗学（мнемо-поэтика），即将思想与情景定位在记忆中并将它们移植到文学创作中，以城市形象为例，它在小说中犹如历史记忆的载体，是一个“多层羊皮书的形象”（образ многослойного палимпсеста），因此作家创作小说和诗歌的过程犹如记忆术的艺术（искусство мнемоники），是对脑海中历史的回忆[②]；再如 1998 年，在俄罗斯国立人文大学举办的讨论会上，瑞典青年学者苏珊娜·维特（Susanna Witt）阐述了小说中的拟态问题（又称保护色问题，вопрос мимикрии），即“机体外部适应周围颜色的问题”，在报告中她从三个方面展示了作家运用的拟态手法，包括主人公观察思考生活和某些行为的特征、文本本身的修辞特色以及物体生命的描写（例如日瓦戈在游击队伍里沉睡于森林中，与大自然融为一体而未被叛变者们发现）。苏珊娜·维特认为，和索洛维约夫的美学思想一样，帕斯捷尔纳克的拟态成为了一种艺术本质的形象。[③]

---

① C. J. Barnes, “Pasternak, Dickens and the Novel Tradition,” *Forum for Modern Language Studies*, 1990. Vol. 24, p. 327.

② 俄国学者佐托娃也表达过类似的观点。在她看来，《日瓦戈医生》具有回忆录的特征，是作家对历史和同时代人的一种回忆，作家有选择地叙述那些值得回忆的人和事，不只是为了再现历史和人物，而是为了凸显主人公对历史进程的理解与思考，因此帕斯捷尔纳克在小说中将历史、抒情和回忆叙事融合在一起。见：*Зотова. Е. И.* Как читать «Доктора Живаго», М.: Всероссийское общество инвалидов, 1998. С. 24。

③ *Витт С.* Доктор Живопись. О “романах” Бориса Пастернака «Доктор Живаго» // University of Toronto: Academic Electronic Journal in Slavic Studies, 1998. №12. С. 143—144.

可以看出，20 世纪 80—90 年代小说的叙事研究进入多元发展时期。尤其值得一提的是，研究者运用新产生的叙事学理论进行文本细读，如英国学者尼尔·康韦尔（Neil Cornwell）在专著《帕斯捷尔纳克的小说：〈日瓦戈医生〉的远景》（*Pasternak's Novel: Perspectives on "Doctor Zhivago"*, 1986）中使用超小说思想（ideas of metafiction）论述了作品的时间与空间、叙述技巧、读者的作用等问题。而且，这一时期的研究者更加注重研究方法上的更新，开始探索与其他学科的结合，如上文的记忆—诗学来自心理学，拟态问题来自生物学。

21 世纪以来，各国学者对《日瓦戈医生》的分析和研究呈现出精细化的趋势，研究者注重从某一细微角度考察小说的叙事学特点。例如瑞典专家苏珊娜·维特以小说中的大自然为研究方向，并且把目光聚焦在森林的形象上，专论小说的空间；丹麦学者詹森（P. A. Jensen）重点研究“尤里·日瓦戈诗作”的时间，他认为诗集在内容上具有一年四季更替变化的特点，其中隐含的时间周而复始象征着永恒；德国研究者迈德尔（Renata von Maydell）与别兹罗德内（М. Безродный）深入挖掘小说中专有名词的意义，他们认为梅柳泽耶夫、比留奇和济布申诺三个地名都具有中世纪色彩，其中济布申诺（Зыбушино）与伪德米特里二世的官邸杜申诺（Тушино）谐音，其词干 зыб-从语义角度分析还具有“不稳定、不长久”的含义。[1] 此外还有研究者专注于帕氏小说的性别研究，如克罗地亚学者乌扎列维奇（Й. Ужаревич）等。

---

① 见：*Майдель Р., Безродный М.* Из наблюдений над ономастикой «Доктора Живаго» // Stanford Slavic Studies, 2000. Vol. 22. P. 234—238。

值得一提的是，韩国研究者金英兰（Ким Юн-Ран）运用西方经典叙事学理论分析小说的结构和叙述手法。她认为，要理解《日瓦戈医生》及其叙事结构，首先应考虑到作品体裁的特点，即小说包含诗歌与自传性散文双重因素，小说在艺术结构上呈现以下特点：其一，历史事件的客观性逐渐让步于作者抒情的主观性；其二，小说上部中叙述视角在不断变化，而下部中人物视角则逐渐隐退；其三，小说叙事的一个最重要特征是作者话语与主人公话语常常交汇、渗透，作者可以不经意地进入主人公意识之中，同时又不在文本中显露，这样就保持了作者视角的客观性。[①] 在《帕斯捷尔纳克的长篇小说〈日瓦戈医生〉——“文本中的文本”》一文中她还指出：“小说中诗歌与散文文本起着相互补充或相互映照的作用。一个是另一个的元文本，阐述着相对应文本的实质……”[②] 这种建立在文本细读与理论分析之上的研究对我们颇有启发。

### （三）该论题在中国的研究状况

尽管在我国学术界很少有人运用经典叙事学理论研究帕氏的小说，但也有几位研究者在审美细读方面取得了可喜成果。

汪介之从诗学视阈对小说的叙事艺术做了深入的研究。他在《〈日瓦戈医生〉的历史书写和叙事艺术》一文中认为，这是一部书写和反思20世纪前期俄国历史的艺术作品，小说以其出色的叙事艺术，为读者呈现出一种隐喻模式中的历史投影。文中提到：

---

① *Ким Юн-Ран* Об особенностях организации повествования в романе «Доктор Живаго» // Вестник Московского университета, Серия 9. Филология, 1997. № 3. С. 20—31.

② *Ким Юн-Ран* «Доктор Живаго» как текст в тексте//Филологические науки, 2000. № 2. С. 7.

> 在叙事方法上，《日瓦戈医生》往往通过主人公的梦境与幻觉，运用隐喻与象征来表现人物心理、命运或人物之间的关系……它那特有的叙事艺术，使这部小说既指涉、概括、隐喻和表达了一个时代，又超越了特定的历史时代，从而成为具有某种广远而永恒的价值和“纯诗”品格的作品，并得以跻身于世界文学经典之列。[①]

张纪在《〈日瓦戈医生〉中诗意的叙述主体》一文中运用经典叙事学理论，从叙述主体的视角变化来揭示小说在形式上取得的艺术成就，“在《日瓦戈医生》中，叙述声音与叙事眼光不是同一于叙述者，而是分别存于故事外的叙述者与故事内的聚焦人物这两个不同主体之中”[②]。在作者看来，帕斯捷尔纳克使用第三人称全知式和第三人称人物视角相结合的叙述方法，既保持了自己的客观叙事，又可以不露声色地将个人情感和历史评说融入人物形象，文本中大量的对话场景不仅减缓了作品的叙述节奏，也产生了抒情的空间，这也是作家叙事特色之所在——人物精神世界的叙事。在《〈日瓦戈医生〉的细节诗学研究》一文中，作者还从小说细节描写的诗意美、色彩细节的意象化和语言细节的戏剧化三个方面探讨了作家叙事语言的特点，指出：“帕斯捷尔纳克的创作特征不仅仅体现在叙述方式和表达形式上，更体现在对‘细节’具体而微地筹划和运用中，并

① 汪介之：《〈日瓦戈医生〉的历史书写和叙事艺术》，《当代外国文学》，2010年第4期，第13页。

② 张纪：《〈日瓦戈医生〉中诗意的叙述主体》，《南京师范大学文学院学报》，2010年第2期，第57页。

由此构成作品写实性和诗意性的双重效果。”①

张晓东在专著《生命是一次偶然的旅行：日瓦戈医生的偶然性与诗学问题》中运用叙事学的思想从人物形象、故事结构、道路时空体、作品的母题和思想内涵等方面对小说的偶然性主题做了有益的探索。作者认为，在帕氏的唯心主义世界观中，历史发展并不是一个必然的存在，偶在的生命有着自由的灵魂与独立的思想，“小说正是通过普遍法则无法理解的东西的偶然性表达其最深层的本质”②。全书紧抓偶然性叙事这一命题，力求解决小说中最令评论家们诟病的“情节缺陷”问题。作者指出，因为在《日瓦戈医生》中，偶然性是作为一种世界观出现的，这一概念体现出帕斯捷尔纳克对历史、生活和命运的认识，作家在小说结构中设计如此之多的“邂逅”是有意为之，目的在于突出其思想上的“偶然性”意义。

上述研究者的努力填补了我国帕氏小说叙事学研究的空白。但总体而言，这方面的探索在我国才刚刚起步，摆在我们面前的迫切任务是，“需要对帕氏创作的经典性做出有理、有力、有见地的艺术分析”③。唯有如此，才能揭示出帕斯捷尔纳克小说的价值所在。

---

① 张纪：《〈日瓦戈医生〉的细节诗学研究》，《俄罗斯文艺》，2013 年第 2 期，第 65 页。

② 张晓东：《生命是一次偶然的旅行：日瓦戈医生的偶然性与诗学问题》，哈尔滨：黑龙江人民出版社，2006 年，第 2 页。

③ 张建华：《新中国六十年帕斯捷尔纳克小说研究之考察与分析》，《外国文学》，2011 年第 6 期，第 47 页。

## 第三节 论题的意义及研究思路

中外各国的研究表明，从叙事学角度研究帕氏的小说不仅具有理论基础，而且有着很强的实际操作性，这主要表现在：首先，帕斯捷尔纳克不但继承了19世纪俄罗斯经典文学传统，而且从欧洲文学中汲取了丰富营养，诚如美国文艺评论家埃德蒙·威尔逊所言："这是与二十世纪最伟大的革命相辉映的诗化小说"，"兼备了《战争与和平》与《芬尼根守灵》的双重经典特色"。[①] 作家别具一格的创作手法，独运匠心的结构处理和情节布置都有待于进一步的探索。其次，帕氏一直希望能够从事散文创作，作家曾说过，以前写诗其实是在为《日瓦戈医生》做准备，正如画家为了完成一幅巨作而需要画草图进行练笔一样。帕氏既是诗人又是散文家、剧作家，文本具备典型的诗化语言特质，其作品结构甚至有着音乐、戏剧、绘画方面的特点。所有这些为揭示小说的美学价值提供了无限可能。最后，这部小说历时10年完成，是一部呕心沥血之作，也是其一生思想的结晶。在小说里帕氏用宏大规模的叙事"刻画出俄罗斯近45年的历史"，反映了他对俄罗斯半个世纪历史的认识和评价。如同托尔斯泰的《战争与和平》一样，《日瓦戈医生》近似于一部"全景式小说"，然而作家并没有热衷于刻画和描写外部世界，而是将笔墨专注于人物内心的感受，客观叙述与主观抒情融于一体，形成了作品

---

① 赵一凡：《埃德蒙·威尔逊的俄国之恋：评〈日瓦戈医生〉及其美国批评家（哈佛读书札记）》，《读书》，1987年第4期，第35页。

的独特叙事风格。

本书以叙事研究为切入点，以揭示帕氏的美学、思想价值为目的，具有一定的理论和实践意义。

学术理论价值在于：第一，努力将俄国文学修辞理论和欧美叙事学理论进行有机结合。本书的研究建立在细读帕氏小说的俄文原著之上，从语音、词汇、句子、语篇、语法、修辞、语言的常规和变异形式等微观层面，以及文体风格、作品结构、叙述视角、时空体、互文等宏观层面对作品作细致地分析解读，以进一步阐释这位文学巨擘的创作特色。第二，多方面揭示帕斯捷尔纳克小说创作的语言风格和叙事特色，对于准确理解帕氏的创作思想、全面评价这位诺奖获得者的文学成就，对于俄罗斯近现代文学史的撰写（尤其是提高对俄苏文学的整体把握），具有重要意义。第三，帕氏所处的时代是俄罗斯文学重构民族文化、表达知识分子理想的重要时期，对帕氏小说中的革命观、历史观的剖析有助于管窥社会革命进程中俄国知识分子的精神诉求，深化对俄国历史进程的进一步认识。

实际应用价值在于：第一，帮助普通读者更加准确、更为深刻地理解小说的题旨内涵。第二，相关研究成果可为国内俄罗斯近现代文学史的撰写提供有价值的资料，有助于学界全面评价帕氏文学创作的艺术成就及其对苏联文学、世界文学的贡献。第三，书中的观点可以应用于我国高校俄语专业俄罗斯文学课的教学实践。帕斯捷尔纳克是俄罗斯文学教学中需要重点讲解的作家，从俄文原著语言审美的角度解读帕氏小说，既能加深学生对俄罗斯语言的理解，又能提升他们对文学经典的鉴赏能力。第四，可以为这部俄国文学名著的翻译实践服务，即为我国译者准确理解《日瓦戈医生》的原文提供必要的依据和有益的参考。优秀的译本必定扎根在对外文作品的民族语言、民族文化和作家创作风格的正确理解之上，本书有助于译者加深对某些词汇、语法、辞格等方面的理解和把握，对译者在迻译过程中遣词造句，把握译文表达的分寸感有重要作用，有助于译者降低译文的差错率，提高译文的准确性。

创新之处在于：第一，研究方法上，从作品的文学性本身出发，揭示出《日瓦戈医生》高超的叙事艺术。我们着力采用精细的文本分析法，通过典型的语料例证，详细地论述作品的叙述主体、情节设置、时空安排以及叙事语言、人物语言、诗歌语言的典型特征，从文学审美的视角展示出这一文学经典独特的艺术魅力。第二，学术思想上，作为打破文学、哲学、美学等学科之间界限的跨学科研究，本书采用文艺学、语言学、文化学、哲学等多种视角阐述帕氏小说思想、艺术价值。本书作者严格遵循“从美学观点和历史观点”来考察文学现象的原则，一切从帕氏小说的文本内容实际出发，综合多个学科的优秀成果，集中揭示小说的题旨内涵和诗学价值。

本书采用叙事学理论与文本分析相结合的“细读”研究方法，在分析论证的过程中试图解决诸如“小说叙事的整体特征是怎样的”“叙事语言有何特色”“怎样理解作者在小说中使用的互文手法”等问题。

第一章主要运用经典叙事学理论论析作家的叙述方式。第一节重点讨论小说中创作主体情感的渗透，作者声音如何在文本中体现，叙述人的类型、语调特征及其功能。第二节阐述的要点包括本事（фабула）和情节（сюжет）、故事编排的特点、俄罗斯童话叙事结构，此节主要运用形式主义文论和普罗普的故事形态学理论。第三节讨论的是：叙述时间、时长及作者对时间的处理；文本空间的特色；小说所包含的“柏拉图型”传记时空体、道路时空体以及田园诗时空体。

第二章运用维诺格拉多夫文学修辞理论分析小说的叙事语言。第一节着重探讨小说中述叙述性语言、描写性语言和抒情性插笔的美学特色。第二节借助维诺格拉多夫的作品语言分析法，从语音、词汇、语法、辞格等层面入手，分析科马罗夫斯基、金茨、马克尔、日瓦戈等人的语言特色。第三节概述小说最后一章“尤里·日瓦戈诗作”的辞章风貌，并以其中的《冬夜》为例从结构、词汇两个方面分析帕氏诗歌的艺术魅力和主题思想。

第三章论析小说叙事的互文特征。第一节分别从“永恒之女性”“城市的主题”“我们是可怕年代的产儿”三方面考察帕氏小说对勃洛克的指涉和认知。第二节则从受难、死亡、复活、仁爱等主题揭示出小说情节与《圣经》故事的文本联系。

结语部分归纳我们对这一论题的基本观点，总结小说叙事的整体特征、叙事语言的艺术特色以及互文手法的作用。

# 第一章　《日瓦戈医生》的叙述方式

在长篇小说《日瓦戈医生》中，帕斯捷尔纳克采用的并非直线型情节故事叙述法，亦非注重描绘社会现实、展现宏大历史画面的现实主义手法。他的叙述方式博采众长，别具一格，富有现代主义文学的特征。《帕斯捷尔纳克传》的作者贝科夫（Д. Л. Быков）写道："对帕斯捷尔纳克而言，令他特别感到骄傲的正是《日瓦戈医生》的文体和格调，后者也承载着主要的信息，而情节则退居次位。"[①]文学研究者尤里·谢格洛夫则直接指出，帕斯捷尔纳克是"俄罗斯先锋派先驱之一"，小说的叙述手法"为20世纪中期俄罗斯现代主义的发展作出了总结"[②]。

## 第一节　创作主体的情感渗透

帕斯捷尔纳克的父亲是犹太人，著名画家，曾经给列夫·托尔

---

① *Быков Д. Л.* Борис Пастернак. М.: Молодая гвардия, 2011. С. 720.

② *Щеглов Ю. К.* О некоторых спорных чертах поэтики позднего Пастернака: Авантюрно-мелодраматическая техника в《Докторе Живаго》//Под редакцией *М. Л. Гаспарова* Пастернаковские чтения. Выпуск 2. М.: Наследие, 1998. С. 171.

斯泰的小说绘过插图，母亲是杰出的钢琴家，师出音乐家鲁宾斯坦门下。帕斯捷尔纳克出生的日子是俄历 1890 年 1 月 29 日（新历 2 月 10 日①），这天恰好是“俄罗斯诗歌的太阳”普希金的忌日，因此对于这样一个艺术气息浓郁的家庭而言，帕氏走上文学道路似乎具有特殊的含义。诚如俄罗斯文学研究专家巴耶夫斯基（В. С. Баевский）所指出的，或许这一巧合暗含了帕斯捷尔纳克对这位文学前辈在文学创作方面的继承性。②

帕斯捷尔纳克童年时代受邻居、俄国著名作曲家斯克里亚宾的影响，曾努力学习弹奏乐器、作曲和音乐理论，渴望成为音乐家。“人世间我最喜欢的是音乐，音乐领域里我最喜欢的是斯克里亚宾。”③ 然而由于没有“绝对辨音力”（абсолютный слух），他最终放弃音乐，1908 年进入莫斯科大学法律系学习。这一年他结识了奥地利诗人里尔克（后者也成为帕氏文学道路上的引路人），开始对文学产生浓厚的兴趣：“我无可救药地迷上了当代文学，沉醉于安德烈·别雷、汉姆生④、普希贝舍夫斯基⑤等人的作品。”⑥ 第二年帕氏转入历史哲学系，1912 年利用

---

① 俄罗斯历法有旧历（儒略历）和新历（公历或格里高利历）之分。前者是古罗马皇帝儒略·恺撒公元前 1 世纪制定颁行，平年 365 日，四年一闰，闰年 366 日，平均每年为 365. 25 日；后者是罗马教皇格里高利于 1582 年根据地球公转对儒略历做了修改，使平均年长更接近回归年（太阳连续两次通过春分点的时间间隔，约为 365. 24 日）的新历法。在俄罗斯，自彼得大帝开始两种历法并行，十月革命后苏联政府规定使用新历，但在民间人们依然使用儒略历。两种历法在 18 世纪相差 11 天，19 世纪相差 12 天，20、21 世纪相差 13 天。

② *Баевский В. С.* Пастернак. М.: Издательство Московского университета, 2002. С. 5.

③ 帕斯捷尔纳克：《人与事》，乌兰汗、桴鸣译，北京：生活·读书·新知三联书店，1991 年，第 26 页。

④ 克努特·汉姆生（1859—1952），挪威作家，1920 年诺贝尔文学奖获得者，著有《饥饿》《神秘的人》《大地的成长》等作品，信奉尼采哲学，崇尚自然主义，追求语言的唯美。

⑤ 斯坦尼斯拉夫·普希贝舍夫斯基（1868—1927），波兰作家，受尼采主义哲学影响，追求现代主义美学。

⑥ *Павловец М. Г., Павловец Т. В.* Б. Л. Пастернак. 《Доктор Живаго》. М.: Дрофа, 2007. С. 46.

夏季学期留学德国马尔堡，师从柯亨（Hermann Cohen）教授研究新康德主义哲学①，此外他还与先锋派画家伦图洛夫等有过广泛的接触，吸纳印象主义的创作理念。1913 年他发表第一本诗集《云中的双子星座》，由此步入诗坛，加入“未来主义”诗派，此后发表诗集《我的姐妹——生活》（1922）、《主题和变调》（1923）、长诗《施密特中尉》（1926）、《一九〇五年》（1927）等作品，逐渐成为苏联著名的诗人。20 世纪 20 年代后期，作家受到苏联无产阶级联合会（拉普）攻击，在国内难以发表作品，转而从事文学翻译，同时开始尝试散文与戏剧创作。

20 世纪 30 年代初，诗人产生严重的精神危机。一方面，随着“革命诗人”马雅可夫斯基的去世，帕氏被标榜为诗歌界的领袖，参与筹建苏联作家协会，1934 年当选为作协理事会理事。然而作家生性不愿与官场打交道，在他看来，政府的赞誉只会影响真实的创作，国家“订单”式的写作只会让作家失去独立的人格。另一方面，在乌拉尔地区集体农庄收集写作材料时，帕斯捷尔纳克看到的根本不是其他作家笔下歌舞升平的景象，而是饥饿和贫穷。作家该如何创作，艺术该怎样反映现实等问题让他陷入深深的矛盾与痛苦之中。帕氏后来给友人马斯连尼科娃（З. А. Масленникова）写信回忆道：

> 30 年代初，在作家当中兴起了一项运动——去集体农庄

① 新康德主义最早诞生于 19 世纪 50—60 年代的德国，李普曼、朗格、赫尔姆霍茨等都是早期新康德主义的代表，他们主张“回到康德那里去”，反对非理性主义和思辨的自然主义。新康德主义在发展过程中内部形成许多不同的分支，其中影响较大的是马尔堡学派和弗莱堡学派。柯亨（1842—1918）是马尔堡学派的创始人之一，他忠实于科学事实，将哲学划归认识论，认为“哲学乃是关于科学从而也是关于一切文化的各种原理的理论”。继朗格之后柯亨还进一步论述了“伦理社会主义”理论，倡导将人的道德修养、崇高的理想等作为人们的行为原则，强调人不是手段而是目的。

> 收集素材书写新农村，我想和大家在一起，也就跟着去了，打算写本书。在那里我所目睹到的无法用任何词语来表达。这是多么不人道的、难以想象的痛苦，如此可怕的灾难，以致它仿佛已经变成抽象的了，已超出了意识的范围。我病了，一整年都难以入睡。①

社会生活中庸俗功利主义者的歌功颂德和言不由衷令诗人感到压抑和厌倦。这一时期苏联国内阶级斗争如火如荼地进行，肃反运动扩大化使许多作家和艺术工作者受到牵连，古米廖夫、叶赛宁、亚什维里、曼德尔施塔姆、茨维塔耶娃等文学巨星黯然陨落，“革命的海燕”高尔基也化身为作家的“守护人”，奔忙于保护杰出作家和艺术家的事业。在悲痛和恐惧中，帕斯捷尔纳克选择了避开现实，远离政治，封闭自我，转入对历史与人生进行漫长的探索与思考。整个 30 年代，帕氏很少发表作品，仅有诗体小说《斯佩克托尔斯基》、自传体散文《安全保卫证书》、诗集《第二次诞生》② 等作品出版发行。卫国战争时期，作家一面积极创作战争诗篇，一面奔赴布良斯克前线采访报道，和人民站在一起，共同保卫祖国。战争结束后，作家感受到国内文艺政策的宽松趋势，于是着手创作长篇小说《日瓦戈医生》。然而事实并非如此，作家的处境未曾改善，作品依然难以发表，甚至一度不得不放弃文学创作，转向翻译，靠译介外国文学作品来养家糊口。他翻译了莎士比亚的《哈姆雷特》《罗密欧与朱丽叶》《李尔王》、歌德的《浮士德》、席勒的《玛利亚·斯图亚特》等作品。直到今天，帕氏翻译的《哈姆雷特》和《浮士德》在俄罗斯都被奉作

---

① 转引自：*Соколов Б.* Кто вы, доктор Живаго? М.: Яуза-Эксмо, 2006. С. 11。
② 三部作品分别发表于 1931 年、1931 年和 1932 年。

经典译本。

瑞典科学院评委会对帕斯捷尔纳克的作品赞赏有加，这也在苏联国内文艺界引起了不小的波澜，有时帕斯捷尔纳克不得不站出来为自己辩护。虽然帕氏表示，“与其说我想得到它（指诺贝尔奖——本书作者注），倒不如说我更为担心这一传言会变成现实”[①]，但是随着《日瓦戈医生》在欧洲受到热捧，1958 年瑞典科学院终于将该奖颁发给帕斯捷尔纳克。获奖后作家宣布拒领奖金，两年后在莫斯科郊外的佩列杰尔基诺（又称“作家村”）患肺癌去世。

纵观帕氏的人生道路，他出身于犹太知识分子的家庭，从小受过良好的家庭教育和文学艺术的熏陶，拥有崇高的人道主义精神和独立的人格品质，对历史和艺术也有着自己的看法和理解。正如作家 1936 年在苏联作协大会上的发言：

> （创作）要有托尔斯泰那种揭露现实和不拘礼节的激情……正是在某个地方存在那种救赎的传统，在这个传统的世界里，一切夸夸其谈和令人振奋的那种浮夸的东西看起来都没有基础，毫无益处，有时甚至是道德上值得怀疑的……艺术没有冒险和精神上的自我牺牲是不可思议的，自由大胆的想象应该在实践中获得，……在这方面不需要上级机关的指示。[②]

在帕斯捷尔纳克眼中，艺术有着特殊的含义：

---

① *Павловец М. Г., Павловец Т. В.* Б. Л. Пастернак. «Доктор Живаго». М.: Дрофа, 2007. С. 50.

② *Пастернак Б. Л.* Собрание сочинений в 11-ти томах. Т. V. М.: Слово/Slovo, 2004. С. 234—235.

> 如果以我现有的知识、才能，再给我以闲暇，我决定写一篇关于创作美学的文章的话，我会以两个概念——力的概念和象征的概念为提纲的。我会说明，科学是从光束的角度来研究自然界的，而艺术则不同，它是以力的光束穿透生活来观察人生的。我会像理论物理学那样，取力的广义概念，只不过我不会谈力的原则，而是谈它的作用，它的存在。我会阐明，在自我意识的范畴内，这力就叫做感情。[①]

“艺术的对象是为情感所浸染的现实”[②]，这在某种程度上决定了长篇小说《日瓦戈医生》的创作风格和叙事特点，即小说不是建立在故事情节的线性描叙之上，而是建立在作者对人物命运、历史进程的思考之上。作家专注于人在风云变幻的历史、动荡不安的社会以及曲折坎坷的遭遇中对自然、生命、爱情、死亡等永恒命题的解读与思索。

众所周知，一部艺术作品的作者[③]，首先表现为现实生活的个人，创作主体的情感、思索总会或多或少地反映在他的创作之中。艺术来源于生活，作者常常因自己（或他人）的人生经历有感而发，从个体体验中抽象出典型的故事情节，将自己的意识形态“具象化”于作品

---

① 帕斯捷尔纳克：《人与事》，乌兰汗、桴鸣译，北京：生活·读书·新知三联书店，1991 年，第 83 页。

② *Пастернак Б. Л.* Собрание сочинений в 11-ти томах. Т. III. М.: Слово/Slovo, 2004. С. 186.

③ 作者指的是现实生活中真实存在的个体，即日常生活中有着喜怒哀乐的作家本人，他是艺术作品的创作者。一部作品的作者可以是一位作家，也可以是几位作家，反之，一位作家亦可以是众多作品的作者。作者的创造性特征决定了每一作品的话语及其与众不同的文体风格，因此作者这一概念还具有界定与区分的功能。通常提到亚·奥斯特洛夫斯基、马雅可夫斯基、肖洛霍夫，人们自然而然会联想到他们分别是戏剧、诗歌与小说大师，至于中世纪及其以前的作品，如神话故事、章回体小说、《伊戈尔远征记》《天方夜谭》等，人们则可能无从知晓作者，也无法判定这些作品究竟是个人还是集体所作。然而一旦确定作者其人，人们就会立刻将他（及作品）与其他作者（及作品）区分开来。因而从这种意义上说，作者具有指示含义，表示在一定社会背景下对一种文本（或创造风格）与另一文本（或创造风格）的区分。

之中。与此同时，作者并非简单地运用语言描述和复现真实世界，而是对掌握的素材进行深加工，通过特殊的技术处理，使之成为具有美学内涵和思想价值的作品。因此，作者的重要性不言而喻，他对艺术及现实的态度与创作的理念左右文本的内容与艺术形式，成为作品思想和文本意义的起源[①]，文学作品在一定程度上反映的是作者的精神面貌。帕斯捷尔纳克思考艺术创作时就曾强调，艺术“蕴藏于对现实的生平经历的体验之中……它的根基植扎于道德鉴别力之未经雕琢的直接性之上”[②]。

那么文学作品是如何体现作者精神风貌的呢？美国叙事学家W. C. 布斯在《小说修辞学》（1961）中提出“隐含作者”的概念。“在他（指作家——本书作者注）写作时，他不是创造一个理想的、

① 也有一些文论家不赞同作者的重要性，提出了“作者死亡”说，其中包括布朗肖（Maurice Blanchot）、罗兰·巴特（Roland Barthes）、福柯（Michel Foucault）、德里达（Jacques Derrida）等。他们认为，“作品一旦行世，便成为一个独立自足的系统，便有其自身的命运，它绝不是作者按照其自身意愿可以制约的”。对于一部艺术作品，重要的不是作者，而是写作，写作是言语活动在说话。作者与文本不是传统观点所认为的父子关系，即作者并非文本写作的来源，文本“是由一个多维空间组成的，在这个空间中，多种写作相互结合，相互争执，但没有一种是原始写作：文本是由各种引证组成的编织物，它们来自文化的成千上万个源点……为使写作有其未来，就必须把写作的神话翻倒过来：读者的诞生应以作者的死亡为代价来换取”。可见，“作者死亡”说的核心在于文本解读过程中作者的隐退，“死亡”不过是比喻的说法。我们认为，福柯等文论家从不同角度阐释创作主体主观因素的消解，打破作者权威及社会背景对文本阐释的决定性作用，具有革新精神和启迪意义；并且他们的理论将现实的作者排除在文本研究之外，将其让位于读者、话语、文字等概念，拓展了文本的阐释空间，让语言获得新生，也使读者不再是“缺失的一环”，开始成为多元文本生产的一个重要参与者。然而另一方面，该理论的诞生有其特殊的历史背景，20 世纪五六十年代正值研究作者生平、史料考证、社会历史文化语境等“外在批评”没落，分析文本内部结构、语言组织等“内部批评”（尤其是法国结构主义）学说盛行时期。该理论有其先天的缺陷与不足，其理论前提是作者在作品中充当全知全能的叙述者，然而文学作品中，作者不可能千篇一律地使用这一种叙述方式。因此，“作者死亡”论并非适用于所有艺术文本。尤其在现实主义抒情、叙事作品中，作者的时代特征、人生经历、艺术观点等因素极大地作用于文学创作，不揭示创作主体对作品的影响，必然难以深入发掘文本的价值内涵。

② 转引自：瓦·叶·哈利泽夫：《文学学导论》，周启超等译，北京：北京大学出版社，2006 年，第 83 页。

非个性的‘一般人’，而是一个‘他自己’的隐含的替身……”①换句话说，隐含作者是创作者的“第二自我”，指处于创作过程中持有特定立场与观点的作家，是真实作者根据写作需要选择的一种“面貌”。隐含作者通常在文本中表现出一种显著的人格或意识，这种人格或意识由作家有意或者无意地带入创作过程，反映作者的审美趣味、价值取向、思想信念等个性特征。“‘隐含作者’有意无意地选择了我们阅读的东西；我们把他看作真人的一个理想的、文学的、创造出来的替身；他是他自己选择的东西的总和。”②

作者存在于现实世界之中，是真实的，隐含作者③产生于读者阅

---

① W. C. 布斯：《小说修辞学》，华明等译，北京：北京大学出版社，1987 年，第 80 页。

② 同上书，第 81 页。

③ 布斯的观点一经提出立刻受到文学评论界极大关注，但研究者对它的理解却不尽相同，例如巴尔（Mieke Bal）将“隐含作者”等同于文本意义，尼尔斯（Willian Nells）认为它是文本意义的给予者，查特曼（Seymour Chatman）则认为隐含作者是叙述交流结构中的发话者，在文本交流中起作用。这位叙事学家写道：“与叙述者不同，隐含作者什么也不能告诉我们。他或更确切地说，它，没有声音，没有直接交流的手段。它通过整体的设计，借助所有的声音，采用它所选择的使我们得以理解的所有手段，无声地指导着我们。”（见：谭君强：《叙事学导论：从经典叙事学到后经典叙事学》，北京：高等教育出版社，2008 年，第 32 页。）我国学者申丹教授认为隐含作者的概念同时涉及作者编码、读者解码的双向内容，将作者与读者的交流涵盖于文本之中，既符合内在的批评要求，又可以使研究者考虑作者的创作意图、写作技巧和艺术观点。“这一概念有利于看清作品本身与真实作者的某些表述之间的差异……有利于看到同一作者不同作品的不同创作立场……反映了作品的规范和价值标准，因此可以用作伦理批评的一把尺子，防止阐释中潜在的无限相对性。”（申丹：《何为“隐含作者”?》，《北京大学学报（哲学社会科学版）》，2008 年第 2 期。）我们认为，“隐含作者”的概念具有一定的模糊性。一方面，隐含作者究竟是谁创造的？作者抑或读者？如果是作者，那么隐含作者产生于文本写作过程，是作者创作个性的表露。研究作者旨在找出文本意义的来源，如果隐含作者能揭示文本意义的来源，而作者创造隐含作者，也就是说文本意义还是来源于作者，布斯的概念显得毫无意义；如果隐含作者不能揭示文本意义的来源，那么他（它）也就缺乏存在的意义。另一方面，倘若隐含作者由读者创造，那么它形成于作品完成之后，由读者根据文本推导而来。然而一部作品有难以计数的读者，一千个读者眼中有一千个哈姆雷特，每一读者的学识、经历和观点各不相同，读者建构隐含作者具有强烈的主观色彩，其可靠性值得怀疑。尤为重要的是，现实中一部作品可能有两位或者多位作者，譬如《红楼梦》《佩里克利斯》等，是否意味着一部作品中存在着几个隐含作者呢？所以隐含作者这一概念值得商榷。

读完艺术文本之后的感受，是虚拟的。根据布斯的观点，作者与隐含作者在人格特征上可能相吻合，也可能不吻合。例如普希金在《上尉的女儿》《别尔金小说集》等作品中表现出追求正义、同情弱小的形象，其中的隐含作者在精神层面与现实中的作者是吻合的。根据同时代作家回忆，果戈理在现实生活中是比较自私、吝啬的，然而《钦差大臣》《死魂灵》等文学经典表达出对社会丑态，人性虚伪、卑劣、自私等缺陷的鞭笞，隐含作者是一个高大伟岸的形象，这与作者果戈理本人的品行特征是不吻合的。所以，“我们根据作品来了解‘隐含作者’，而根据传记、自传、信件等史料来了解‘真实作者’”①。

俄苏学者维诺格拉多夫认为，对于文学作品而言，重要的不是作者的性格、经历、思想在艺术文本中的投影，而是化解于作品之中的作者，即“作者形象”（образ автора）。文学作品一方面反映着所描述的艺术世界，其中的人物、故事、时空、大自然等；另一方面它也可以反映出作者本人的主体特征，他的创作个性、语言风貌、态度观点，等等。“文学作品从来总是要透露出作者形象的信息。从字里行间，从描写手法，能感觉到他的面貌。这并非是现实当中，生活当中那个托尔斯泰、陀思妥耶夫斯基、果戈理的面目。这是作家的一种独特的‘演员’脸谱。”② 因此，它可以理解为反映在艺术世界中的创作主体，“作者形象是虚指而不是实指，是一种原则立场，而非其人本身，在作品中并不以作者其人的面貌直接出

① 申丹、王丽亚：《西方叙事学：经典与后经典》，北京：北京大学出版社，2010年，第71—72页。
② 转引自：王加兴、王生滋、陈代文：《俄罗斯文学修辞理论研究》，哈尔滨：黑龙江人民出版社，2009年，第8页。

现”[①]。在文学作品中，创作主体总是“不可避免地要反映出自己对全民语体系及其中各种成分的态度”[②]，作者形象即作者对艺术世界的评价态度以及对民族语及语言艺术的态度，它既保证了故事内容上的整体性又保证了语言情感上的统一性，它是作品语言结构和思想内涵的核心，是统摄作品风格各种要素的灵魂。

> 在“作者形象”身上，在它的语言结构中，统摄综合了一部文学作品风格上的所有特质和特点：运用富于表现力的语言手段造成的明暗相间、浓淡交映；叙述中不同语言格调的转换更替；文辞多种色彩的交错配合；通过选词炼句表现出来的种种感情色彩、褒贬态度；句法起伏推衍的特点。[③]

换句话说，通过对作品进行微观上的剖析（作品结构、语言手段、各种语体、不同的社会语言类型），对作品情调和气势的分析，以及对作品结构的整体把握，可以揭示出艺术文本的作者形象以及作者的精神风貌。

“作者形象”是维诺格拉多夫从语言分析角度对文学修辞理论的贡献，它与布斯的“隐含作者”有着一定差异。首先，“作者形象，是一个结合性的力量，与整个言语艺术体系中的所有体裁手段有关。作者形象是一个内在的轴心，以它为中心形成所有作品的修辞系

---

① 白春仁：《文学修辞学》，长春：吉林教育出版社，1993 年，第 287 页。
② 同上书，第 253 页。
③ 同上书，第 268—269 页。

统”[1]。这一概念诞生于创作主体对语言的选择与运用。将普通的语言加工创作成艺术的言语，让语言获得审美意义与情感表现的生命力，作者在完成这一过程时自然而然地将自己的“语言意识”注入文本之中，完成整部作品的布局谋篇。其次，“作者形象是贯穿艺术作品始终的，无论是在词汇的组织上，还是创作表现手法上都能找到作家的面孔”[2]。作者形象一直存在于文本之中，不是待到文本结束时才形成，也并非由读者根据作品内容推导而来。读者可以感受到作品中创作主体的存在，但揭示作者形象及其表现形式则需要研究者对作品言语结构和类型、作品体裁及修辞特色、叙述结构和功能等多方面进行缜密的分析。最后，作者形象涵盖了作品思想方面的整体性和辞章面貌上的整体性，其本质特征是主体与客体、内容与形式的统一。它完全不具有与读者交流方面的意义，也并非作者控制读者，制造阅读效果的手段。

综上所述，作者及作者形象在文本研究中处于中心地位，作品中的一切都与创作主体息息相关，作者形象是创作主体在文本中的反映，“是将作者与他的创造物——作品联系在一起的一种修辞特色”[3]。作者形象是经由作品语言间接体现在文本之中，那么它是如何不着痕迹地形成的呢？在我们看来，作品的叙述人起着至关重要的作用。三者之间的关系可以用下页图表示：

① *Виноградов В. В.* О языке художественной литературы. М.: Государственное издательство художественной литературы, 1959. С. 154.
② *Виноградов В. В.* О языке художественной прозы. М.: Наука, 1980. С. 311.
③ 黄玫：《文学作品中的作者与作者形象——试比较维诺格拉多夫和巴赫金的作者观》，《俄罗斯文艺》，2008 年第 1 期，第45 页。

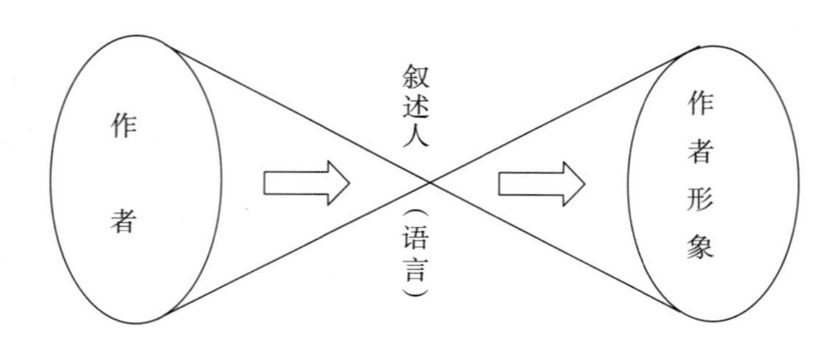


凡是故事，必有讲故事的人，讲故事的人就是叙述人。叙述人的概念涉及文本中的作者语言，包含叙述声音（“谁说”）和叙述聚焦（“谁看”）两个层面，是叙事文本分析的关键所在。

首先，无论叙述人以怎样的方式讲述故事，它都不等同于作者或作者形象。叙述人是作品语言的载体，是“表达出构成本文的语言符号的那个行为者”①。“从作者与小说叙述人的关系看，无论叙述人以什么方式出现在作品中，他都不是作者，也不等同于作者形象，但大都在或多或少的程度上反映着作者的形象。”② 其次，叙述人具有不同的类型。根据叙述人是否在文本中出现，可分为缺席的、隐蔽的和公开的叙述人。根据叙述人的视角范围可以分为全知全能型和人物型叙述人等。全知全能的叙述人熟知故事的前因后果，甚至人物的内心世界也了然于胸；人物型叙述人则在作品中以一个人物形象出现，其视角虽然受到一定限制，但也能够与其他人物形象及读者进行直接对话和交流。作品叙述的内容、语言和笔调总与作者息息相关，叙述人反映的其实是作者的态度与情志。最后，叙述人

① 米克·巴尔：《叙述学：叙事理论导论（第二版）》，谭君强译，北京：中国社会科学出版社，2003 年，第 19 页。
② 王加兴、王生滋、陈代文：《俄罗斯文学修辞理论研究》，哈尔滨：黑龙江人民出版社，2009 年，第 18 页。

在文本中承担重要功能。叙述人向读者讲述故事，担当作者与读者交流的“桥梁”。一方面，作者通过叙述人实现他/她与作品人物和读者之间的交流，另一方面，叙述人自身有时也参与同作品人物以及读者的直接交流。叙述人总希望读者能够相信自己所叙述的一切，努力证明所述内容的真实性，在叙述过程中，会以各种方式来说服和打动读者。而在叙述过程中，作者常常会情不自禁地偏离故事增添旁白及插笔，表达叙述人对人物和事件的价值判断与评价。这就能反映作者的立场、观点与态度，对揭示作品的作者形象具有重要意义。

那么，长篇小说《日瓦戈医生》如何体现创作主体的情感意志呢？让我们从文本中叙述人的角度来管窥一二。

小说以埋葬日瓦戈母亲的场景为开篇。一方面，叙述人以一种居高临下的姿态交代事件发生的时间、地点、环境等信息，引出故事主人公日瓦戈与他的舅舅韦杰尼亚平，展示人物的外形特征及其行为方式；另一方面，叙述人并未清晰地刻画所有出场人物的面貌，亦未曾详细记录主人公的人物语言，这使读者对作品主人公所产生的印象仅仅停留在体形轮廓方面，缺乏人物性格与思想方面的认识。文本第一句话“Шли и шли и пели《Вечную память》, и когда останавливались, казалось, что её по залаженному продолжают петь ноги, лошади, дуновения ветра.”(I, 1)[①]（人们走着走着，一边唱着《安魂曲》。当歌声停息时，送行人的脚步声、马蹄声和清风仿佛依然唱着挽歌，欲罢不能。[②]）是不

---

① 本书中所出现的《日瓦戈医生》作品原文均引自 *Пастернак Б. Л.* Доктор Живаго. М.: АСТ, 2008。由于小说以章、节的形式写成，故本书分别用罗马数字和阿拉伯数字标出作品引文所在的章、节，以方便读者查阅。

② 鲍·列·帕斯捷尔纳克：《日瓦戈医生》（上卷），白春仁、顾亚铃译，上海：上海译文出版社，2012 年，第 3 页。本书采用的作品译文均出自该书，个别地方有所改动。以下只标页码，不再另注。

定人称句，叙述人并未指明出场人物，读者只有在阅读完第二段以后才明白原来第一段所描述的对象是送殡队伍。这样，自一开始，叙述人就未以任何主体的形式出现在小说中，读者所能感受的仅仅是一个叙述声音。这种无所不知的叙述人以旁观者的立场讲述事件的全貌，使得作者能够自如地传达信息，保持客观、公正的形象，并可以不着痕迹地介入叙事进程：或以人物眼光看待所发生的事件，与人物视角相重合；或跳出叙事，以议论、评介等形式对历史事件表达自己的见解。

围绕人物对生活环境的感受进行叙事内容的剪裁与构思，是小说艺术的一个重要特色。叙述人将 20 世纪上半叶俄罗斯历史的重大事件与知识分子个人命运的描写紧紧编织在一起，以重大历史事件的发展为背景，以日瓦戈医生个人的生活和遭遇为情节主线，在宏大历史进程的视阈下讲述个体人物悲欢离合的人生故事，借助人物思想、命运的变化反映出时代整体特征，并在此基础上表达出作者本人的世界观和艺术观。小说囊括 1903 至 1929 年的历史（其尾声延伸到了卫国战争时期），涉及 1905 年革命、第一次世界大战、二月革命、十月革命、国内战争、新经济政策时期、社会主义建设等一系列重大历史事件。这些重大历史事件仅仅作为人物的成长背景出现在文本中。可是叙述人并没有对历史进行正面的直接描写，在文本中甚至未曾出现第一次世界大战、十月革命等字眼，很多情况下，叙述人对历史事件的描绘都是通过人物的视角来完成，例如：“尼古拉·尼古拉耶维奇从窗口看到人们到处逃窜。他知道这是参加游行的人。”（46）“她们来到街上。外面的空气大不一样……远处响着枪炮，忽而喑哑，忽而轰鸣，忽而一阵啪啪，似乎要把遥远的天边炸成碎片……拉拉快步向前，仿佛有种力量推着她疾走。她感到骄傲和振奋。”（65—66）罢工、游行示威以及1905年革命等历史场景在作者笔下被一笔带过，人物活动的历史背景被淡化，但主人公的所思所想，他们的内心感受和精神世界成为小说叙事的重要内容。正是在这种叙事策略之下，叙述人详细地讲述各种人物在不同历史阶段的命运、遭遇、情感以及思想的变化，通过人物对历史事件的感受来表现历史发展的本质及社会意义。

在小说中，整个艺术世界并不是从叙述人的角度描写的，而是按照主要人物的遭遇和情感体验来叙述的。小说的开头对作品人物日瓦戈、韦杰尼亚平、杜多罗夫、戈尔东和拉拉等人的生活分别作了交代，叙述人的视野与人物的视野常常交织在一起。刚刚参加完母亲葬礼的十岁的尤拉对外部世界的感受充满着哀婉色彩，夜里被窗外的呼啸声惊醒，被暴风雪的无限威力所震慑：“尤拉爬下窗台，第一个念头就是穿上衣服，到院子里去做点什么。他一会儿担心修道院的白菜被风雪埋住，再也挖不出来了，一会儿又害怕母亲被埋在雪里，无力反抗，会越陷越深，离他越来越远。”（5）二年级中学生米沙·戈尔东出身犹太民族，充满对世界的焦虑和疑惑：“他从记事开始就经常困惑不解，为什么有的人四肢五官、语言和生活习惯与别人不一样，却还是与众不同？为什么只有少数人对他有好感，大多数人却不喜欢他？他无法理解：如果你比别人差，无论怎样努力也无法改善自己的境遇。”（16）女子中学学生拉拉被科马罗夫斯基舞会上亲吻后内心感到极度不安：“不能再干这样的蠢事了。永远不干了。不能再装作天真无邪，不能再摆出可怜又可爱的样子，不能再羞答答地垂下眼帘。这样总有一天会惹出祸来。那条可怕的界限，已近在咫尺。跨前一步，就会坠入深渊。再不要想舞会了，那是万恶之源，要断然拒绝。可以推说没学过跳舞，或是拐了脚脖子。”（32）很显然，叙述人不着痕迹地进入主人公的内心世界，与人物的声音融为一体。这种“心灵感应式”的叙述手法在很大程度上削弱了平铺直叙的冰冷口吻，在保证客观、公正叙事的同时平添了叙述人的主观情感色彩，不仅让小说充满抒情的特征，更让读者对叙述人充满了信任。例如当拉拉被科马罗夫斯基从瓦雷基诺骗走时，日瓦戈整个人陷入精神恍惚的状态，不仅叙述人从自己的视角记录了主人公悲恸的状态，而且视角的转换也更加令读者真实地感受到人物内心的巨大痛苦：“他转身背对世界，脸朝关着的房门，在台阶上伫立良久。‘我的明亮的太阳沉落了。’他内心有个声音这么重复着。喉咙在颤抖，在抽搐，使他无法连贯地说出这几个字。”（548—549）叙述人与人物声音的重合增强了情感渲染的力度。“在修辞层面，这是希望所构建的小说首先不是描写型的，而是以戏剧表现的方式表达出感受、对话和人物。”①

小说通篇采用第三人称叙述，叙述人基本隐身于文本，属于全知全能型，对所发生的故事和人物内心都无所不知。但是也有例外。第二章“另一个世界中的少女”描绘拉拉的内心世界时叙述人变换成第二人称：“可乐声一停，你就会感到似乎出了什么岔子，好像被人当头浇了一桶冷水，或是没有穿衣服让人撞见了。此外，你允许别人同你如此亲热，是因为你想显示自己已经是个大姑娘了。”（31）还有这样一些叙述话语散落文本各处：“拉拉有一两次犹犹豫豫地在小客厅门前停下脚步，暗中希望面对大厅坐着的科马罗夫斯基能看见她。可是他左手里的牌像小盾似的挡着脸，眼睛盯着牌。

---

① *Борисов В. М., Пастернак Е. В.* Материалы к творческой истории романа Б. Пастернака «Доктор Живаго» // Новый мир, 1988. №6. С. 229.

也许他确实没有看见她，也许装作没看见。”（102—103）“有个人走进围看告示的人群。他面容瘦削，许久没有梳洗……这人便是尤里·安德烈维奇·日瓦戈医生。身上的皮大衣，多半早在路上被人扒去了，也许是他拿来换了吃食。”（459）“有一次拉拉出了门，再也没回来。看来是当时在街头被捕了。不清楚她是死了，还是关到什么地方被人遗忘了。也许，在北方难以数计的混合集中营或女犯集中营中，有一处在后来散失的名单里，登记过一个没有姓名的囚号。”（608—609）在无所不知的叙述者笔下，叙述人对科马罗夫斯基打牌时情景、日瓦戈逃亡路上皮大衣的去向以及女主人公拉拉最后的结局犯起了“糊涂”，使用了“или... или...”（或者……或者……）形式的选择疑问句。显然，作者并不热衷于“展示”类型的叙事，对故事情节作似镜的反映与折射，而是希望将想象空间交付读者，让读者揣摩故事背后的深层内涵。

虽然帕斯捷尔纳克在著作中并未显露叙述人的形象及身份，但在阅读文本的过程中读者能够明显感受到叙述人的存在及其近似作者本人对历史的看法和态度，这主要通过叙述人的干预、叙事进程之外的插话和旁白表现出来。叙述人暗含作者声音在作品中还有一个重要的表现形式——准直接引语。

作品语言可分为两个基本层面：作者语层与人物语层。叙事文本中还常常出现一种兼有作者语层和人物语层的话语模式。例如：“他们两人的区别就在于此。周围生活所以可怕，也在于此。对生活的震慑是靠雷电吗？不是，是用侧目而视和背后的窃窃私语。生活到处都是陷阱和虚伪。如果只是一根蛛丝，你一抻它就扯断消失了，可你要想从蛛网脱身出来，只会愈缠愈紧。所以，强者也受制于无耻之徒、虚弱之辈。”（59）在形式上，这段话属于作者语言，采用第三人称叙述；在内容上，它明显包含女主人公拉拉的话语，叙述人使用的是人物视角，鲜明地表达出拉拉失身后内心痛苦的挣扎。然而主人公的话在文中并无任何标识，既没有直接引语标点符号上的印记，也没有间接引语的提示词（如“她心里想”“她暗自思忖道”等），叙述人巧妙地将人物语言隐藏在正常的叙述之中，将人物与作者的声音融为一体。帕斯捷尔纳克十分擅长使用准直接引语来表达自己轻蔑、讽刺、同情或赞美的情感。如对科马罗夫斯基的厌恶：“他就是现在站在尸体旁那个对一切都无动于衷的律师。此人个头敦实，表情轻慢无礼，胡子刮得干干净净，穿戴讲究。”（19）对拉拉的同情和赞美：“那么说是她开的枪？是要打死检察长？大概是个政治人物吧。真可怜。现在她可要吃苦头了。瞧，她是多么高傲漂亮！”（106）对生活、艺术的感叹：“他的家没有遭到破坏，还存在于世界之上。那里每一块石头都非常亲切。这才是生活，这才是感受，这才是寻奇探胜者所追求的东西，这也才是艺术的宗旨所在——回到亲人怀抱，回归自我，获得重生。”（199—200）

可以看出，叙述人背离传统现实主义注重叙述情节的手法，采用抒情的笔调深入人物内心世界，不在于描绘历史进程的真实境况，而在于展现主人公内心的切身感受，传达出作者的情感和态度。因此俄文学评论家、俄罗斯当代著名诗人沃兹德维任斯基评价说：“这实质上是一部现代主义主观性很强的作品。”① “主观性很强”其实就是指创作主体的情感渗透到作品的叙述之中。

---

① 转引自：*Горелов П.* Размышления над романом 《Доктор Живаго》 //Вопросы литературы, 1988. №9. С. 55。

## 第二节　作品结构的情节安排

“情节”的概念由来已久。早在公元前4世纪古希腊先哲亚理斯多德在《诗学》中就作了详细论述。这位伟大的哲学家、美学家将情节、“性格”、言词、歌曲、“形象”和“思想”视为悲剧艺术的六个基本成分，“六个成分里，最重要的是情节”[①]，对情节的作用他强调：

> 如果有人能把一些表现“性格”的话以及巧妙的言词和“思想”连串起来，他的作品还不能产生悲剧的效果；一出悲剧，尽管不善于使用这些成分，只要有布局，即情节有安排，一定更能产生悲剧的效果。……因此，情节乃悲剧的基础，有似悲剧的灵魂。[②]

亚理斯多德将情节定义为“行动的模仿（所谓‘情节’，指事件的安排）”，并补充解释说：

> 在诗里，正如在别的模仿艺术里一样，一件作品只模仿一个对象，情节既然是行动的模仿，它所模仿的就只限于一个完整的行动，里面的事件要有紧密的组织，任何部

---

① 亚理斯多德：《诗学》，罗念生译，上海：上海人民出版社，2006年，第31页。
② 同上。

分一经挪动或删削，就会使整体松动脱节。[①]

因此，“行动的模仿”在内容上规定了情节的范畴，即文学创作归根结底是对现实生活的再创造，情节是对人物行动的编织和模仿；“事件的安排”在形式上指出了情节产生的方式，“一个完整的行动”强调的是布局上的完整性，即创作者需要详略得当、错落有致地合理规划文本内容，情节具有完整性和统一性。《诗学》是亚理斯多德对其所处的时代悲剧创作实践的总结，情节论是悲剧学说的核心，在很大程度上影响了欧洲此后两千年的戏剧文学创作。

在俄语中，“情节”（сюжет）一词源自法语 sujet（事物），自18世纪才开始在俄罗斯语文学界广泛使用，其初始义指“文学作品中的事件进程”。“将情节看成是作品中已得到再现的事件之总和——这一理解，源起于19世纪俄罗斯文学（A. H. 维谢洛夫斯基的《情节诗学》）”[②]。到20世纪20年代，俄国形式主义文论将文学研究重心从作品思想与社会功能转移到文本的内部结构、表达方式及创作技巧上，普罗普的《故事形态学》、什克洛夫斯基等人的陌生化学说（含“情节观”）深深影响了现代文学叙事学理论。

在《故事形态学》中，普罗普摒弃传统的故事分类法[③]，引入植物学分支“形态学”的概念对民间故事的内部结构及其发展规律、

---

① 亚理斯多德：《诗学》，罗念生译，上海：上海人民出版社，2006年，第37页。

② 瓦·叶·哈利泽夫：《文学学导论》，周启超等译，北京：北京大学出版社，2006年，第274页。

③ 传统观点根据描写的对象将民间故事分为奇幻故事、日常生活故事、动物故事等，依据内容和主题分为战恶龙的故事、三个兄弟的故事、老巫婆的故事等。

运行机制进行形态比较分析。通过对大量的比较研究[①]普罗普发现民间故事中具有可变的因素（角色）和不可变的因素（人物的行动），并得出结论：故事就是将相同的行动分派给不同的角色。他认为，在所有的故事中，推动故事向前发展的是人物的行动，也就是说，行动在故事中起着关键作用。这些由不同人物承担的行动被称为“角色的功能”。他指出，童话故事存在31种功能项，分别属于情节发展的六个阶段——准备阶段、转移阶段、复杂化阶段、斗争阶段、返回阶段和认出阶段，每一个阶段都包含有数个功能项。虽然并非每一童话故事都包含所有的功能项，但它至少会具有其中的几种。此外，普罗普还将故事中的人物划分出七种“行动圈”，即人物的七种角色：①对手，②赠与者，③帮手，④要找的人物及其父亲，⑤送信者，⑥主人公，⑦假主人公。这些抽象出来的角色和功能构成童话故事的基本组成部分。

对于“情节”，普罗普叙述道：

> 故事的全部内容或许用类似下面的三言两语就可以叙述出来：双亲要去树林子里，他们禁止孩子们跑到外边去，

---

① 比较研究是普罗普故事形态学说的重要研究方法之一。普罗普首先对四个例子进行了对比：1. 沙皇赠给好汉一只鹰。鹰将好汉送到了另一个王国。2. 老人赠给苏钦科一匹马。马将苏钦科驮到了另一个王国。3. 巫师赠给伊万一艘小船。小船将伊万载到了另一个王国。4. 公主赠给伊万一个指环。从指环中出来的好汉们将伊万送到了另一个王国。接着通过对俄罗斯一百多个民间故事的归纳和分析，他总结出四条主要结论：一、角色的功能充当了故事的稳定不变因素，它们不依赖于由谁来完成以及怎样完成。它们构成了故事的基本组成部分。二、神奇故事已知的功能项是有限的。三、功能项的排列顺序永远是统一的。四、所有神奇故事按其构成都是同一类型。详见：弗拉基米尔·雅可夫列维奇·普罗普：《故事形态学》，贾放译，北京：中华书局，2006年，第17—20页。

> 蛇妖偷走了姑娘，诸如此类。所说的这一切给出了故事的结构，所有必不可少的成分、补充成分以及句子的其他部分确定了情节。换言之：这个结构可以建立在不同情节的基础上……所有神奇故事都应被看作是诸多变体构成的一根链条。假如我们能展开一幅衍化的图画，我们就会确信在形态学意义上，所有这些故事都出自蛇妖窃取公主的故事，出自我们认定为基本形式的形式。①

因此，在普罗普看来，无论童话故事的内容多么千差万别，它们的情节其实一样，都能抽象出故事内部进展的同一条脉络。

20世纪20年代初，俄国形式主义者对“情节”和故事作出明确的区分。托马舍夫斯基在《文学理论·诗学》中写道：“对于那些在其彼此之间内在的关联之中的……事件的总和，我们称之为本事（фабула）……对于在作品中已然被艺术地建构起来的那些事件的分布，则称之为情节（сюжет）。”② 也就是说，在形式主义文论中，“本事”即小说的创作素材，指按实际时间排列、由因果关系先后发生的事件总和；“情节”则是艺术家采用特殊技巧加工处理之后新产生的艺术建构。

---

① 弗拉基米尔·雅可夫列维奇·普罗普：《故事形态学》，贾放译，北京：中华书局，2006年，第110—111页。

② *Томашевский Б. В.* Теория литературы. Поэтика. М.: Аспект-Пресс, 2002. С. 180—182.

两个概念建立在“陌生化”理论[①]的基础之上。这一理论认为，文学艺术是作者运用“陌生化”手法引领读者重新感受事件（或事物）的过程，在这一过程中重要的不是被感受的那一事件（或事物），而是作者的创作技巧和表现形式。具体到小说之中，形式主义者强调作者对“本事”的创造变形，在陌生化了的“情节”中延长读者对作品内容关注的时间和感受强度，增加阅读兴趣与审美快感。为了获得“情节”，叙述人需要对“本事”进行时间上的重新编排（如预叙、倒叙、插叙等），选择符合主题思想的叙述视角和讲述方式。“本事”构成作品的“潜在结构”，“情节”体现艺术作品的“文学性”[②]。

分析《日瓦戈医生》的本事与情节[③]之前，我们有必要回顾20世纪30—40年代苏联的文艺政策及其小说创作的主要特征。

---

① “陌生化”理论的奠基人什克洛夫斯基认为：“艺术永远是独立于生活的，它的颜色从不反映飘扬在城堡上空的旗帜的颜色。”换句话说，文学艺术不是对现实生活的直接反映和再现。那么，文学作品存在的目的是什么呢？形式主义者认为存在于艺术形式自身之中，文学作品具有内在的规律与机制。他们从日常生活经验出发，发现人们对于习以为常的事物大多视而不见或者忽略其审美特征，例如人们会清晰地记得开始学会骑车、第一次下厨或初次约会的情景，然而若干年以后这些事件（事物）就会进入人们无意识的“自动化”领域，不再引起大家的注意。为了恢复生活中对事物的新鲜体验，唤醒人们对事件（事物）的感知，人们才创造了艺术。“那种被称为艺术的东西之存在，正是为了唤回人对生活的感受，使人感受到事物，使石头更成为石头。艺术的目的是使你对事物的感觉如同你所见的视像那样，而不是如同你所认知的那样；艺术的程序是事物的‘陌生化’程序，是复杂化形式的程序，它增加了感受的难度和时延……”参见：什克洛夫斯基：《散文理论》，刘宗次译，南昌：百花洲文艺出版社，1994年，第10页。

② 转引自：申丹、王丽亚：《西方叙事学：经典与后经典》，北京：北京大学出版社，2010年，第43页。

③ 需要指出，西方文论的“本事”与“情节”不同于我国文论中两个词语字面上的含义。国内《文学词典》将前者看作故事梗概，即小说内容的简要介绍；将后者看作“人物性格形成和发展的一系列生活事件”，为刻画人物性格、深化主题思想而服务。显然，这些定义与俄罗斯文论中的概念相去甚远。此外，国内也有研究者将“фабула”译成“故事”，然而这一译法并不贴切，因为“故事”与“情节”在汉语中的所指基本等同，人们常将两者看作同一概念。因此，我们更倾向于使用刘宁教授所译的“本事”，此处运用词语的直义，可形象地理解为“（小说中）本来的事件”。

20 世纪 30 年代，阶级斗争的方法被运用于苏联的艺术生活，国家政治意识形态逐渐支配文坛。1930 年，文学团体“拉普”提出所有创作必须具有“百分百的共产主义意识形态”[1]。1934 年，苏联召开第一次全苏作家代表大会，确立“社会主义现实主义”为文学基本创作方法：

> 作为苏联文学与苏联文学批评的基本方法，要求艺术家从现实的革命发展中真实地、历史地和具体地描写现实。同时艺术描写的真实性和历史具体性必须与社会主义精神从思想上改造和教育劳动人民的任务结合起来。[2]

自此，文学创作与国家政策和教育功能紧紧联系在一起，文学作品成为反映历史变革与农业合作化、歌颂社会主义建设的重要载体。这一时期，无论文学体裁还是创作思想，大多与党政方针保持高度一致。艺术创作只有“表现苏联社会中的正面事物”才具有代表性。另一方面，苏共中央和苏联作协猛烈批评并攻击“离经叛道”的作家，使他们的作品在国内长时间得不到发表，如讽刺作家左琴科的中短篇小说、布尔加科夫的《大师与玛格丽特》（1929—1940）、普拉东诺夫的《基坑》（1931）、《初生海》（1934）等。

1946 年，苏共中央先后通过一系列决议，由此开始长达数年的“日丹诺夫时期”。苏共的这些政策要求文学艺术必须反映苏联战后

---

① 见：马克·斯洛宁：《现代俄国文学史》，汤新楣译，北京：人民文学出版社，2001 年，第 365 页。

② 《苏联作协章程》，转引自：许贤绪：《当代苏联小说史》，上海：上海外语教育出版社，1991 年，第 1 页。

的建设及人民的生活，歌颂苏联人民乐观向上的思想情感和忘我劳动建设国家的精神风貌，强调“只有积极宣传苏维埃国家的政策，才能完成自己教育劳动人民的重要任务，因为苏维埃国家的政策是苏维埃制度的生命基础”①。这一时期很多文学作品描绘理想主义而非社会现实，讴歌社会主义建设。它们仿佛由同一个模板刻制而来，故事的主人公凭借着对党、对斯大林的无限忠诚在为共产主义的奋斗中不断创造奇迹，获得灿烂光明的未来。无怪乎 1949 年斯大林文学奖获得者巴巴耶夫斯基（С. П. Бабаевский）在苏联解体后曾感慨万分：

> 我常想，为什么对普通老百姓最美好的苏联政权垮台了呢？我对自己说也有我一份责任。我写的书只一味歌颂，没能批评某些不良现象……我本不是作家，是他们把我制造成作家的。不仅我一个人，西蒙诺夫、马尔科夫、费定等人也如此。②

被政治需要与意识形态所影响，忽略创作主体的个性及独立的意识，缺乏精心设计的艺术构思与审美理念，未能展现对历史事件、社会矛盾之本质的深刻认识，不再深入刻画人的内心世界及其灵魂归宿的时候，他创作的作品也就失去了存在的意义，必然会被历史无情地淘汰。

---

① 《关于剧场上演节目及其改进办法——联共（布）中央一九四六年八月二十六日的决议》，《苏联文学艺术问题》，曹葆华等译，北京：人民文学出版社，1959 年，第 78 页。转引自：陈建华、倪蕊琴等编著：《当代苏俄文学史纲》，沈阳：辽宁教育出版社，1997 年，第 3—4 页。

② 蓝英年：《〈金星英雄〉话今昔》，《博览群书》，1996 年第 3 期，第 5 页。

20 世纪 50 年代，苏联国内社会政治形势的变化以及第二次苏联作家代表大会的召开使得作家们在思想上变得活跃起来。列昂诺夫的《俄罗斯森林》（1953）、爱伦堡的《解冻》（1954）、杜金采夫的《不是单靠面包》（1956）开始涉及现实生活中的矛盾和冲突，揭开苏联文学“解冻”时期的序幕。内容方面，这些作品重视人性回归，将“人”和“人道主义”放在故事的中心地位，直面生活的问题与人性的阴暗面；创作风格上，作品重新挖掘俄罗斯古典文学中现实主义和批判现实主义的传统，拓展文学体裁和创作主题，将象征、抒情、讽刺等多种艺术表现手段综合到一起。1956 年，苏共中央总书记赫鲁晓夫在苏共“二十大”上做了“秘密报告”，深刻揭露“个人崇拜的危害”，反思斯大林时期的历史错误，要求“落后于生活，落后于苏联现实”的文艺界给“平庸和虚假”的作品以“应有的打击”。随后不久，苏联作家协会为曾遭批判的巴别尔、皮里尼亚克等作家恢复荣誉，解禁布宁、布尔加科夫、阿赫玛托娃、左琴科等人的作品。

正是在这种历史大背景之下，帕斯捷尔纳克感到国内文艺思潮在转变，自由派、写实派的创作思想有了很大发展，《日瓦戈医生》这部体现作家本人创作风格与理想追求的作品有望发表，于是将小说手稿交付《新世界》和《旗》两家文学杂志，并与国家文艺出版社洽谈出版事宜。然而直到 1956 年秋，小说都未见出版迹象。此后一位在俄罗斯电台工作的意大利记者受出版商菲利特里涅利（Дж. Фельтринелли）之托前往帕斯捷尔纳克处获得小说手稿，1957 年这位出版商将小说在米兰用意大利文率先发表，之后直接导致“帕斯捷尔纳克事件”的发生。

作家本人曾经说过，《日瓦戈医生》完全是按照“自己的意愿”

写的一本书，“我从一个艺术家的角度来作为见证人，我写了我生活过来的那个时代”[①]。“生活变得太沉重了，太复杂了。我们需要的价值观念——小说最善于表现。我在自己的长篇小说中试图把它表达出来。”[②] 故而不迎合时尚，不塑造“时代英雄”和“正面人物”，不矫饰生活，涂抹历史，坚持用人道主义价值观评判过往，用淡定沉稳的笔调叙述个体的命运，这从根本上决定了小说内容、创作手法与时代政治的要求有着巨大的反差。“新历史主义”文学评论家海登·怀特曾指出，历史文本拒绝“伪饰”，它将“编织情节”与“建构的想象力”统一起来，以使“历史事件在价值判断上是中立的”。[③] 帕斯捷尔纳克在小说中就坚持用自己的眼光，自己的理解来反映俄国20世纪上半叶这一重大历史时期。不同于描写革命的传统苏联文学作品，帕氏的小说中没有列宁、斯大林，没有高呼的政治口号和革命的激情，作者有意淡化具体的历史事件，避开时代的主导意识，专注于主人公的内心世界、个体感悟，以及大自然、爱情、历史、死亡等永恒的哲学命题，这是帕氏构思作品结构，编织故事情节的基本出发点。

《日瓦戈医生》共计17章，除最后一章25首诗歌外，前16章以主人公日瓦戈（尤拉）为主要线索讲述主人公的一生经历和个人感受，故事内容从1903年开始直到第二次世界大战结束。情节发展以女主人公拉莉萨（拉拉）的遭遇为次要线索，将沙皇统治旧社会

---

① 马克·斯洛宁：《苏维埃俄罗斯文学》，浦立民、刘峰译，上海：上海译文出版社，1983年，第238页。
② 帕斯捷尔纳克：《人与事》，乌兰汗、桴鸣译，北京：生活·读书·新知三联书店，1991年，第365页。
③ 海登·怀特：《作为文学虚构的历史文本》，张京媛主编：《新历史主义与文学批评》，北京：北京大学出版社，1993年，第162—164页。

的遗毒科马罗夫斯基和社会审判“大法官”的化身安季波夫聚到一起。两条线索按照两位主人公的爱情体验（聚散离合）向前演绎发展，描绘整个历史的变迁与个体对外部世界的感受、观察和思考。小说的“本事”可简要整理为以下内容：

1. 尤拉父母去世，舅舅将他寄养在格罗梅科教授家中，尤拉与教授的女儿冬尼娅从小青梅竹马，在良好的家庭氛围中成长。

2. 拉拉一家来到莫斯科。律师科马罗夫斯基引诱拉拉，致使拉拉母亲服毒，尤拉第一次见到拉拉。此后，拉拉到工厂主科洛格里沃夫家中担任家庭教师直到弟弟前来借钱。

3. 拉拉在圣诞舞会上开枪射杀科马罗夫斯基，尤拉与她第二次碰面。拉拉与安季波夫结婚并移居尤里亚京。

4. 第一次世界大战爆发，安季波夫志愿奔赴前线，拉拉以护士身份来到战场寻夫；尤拉担任军医负伤，两人在梅柳泽耶夫第三次邂逅。

5. 战事告一段落，拉拉返回尤里亚京，日瓦戈经历兵变后启程回莫斯科，在火车上遇到猎人、传说中济布申诺共和国会说话的聋哑人波戈列夫希赫。

6. 俄国相继发生二月革命与十月革命，莫斯科全城处于恐慌、动乱之中。一个风雪交加的夜晚日瓦戈第一次见到同父异母的兄弟叶夫格拉夫。在后者建议下，日瓦戈一家决定前往西伯利亚的瓦雷基诺避难。

7. 乘火车前往西伯利亚途中，日瓦戈见到红军指挥员斯特列尔尼科夫。

8. 抵达瓦雷基诺后，日瓦戈全家过上田园诗般生活。日瓦戈白天劳作，夜间从事文学创作。

9. 日瓦戈在尤里亚京市图书馆与拉拉再次相遇，此后两人日久生情。日瓦戈在一次回家途中被游击队征为随军医生。

10. 日瓦戈在游击队担任军医，一年多的时间里先后经历了树林中红白两军交战、游击队内部谋反、士兵帕雷赫杀死妻儿等事件。

11. 从游击队逃出后，日瓦戈回到拉拉身边，患病期间再次见到同父异母兄弟。日瓦戈和拉拉一起返回瓦雷基诺。科马罗夫斯基前来将拉拉骗走。

12. 斯特列尔尼科夫回到瓦雷基诺与日瓦戈彻夜长谈，第二天一早开枪自杀。

13. 日瓦戈回到莫斯科，与马丽娜同居生子。叶夫格拉夫第三次出现。

14. 1929 年夏天日瓦戈在行进的电车中因心脏病突发去世。拉拉回到莫斯科碰上日瓦戈葬礼，此后不知所踪。

15. 管理员丹尼娅受将军叶夫格拉夫接见并向后者讲述自己一生的遭遇。

16. 戈尔东和杜多罗夫 1943 年在路上相遇，谈起赫里斯季娜与管理员丹尼娅的故事。

17. 若干年后，戈尔东与杜多罗夫再次相聚，阅读叶夫格拉夫编辑的日瓦戈的著作集。

单就作品内容而言，不得不承认，它不具有引人入胜的情节，似乎不具备小说常见的开端、发展、高潮、结局以及起承转合的发展脉络，甚至“入戏”的节奏都显得滞缓拖拉，无怪乎“俄罗斯诗歌的月亮”阿赫玛托娃听完作家朗诵小说片段之后感到无聊沉闷，认为小说的结构存在问题，艺术性不完整，作品建构显得冗长而松散[1]。然而，正如我们在第一节所述，小说的叙述笔调具有强烈的现代主义文学特征，作家强调的并非历史，而是人物的精神与个性。作品结构上存在两个叙事层面，一是按照传统的小说体裁特点将故事情节有序地铺展开来；另一是为了描绘人物内心作者对既定叙事做了偏移。可以看出，一方面，作为小说家的帕斯捷尔纳克注重小说情节发展的安排与人物形象的塑造，而另一方面，作为诗人的帕斯捷尔纳克在作品中还希冀表达个体生命的内心感受，通过情节、人物、意象来展现作者本人的历史评价和哲学思考。所以，小说不是普通的编年史纪事，而是蕴含有深层的叙述结构，这种叙述结构具有两个来源，一是《圣经》，另一是俄罗斯民间的童话故事。

俄罗斯学者丘帕（В. И. Тюпа）在《〈日瓦戈医生〉的类诗结构》一文中指出，小说开头写尼卡与娜佳的故事影射了《创世记》中人类始祖亚当与夏娃的形象，尼卡周身疼痛、手脚和肋骨好像被人用棍子打了一顿的心理感受很容易联想到钉在十字架上的耶稣形象。“一本以《福音书》诗歌结尾的书自然应该有与《圣经》开头相对应的开篇，而旧约全书的第一本书中夏娃在第二章开始出现

① *Лубровина И. М.* С верой в мировую гармонию: образная система романа Б. Пастернака: 《Доктор Живаго》 //Вестник Московского университета. Серия 9. Филология, 1996. №1. С. 95.

（拉拉恰恰也在小说的第二章开始出现），即创世七天之后。”[1] 小说以日瓦戈一个人的生活经历串联叙事全局，形成个体生命“此在”世界中的人生轨迹，从父母双亡颠沛流离的命运开始，至乘坐电车猝死街头为止。但故事并未就此结束，“尤里·日瓦戈诗作”成为主人公精神永恒的象征。小说尾声中人们提及日瓦戈、阅读他的著作，不仅是对他的怀念，更证明了他的不朽。

小说的情节安排以母亲送殓的场景开始，到杜多罗夫和戈尔东阅读日瓦戈的著作结束，作品中也一再提到叶夫格拉夫不辞劳苦地编辑哥哥的书，杜多罗夫和戈尔东所阅读的书是否就是帕斯捷尔纳克所写的这部小说呢？或者说，作者有意用“书中书”这一创作手法将故事的开头与结尾形成时空上的圆，将线性流动的时间空间化，抹平过去、现在与将来的界限，让小说充满宗教哲学意味。借助于这种“书中书”的回环往复，时间和空间的概念从历史事件之中抽离出来，主人公的故事和精神内涵在本质上具有永恒的特征。

这如同《新约》的叙述结构：《新约》讲述耶稣在人间传道的生命旅程，直到客西马尼园被犹大出卖，最后被钉在十字架上殉难。他的故事也未就此终结，耶稣生前的话被写进《福音书》，成为他的生命与精神的延续。显然，《日瓦戈医生》参考的正是这一叙述方式，“尤里·日瓦戈诗作”如同《福音书》一样，是作者关于“永恒”观点的表达。在第三章中我们将对作品与《圣经》的互文做进一步分析，在此不再赘述。

叶甫盖尼·帕斯捷尔纳克写道：

---

[1] В. И. 丘帕：《〈日瓦戈医生〉的类诗结构》，顾宏哲译，《俄罗斯文艺》，2013 年第 2 期，第16 页。

> 小说创作期间——尤其是下卷创作期间，除了各种历史文献，帕斯捷尔纳克还广泛使用了民间口头文学素材：乌拉尔民间文学集，阿法纳西耶夫的《民间故事》，巴若夫的《孔雀石箱》，以及他本人早在1942年奇斯托波尔所作的有关民间口头文学的笔记。这段时间他认真阅读了1946年列宁格勒出版的普罗普名作《神奇故事的历史根源》。帕斯捷尔纳克对民间文化的关注，对于我们理解《日瓦戈医生》的诗学至关重要。1954年11月9日他对涅克拉索娃谈到了他即将完成的这本书的一些特点："……如今在我看来，上部是为非同寻常的下部所做的铺垫。我觉得下部最大的不同寻常之处就是，我对现实，即所有事件的处理，与上部相比较，更不同于普通的写法，几乎接近于童话了……"①

小说中民间故事的叙事特色，首先体现于人物角色的设定。参照普罗普的童话故事形态分析，我们可以获得这样一个角色功能图：

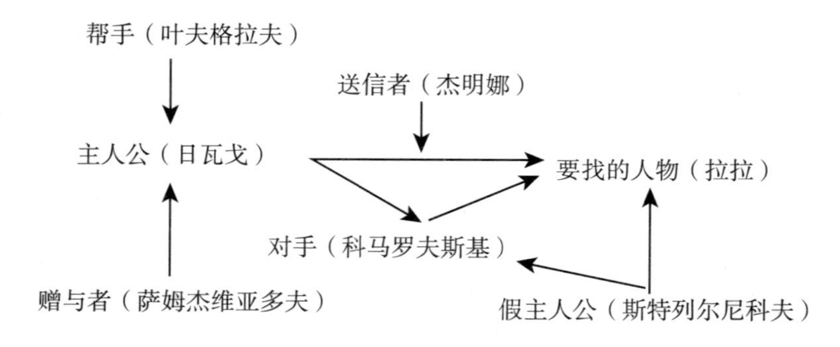


日瓦戈与拉拉是情节发展的中心。"另一个世界中的少女"拉拉

① *Борисов В. М., Пастернак Е. В.* Материалы к творческой истории романа Б. Пастернака «Доктор Живаго» // Новый мир, 1988. №6. С. 242.

具有非凡的魅力，“她举止文雅娴静。她身上的一切：轻盈迅速的动作、身材、声音，灰眼睛和浅色秀发，都非常和谐、雅致”（30）。“她神韵高洁，无与伦比。”（56）可是，这位善良、美丽的女主人公承受着生命不能承受之轻，饱受科马罗夫斯基的欺侮，她是童话里的“公主”、受害者，男主人公爱恋、拯救的对象。律师科马罗夫斯基是旧俄社会恶势力的代表，正是他摧残了拉拉少女的身心，给她的生活带来无尽的痛苦，他是邪恶力量的化身。拉拉在没有遇到日瓦戈之前一直在痛苦之中不断抗争，努力追求独立自由的生活。她碰到了安季波夫（斯特列尔尼科夫）——深爱着她的年轻大学生，与之结婚并移居西伯利亚，希望过上幸福的生活。然而，这是短暂、虚幻的幸福，丈夫并不是真正能够拯救她的主人公，他不明白拉拉的爱情，误解了夫妻之间的关系，最后离拉拉而去，留下女主人公在穷乡僻壤的尤里亚京独自承受痛苦。主人公日瓦戈是一位有着丰富的文史哲以及自然科学知识的医生，热爱艺术，擅长写作，坚持独立的信念和原则。充满仁爱、自由思想的日瓦戈自从第一次与拉拉相见之后，“心上涌起了复杂的感情，一种从未体验过的感情力量，使他心碎”（76）。梅柳泽耶夫小镇战地医院的多日相处使两人擦出情感的“火花”，医生激动地向拉拉吐露心迹：“我恨不得付出一切，但求您能收起愁容，能满意自己的命运……让我不必为您的命运担忧，不必因关心您而使您徒增烦恼。”（178）自此爱情与拯救主题的种子深深埋在故事情节的深层结构之中。

十月革命后，莫斯科城内百废待兴，日瓦戈与普通民众一起积极投身到国家建设的洪流之中，也就在这时，同父异母的兄弟叶夫格拉夫以“大人物”的身份悄然出现，仿佛是主人公生命中一位重要的“神秘帮手”。一次出诊，医生从过去的缝纫店女工杰明娜那里获知拉拉的讯息："她是路过，路过莫斯科去别处的……她嫁给帕沙是出于理智，不是因为爱情，从那以后老是疯疯癫癫的。到底还是走了。"（248）日瓦戈患伤寒病之时，"他脑海里还不时出现一个眼睛细得像吉尔吉斯人的男孩，身上穿一件西伯利亚人和乌拉尔人的敞怀翻毛短大衣……不言而喻，这个小男孩就是他死神的精灵"（251）。神秘的叶夫格拉夫在他生病之时"突然"降临，帮医生渡过难关，给他指明道路，这犹如童话故事中的"帮手"形象，总是在主人公落难的时刻突然出现。在妻子和岳父的积极筹备下，日瓦戈踏上了前往西伯利亚的旅途。这是情节的准备阶段，正如作家所说的，情节安排"比较普通"，但在故事中，普罗普的几个基本功能项都已具备，并且由此揭开主人公出发探险的序幕。"某种灾难——这是开场的基本形式，情节由灾难和反抗而生……重要的是主人公出发上路的事实。换句话说，故事结构建立在主人公的空间转换之上。"①

前往瓦雷基诺漫长的火车旅途是故事情节的转移阶段，时间从雪花飘舞的冬季进入万物复苏的春天。日瓦戈在临近丛林中的瀑布之前许多次昏睡过去。无论周围多么嘈杂，环境怎样变化，主人公都迷迷糊糊地进入了梦乡。"他又做了个好梦。他一直沉浸在自由自在和怡然自得的状态中……日瓦戈一闭眼又迷糊过去。"（287）瀑布在小说中被描绘成强大力量的化身："瀑布在这里是最为壮观的，相比之下周围一切都逊色了。正因为独一无二，它使人望而生畏，变成了某种有生命有意识的东西，变成了神话中向人们索取贡物、

① 弗拉基米尔·雅可夫列维奇·普罗普：《神奇故事的历史根源》，贾放译，北京：中华书局，2006年，第41—43页。

加害地方的巨龙或大蟒。”（290）睡梦是童话故事中常有的情节，它预示着主人公将要面临考验或者危险的见面：“树林本身就是神奇的，能引起无法克制的瞌睡。”“与蛇妖会面时有一个危险在暗中等着主人公：入睡做梦的危险。”[①] 果然，接下来日瓦戈就被哨兵当作白军首领押到了军事委员、“枪决专家”斯特列尔尼科夫跟前。这次真假主人公的邂逅犹如向读者展示一个人的双面特征，一面是不以暴力抗恶、以善引导善的日瓦戈，另一面是冷酷无情、意志和原则的化身斯特列尔尼科夫，两人的见面仿佛早已注定，彼此非但没有感到意外，而且预言今后还会相见：“我有种预感，我们还会相遇的，到那时就不会这样对您说话了。您可要当心。”（307）至此，主人公的身份被认出，情节进入复杂化阶段。

在西伯利亚，赠与者萨姆杰维亚多夫为日瓦戈提供了诸多便利，医生与拉拉获得短暂的幸福，然而幸福很快消失，主人公面临一场新的考验——俘虏生活。在跟随游击队四处奔波的日子里，日瓦戈的身边不断出现各种人物：浑噩少年捷廖沙·加卢津、发疯的士兵帕雷赫、兽医库巴丽哈，这些人物都充满童话故事色彩。捷廖沙是童话故事《捷廖什奇卡[②]》（Терёшечка）的主人公，故事讲述的是小孩捷廖什奇卡被老妖婆抓住而后逃脱的故事。《日瓦戈医生》中捷廖沙用假死的方法同样成功逃脱了游击队员的行刑，与童话故事一样，“少年之死是假的，他会以一种新的特质活转过来”[③]。士兵帕雷赫被残酷的战争折磨得发疯，与日瓦戈谈到自己的经历时多次提

① 弗拉基米尔·雅可夫列维奇·普罗普：《神奇故事的历史根源》，贾放译，北京：中华书局，2006年，第88、282页。
② 捷廖什奇卡是捷廖沙的指小表爱形式。
③ *Пропп В. Я.* Исторические корни волшебной сказки. М.: Лабиринт, 1998. С. 151.

到它像“梦”一样，他枪杀年轻的政委金茨仿佛是受了魔力的驱使：“我一个劲儿地哈哈大笑，好像他搔了我的胳肢窝。笑着笑着我端起枪，砰的一声就把他撂倒了。我自己也不清楚怎么会放了枪，好像有谁推了我的手似的。”（427—428）帕雷赫如同童话里中了魔法发疯的一个形象。发疯通常发生在树林的小屋之中，“它与碎尸的情景有关。”[1] 兽医库巴丽哈犹如童话中的老妖婆娅嘉（Баба-Яга），她给牲畜治病用的不是药物，而是咒语，仿佛对动物有着神奇的魔法。库巴丽哈给帕雷赫的老婆阿加菲娅的病牛驱邪治病，索要的报酬是阿加菲娅的丈夫帕雷赫，“给个丈夫就够了”（445）。这一玩笑没想到竟变成了现实。随后不久，白军围攻，帕雷赫“他抑郁成狂，亲手杀死了他们。就是用那把给女儿和爱子削木头玩具的锋利如刀片的斧头，砍死了妻子和三个孩子……拂晓时他从营区消失了，像一只染上狂犬病的畜生”（450—451）。俄罗斯童话里，老妖婆常常可以将人变成动物，帕雷赫也像中了库巴丽哈的魔咒一样，成了一具行尸走肉。

终于脱离了游击队，日瓦戈重返瓦雷基诺，与拉拉再次过上幸福的生活。然而没多久，科马罗夫斯基突然出现，主人公与对手展开激烈的交锋，故事情节进入斗争阶段。主人公身负拯救拉拉的使命，因此他满脑子想的都是如何让拉拉摆脱困境。无论是从尤里亚京搬到瓦雷基诺，抑或“如果需要的话，我杀了他（指科马罗夫斯基——本书作者注）”，日瓦戈都像勇士一样表现出巨大的斗争勇气。也正因为如此，恶魔科马罗夫斯基利用主人公的情感，利用这份愿意为爱人牺牲一切的激情，凭借斯特列尔尼科夫被枪毙的虚假消息

---

① 弗拉基米尔·雅可夫列维奇·普罗普：《神奇故事的历史根源》，贾放译，北京：中华书局，2006 年，第 101 页。

欺骗主人公，表示只有他自己能够拯救拉拉母女，将她们送往远东共和国，“忠于被推翻的临时政府和被解散的立宪会议的残余政治力量，正在靠太平洋的滨海区聚集……我可以把您和拉拉·费奥多罗夫娜带去，从那里很容易渡海去找家人团聚”（513）。童话故事里的恶龙常常将公主掳到海边，小说中亦是如此。日瓦戈屈服了，深感自己无力帮助拉拉脱离困境，日瓦戈无奈眼睁睁地看着拉拉被科马罗夫斯基带往远东[①]。在与对手的较量中，主人公以失败告终。随着女主人公的落难，假主人公的生命也宣告结束，斯特列尔尼科夫再次与日瓦戈见面，第二天一早便开枪自杀。

日瓦戈回到莫斯科，此后因心脏病去世，在他的葬礼上女主人公拉拉意外出现。尽管日瓦戈没能在瓦雷基诺将拉拉从生活的痛苦中解救出来，但他与拉拉的爱情、他们共同的精神追求拯救了拉拉的灵魂，主人公的去世让拉拉最终明白死亡的虚幻和爱情的意义：“她领悟到了死是什么，领悟了什么叫对死有所准备，什么是面对死亡而毫无畏惧……他们相爱，是因为周围的一切希望如此，这里有他们脚下的大地，他们头上的天空、云朵和树木。”（606）因此可以说，日瓦戈没能拯救拉拉的肉体，但拯救了她的灵魂。

最后需要指出的是，小说中对周围景物的描写都很具有童话故事的色彩，例如：“接连不断的城市、乡村、车站：圣十字镇、奥梅利奇诺车站、帕任斯克村、特夏茨、雅格林新村、钟楼镇、自由小站、牧人村、克日姆小村、卡塞耶沃汽车站、神文村、小叶尔莫莱村。大道经过这些地方向前延伸。这是西伯利亚最古老的驿路。它像切面包一样，把城市在中心大街上一劈为二；而通过村庄时毫不

① 远东濒临太平洋，童话故事中的恶龙通常都是将公主或女主人公掳往海边。

反顾，把夹道建起的房屋远远地甩到身后，或者突然拐弯，划一个弧形，打一个勾，随之扬长而去。”（375）乌拉尔地区的道路充满了神奇、隐秘的色彩，同时也充满了艰辛和危险，而“尤里·日瓦戈诗作”中的《童话一则》描述的就是骑士翻山越岭前往山洞，从恶龙的魔爪下拯救一位姑娘的故事。诗歌或许就是对小说故事情节的概括与隐喻，印证着小说的童话叙事结构。

综上所述，帕斯捷尔纳克在“红色文学”当道的艺术创作背景下写了一部“不合时宜”的小说，这本书没有采用苏联“官方文学”传统的社会主义现实主义的创作方法，也没有局限于历史事件本身，而是保持着作家本人独立的精神追求，采用了别具一格的叙事结构。《日瓦戈医生》不但具有《圣经》的精神内涵，而且包含着俄罗斯民间文学的叙事策略，稀松平常的故事内容下蕴藏着普罗普总结出的民间童话故事的叙述方式——（故事）准备阶段、转移阶段、复杂化阶段、斗争阶段，每一个阶段的人物形象或对应着对手、假主人公，或对应着帮手、赠与者的角色。这些角色反衬出日瓦戈和拉拉崇高的爱情，更显作家的独立品格与精神风范。

## 第三节　文本时空的艺术化处理

时间与空间是构成人类存在的两个基本要素。时间用来体现事件发生的先后顺序、持续性，空间用以描绘物体的地点、位形，展现物体的方位和延展状况。

文学作品描绘社会生活、历史事件以及人的命运，离不开时间与空间的形式。作品中跌宕起伏的故事情节，不仅拥有时间上的因果、顺承关系，而且发生于一定的空间之中，文本的艺术时空影响着故事脉络的发展以及人物性格的塑造，另一方面，作家对文本时空的艺术化处理也反映出其独特的审美意识与创作思想。

帕斯捷尔纳克在《日瓦戈医生》中描写了20世纪上半叶俄罗斯历史的重大事件与知识分子的个人命运，作者以重大历史事件的发展进程为背景，以日瓦戈医生辗转于莫斯科与西伯利亚的生活历程为情节主线，在宏大的历史时空视阈下讲述个体生命的悲欢离合，借助人物思想、命运的变化反映出时代的整体特征，并在此基础上表达出作者本人的世界观和艺术观。

## （一）

“文学是时间的艺术”（莱辛语），叙事学理论对文学作品时间的研究包括：故事时间和文本时间。前者指作品中一系列事件按其产生、发展、变化、结局的先后顺序所呈现出来的自然时间；后者是从创作技巧方面观察叙述人打乱、颠倒、重组事件顺序所运用的艺术化手段。托多罗夫在《文学作品分析》中对这两种不同的时间概念作了明晰的解释：

> 时况问题（即时间状况问题——本书作者注）之所以存在是因为有两种相互关联的时间概念：一个是被描写世界的时间性，另一个则是描写这个世界的语言的时间性。事件发生的时间顺序与语言叙述的时间顺序之间的差别是显而易见的。[1]

① 转引自：谭君强：《叙事学导论：从经典叙事学到后经典叙事学》，北京：高等教育出版社，2008年，第120页。

“被描写世界的时间性”指的是故事时间，包括艺术世界中主人公的生平时间（童年、青年、中年、老年）、历史时间（历史事件、时代交替及世代更迭的过程）、宇宙时间（关于宇宙永恒的历史、过去、现在和未来的观念）等等；“描写这个世界的语言的时间性”是指文本时间，即叙述者讲述故事所用的时间，在作品中通过叙事篇幅直观地表现出来。

《日瓦戈医生》以其规模宏大的历史叙事给读者以强烈的岁月沧桑感。小说时间从日瓦戈的童年开始，讲到主人公生命的结束，最终以戈尔东、杜多罗夫的暮年收篇；历史事件涉及第一次世界大战、二月革命、十月革命、国内战争、新经济政策、第二次世界大战，诗歌部分还提及耶稣基督的诞生、受难与复活。作家给弗雷登别尔格的书信里写道：“我要在这部作品中勾画出俄罗斯近四十五年的历史面貌”①，因此小说曾有一个副标题“半个世纪日常生活的图景”。

纵观小说中的故事时间，可以分为两种。第一种是明显的日历时间，这是围绕主人公身上所发生的事件产生的逻辑关系，作者采用确切的年月日甚至时分秒来交代故事进程的时间。为了避免单调，作者在小说中使用了三种不同的时间表示方式：一、普通的历史纪年，如“一九〇三年夏季”（7）、“一九〇六年一月”（67）、“一九一一年整个十一月”（79）、“一九四三年夏天”（610）；二、重大的历史事件，如“俄日战争还没结束”（25）、“那是二月革命的时候”（427）、“正是新经济政策初期”（565）；三、宗教日历，如“这天正是圣母节的前夕”（4）、“那时正值喀山圣母节”（7）、“那天是

① 鲍·帕斯捷尔纳克：《人与事》，乌兰汗译，北京：新星出版社，2012 年，第 100 页。

奥莉加的命名日”（31）、“圣母升天节以后”（224）；等等。另一种时间在小说中是隐藏的，难以从字面上直接找到，我们可以将它称之为大自然时间，因为作者主要运用的手法是通过大自然中物体的变化，通过自然形象自身运动过程中光线、色彩、形状、声音的改变表现出来。例如：

> 天没全黑下来，日瓦戈还可以看见医院后院圣女街几幢私人住宅的玻璃阳台，还有医院一幢楼房后门的电车支线。雨淅淅沥沥，不紧不慢地下个不停，尽管雨水的悠然自得使风变得怒不可遏。阵阵狂风撕扯着缠绕在一个阳台上的野葡萄的新藤，好像要把它连根拔起，抛到空中抖动几下，然后再鄙夷地抛到地上，犹如扔掉一件破衣烂衫……很快夜幕四合，窗外已经什么也看不见。仿佛有根魔杖一点，霎时所有的窗户都亮起了灯光。（125—126）

时间在这里通过窗外光线、雨水、狂风以及灯光的变化表现出来，成为大自然本身的一个显著特征。

第一种时间是线性的，具有不可逆转的单向性，人物的生命历程就是这种时间的典型表现。无论是日瓦戈父母、岳母安娜以及他本人的去世，戈尔东、杜多罗夫从 13 岁、11 岁的少年成为“日见苍老的一对好友”，抑或“来自另一个世界的少女”拉拉某一天“出了门再也没回来”，红军指挥员斯特列尔尼科夫最终开枪自杀，时间表现在人物身上都是流逝的，无法回头的。正是因为如此，小说强烈表现出对于历史和死亡的思考：“历史又是什么呢？若干世纪以来，人们一代又一代地系统探索死亡之谜和将来如何战胜死亡——这就是历史。”（12）“历史是第二宇宙，是人类借助时间和记忆提出来，用以对付死亡的挑战。”（81）对死亡与复活的解释：“然而，有一个统一的没有止境的生命，总是充塞于宇宙之中，并且通过无数的组合和变化形式时刻在更新……当您降生的时候，您就复活了……由于过去已经过去了，所以不会有死亡……”（83—84）所以，小说中的历史时间深深地打上了“记忆”的烙印，文本中总是出现“那时正值”“那天是”“正在这个时候”“这是个平常的日子”等字眼，这就如同一位时间老人默默回想曾经发生的一切，诉说那些久远的故事。日历时间的一个显著特征在于宗教节日的运用：小说故事的开始在圣母节前夕，科马罗夫斯基第一次引诱拉拉的时间是“奥莉加的命名日”，安娜·伊万诺夫娜去世恰好时值圣诞之夜，安季波夫与拉拉“在圣灵降临节的第二天”举行了婚礼。所有这些故事情节都发生在1917年十月革命之前，书中最后一次出现宗教日历是1917年的圣母升天节，此后小说再也没有出现宗教节日以及与宗教有关的教堂仪式，就连日瓦戈的死也是在“八月底的一个早上”，而不是“变容节之后”[①]，葬礼上拉拉深深感到：“不按教堂规矩给他唱《安魂曲》，总是件憾事！”（604）。显然，宗教时间不仅反映了历史真实（信仰无神论的苏维埃政权取缔东正教），也在主人公身上将过去、现在与未来划开了一道鸿沟。所以，在某种程度

---

① 有学者指出，日瓦戈死于8月是一种寓意，因为在《马太福音》中，8月6日是主显圣容的日子。《马太福音》第17章第2、5节写道：“就在他们面前变了形象，脸面明亮如日头，衣裳洁白如光。”“说话之间，忽然有一朵光明的云彩遮盖他们，且有声音从云彩里出来说‘这是我的爱子，我所喜悦的，你们要听他。’”日瓦戈死的日子与主显圣容的时间基本吻合，这寓意他要脱胎换骨，彻底改变自己的信仰和精神面貌，与自己的过去告别。见：任光宣：《小说〈日瓦戈医生〉中组诗的福音书契机》，《俄罗斯文艺》，2007年第3期，第10—15页。

上这部小说是作者对过去一种深深的怀念和回忆，诚如作者所言：

> 当我写作《日瓦戈医生》时，我感到对同时代人欠着一笔巨债。写这部小说正是我为了还债所做的努力……我想把过去记录下来，通过这部小说，赞颂那时俄罗斯美好和敏感的东西。那些岁月已一去不复返，我们的父辈和祖先已长眠地下。但在百花盛开的未来，我可以预见，他们的价值观念一定会复苏。①

作品里的第二种时间被作者涂上了浓重的主观色彩，这与作家对大自然的态度息息相关。大自然是《日瓦戈医生》中的另一位“主人公”，具有与历史事件同等重要的地位。帕斯捷尔纳克赋予了自然现象人类内在的感情性格，以极其抒情的笔调描绘了大自然的“音容笑貌”：

> 林子出口处和营区出口处，长着一棵孤零零的漂亮的赤褐色的花楸树，在所有树木中，唯有它还保留着火红的叶子。它长在泥泞的低洼沼地上面的小山顶上，托起一片片平展开的深红色硬果，插向入冬前阴沉沉黑铅般的天穹。一身鲜艳羽毛的迎冬小鸟，像寒天的云霞；还有灰雀和山雀，都落在花楸树上，慢慢地挑拣着啄起一颗颗果子，仰头伸颈，使劲吞进去。

① 帕斯捷尔纳克：《人与事》，乌兰汗、桴鸣译，北京：生活·读书·新知三联书店，1991 年，第 365 页。

树雀之间，仿佛产生了生动的亲密关系。似乎花楸树把这全看在眼里，挣扎了好久才让步，出于怜悯雀儿，解衣把乳头递过去，就像母亲哺育婴儿。“唉，拿你们有啥子法子。吃吧，吃吧。饿就吃吧。”说着露出了笑容。（430）

上文中的比喻、拟人、象征等种种修辞手法将大自然的形象生动地展现在读者面前。无怪乎马克·斯洛宁指出帕斯捷尔纳克“以泛神论的态度热爱大自然”[①]。阿赫玛托娃在谈到大自然对于帕斯捷尔纳克创作的重要性时，这样说道：“大自然是他毕生唯一的享有充分权利的缪斯，是他隐秘的对话者，是他的未婚妻和情人，是他的妻子和遗孀——大自然对于他就如同俄罗斯对于勃洛克。他至死都忠于大自然……”[②] 茨维塔耶娃由衷地称赞作家“是大自然的现象”[③]。不过，在《日瓦戈医生》中，自然环境的描写并不仅仅是为了制造气氛，衬托人物的情趣、心境，推动故事情节的发展，更是为了强调：自然界、人类及其物质文明是整个苍穹之下的一个统一体，大自然是历史进程的见证者、参与者。小说的大自然时间与人物事件紧紧地交织在一起，快慢缓急同主人公的内心世界相一致。例如拉拉被科马罗夫斯基骗走的那一段：

日瓦戈医生站在门廊上……那里在几棵孤零零的白桦树中间，显露出一小段上山的大路。此刻低沉的夕阳，恰

① 马克·斯洛宁：《苏维埃俄罗斯文学》，浦立民、刘峰译，上海：上海译文出版社，1983年，第231页。

② *Ковалёв Н. С.* Лирика Б. Пастернака // Русская литература, 1990. №4. С. 60.

③ *Пастернак. Б. Л.* Переписка Бориса Пастернака. М.: Советский писатель, 1990. С. 305.

好照在开阔地上。

……

终于，连这一刹那也倏忽而过。血红的太阳还留在雪堆蓝色的镶边上面，积雪贪婪地吸着夕照带来的菠萝的甜味。

……

天色渐暗，雪地上夕阳洒下的一处处红铜斑点，迅速熄灭了。渐灰的柔软的空际，很快弥漫在雪青色的黄昏中，又渐渐转成淡紫。同这灰蒙蒙烟雾融成一体的，是以粉白色低空为背影的大路上那几棵白桦，树枝像纤细的画笔织成了花纹。(547—548)

显然，日瓦戈是情感体验的主体，而夕阳、雪堆以及树木也都加入他的情感体验之中，主人公悲恸的内心感受仿佛也令大自然的运动过程变得迟缓，近乎于停滞。

文本时间方面，作者安排叙事篇幅的原则是以日瓦戈、拉拉为主要对象，忽略小说人物的生命轨迹，重视他们的思想历程。有时主人公一年甚至好几年的生活都被忽略，作者仅用两三句话就一笔带过；而有时看上去很“不起眼”的思绪或者对话却被极度关注，予以很长的叙述篇幅。例如主人公们的童年时代，三章的叙事篇幅令读者印象最深的是每个人物的性格特征、内心思想和世界观，如日瓦戈幼小脆弱的心灵、对暴风雪的忌惮，尼卡对大自然的“发号施令”、渴望去西伯利亚与父亲一起发动起义的怪诞思想，戈尔东对自己犹太人出身的苦恼、对社会不公的深刻思索，安季波夫的搞笑、天真以及他对拉拉极度的迷恋。然而这些出场人物如何度过自己的童年，怎样在求学过程中克服困难获得成长，彼此又是如何相识建立友谊关系的，小说中都没有交代。然而，第一章记录韦杰尼亚平与友人的交谈，展现这位还俗教士的理论思想时，叙述者用了大量的篇幅，对（第二章）拉拉遭科马罗夫斯基引诱之后内心世界的挣扎，作者同样是不惜笔墨，甚至用几个小节来讲述女主人公清晨所做的一个短梦，把笔触深入女主人公矛盾的内心世界。可以看出，作者省略①了主人公的整个人生经历，详细叙述的是他们生活中某个重要的片段，这一片段最能显现人物的思想观念和内心感受。

这样的例子在小说中相当丰富，例如：

表 1

| 事件 | 主要人物 | 故事时间 | 叙述时间 | 备注 |
|---|---|---|---|---|
| 拉拉失身 | 拉拉 | 一天 | 3个小节② | 深入描写拉拉的内心世界（说明这对拉拉来说非常重要，是她身心成熟的关键时期） |
| 圣诞舞会 | 日瓦戈、拉拉 | 一个晚上 | 5个小节 | 拉拉开枪射杀科马罗夫斯基（男、女主人公第二次相遇） |

① 法国叙事学家热奈特曾仔细考察过文本的叙述节奏问题。为了探讨故事时间与叙述时间（即描写这些事件所用的文本篇幅）之间的关系，他假设了一个参照零度——等时叙述，即一个不加快也不减慢的等速叙事。叙述时间与故事时间通常有四种关系：（1）叙述时间为零，故事时间无限长于叙述时间（热奈特将这种叙述手法称为省略）；（2）故事时间长于叙述时间（概要）；（3）故事时间与叙述时间相等（场景）；（4）叙述时间无限长于故事时间（停顿）。也就是说，作者的叙述节奏常常会根据自己的需要进行变化。

② 小说散文叙事部分十六章，共计231个小节。以32开的俄文版本为例，叙事篇幅最长的第六章第四小节（描述日瓦戈回到莫斯科后内心的孤独、与舅舅的见面与谈话）为10个页面，叙事篇幅最短的第二章第十四、十五、十六小节（描述拉拉的内心世界）均为半个页面。散文叙事部分共566个页面，平均每个小节2.45个页面。

续表

| 事件 | 主要人物 | 故事时间 | 叙述时间 | 备注 |
|---|---|---|---|---|
| 戈尔东拜访日瓦戈 | 日瓦戈、戈尔东 | 一周左右 | 5个小节 | 日瓦戈与戈尔东彻夜长谈，表达对沙皇、人民、民族的看法 |
| 梅柳泽耶夫小镇广场集会 | 日瓦戈、乌斯吉尼娅 | 一个傍晚 | 2个小节 | 详细描写夜晚的自然风光、完整记录乌斯吉尼娅集会上的发言 |
| 前往瓦雷基诺 | 日瓦戈、斯特列尔尼科夫 | 两周左右 | 26个小节 | 由普里图利耶夫、瓦夏、阿穆尔斯基的遭遇，以及同斯特列尔尼科夫的会谈展现出日瓦戈对革命、战争的理解 |
| 日瓦戈一家宁静的生活 | 日瓦戈、拉拉 | 半年左右 | 15个小节 | 通过主人公日记、与拉拉见面后内心的斗争表现出日瓦戈对家庭、艺术、爱情、生命等哲学命题的思考 |
| 日瓦戈从游击队逃回尤里亚京 | 日瓦戈、拉拉 | 一个半月 | 36个小节 | 借助日瓦戈与拉拉的爱情破灭、科马罗夫斯基的诱骗得逞、斯特列尔尼科夫的自杀等表达出个体生命在社会革命中的悲剧 |
| 日瓦戈的葬礼 | 拉拉 | 一天 | 5个小节 | 医生的棺椁（形似诺亚方舟）、拉拉的哭诉（爱情的礼赞）反衬出日瓦戈的生命意义 |

“时间的每一片刻无不背上负重而腹中怀孕。在具体的人生经验

里，各个片刻有不同的价值和意义。"[①] 我们再看一下日瓦戈人生历程的叙述时间：

表 2

| 地点 | 故事时间 | 叙述时间 |
|---|---|---|
| 莫斯科 | 1903—1915 年 | 51 个小节 |
| 西线战场 | 1915—1917 年 | 25 个小节 |
| 莫斯科 | 1917—1918 年 | 22 个小节 |
| 瓦雷基诺途中 | 两周左右 | 26 个小节 |
| 乌拉尔 | 1918—1920 年 | 90 个小节 |
| 莫斯科 | 1922—1929 年 | 12 个小节 |

可以看出，除去小说第十六章尾声部分的 5 个小节，在其余 226 个小节中，作者用 85 个小节叙述了莫斯科二十二年的历史故事，却用了 116 个小节讲述主人公在乌拉尔两年左右的生活。换言之，作者对乌拉尔情节的叙述明显放缓了节奏。这说明乌拉尔地区所发生的事情不仅对主人公来说意义重大，而且也体现着作者的理想追求。帕斯捷尔纳克极度增加日瓦戈在瓦雷基诺生活的叙述时间，在一定程度上表现出作者对田园幸福生活的珍视。读者同时也深深感到，外部世界对田园生活不断干涉和侵扰，乌托邦般的"理想王国"在动荡的历史时代注定覆灭。

## （二）

小说描绘社会环境、自然环境以及主人公的生存境遇、思想历

① 钱锺书：《七缀集》（修订本），上海：上海古籍出版社，1994 年，第 47 页。

程，必然包含一定的空间形式[①]。在俄苏学者洛特曼的理解中，“文学作品的艺术空间是一个连续统一体，人物分布其间，情节也发生其间”[②]。艺术空间是作者创造的一种“世界模型”（модель мира），表达他对客观世界的理解[③]。《日瓦戈医生》中的艺术空间具有以下四个特征：

第一，社会、历史、人物心理等主要艺术空间充满寂寥、感伤的色彩。为了展现20世纪上半叶俄罗斯的全貌，作家描写了革命前莫斯科城市的生活、学习、工作情景，讲述了战争中被炮火摧毁的乡村的遭遇，描绘了广袤、凄凉的西伯利亚高原景色，以及狂风肆虐、风雪交加的乌拉尔山区景象。辽阔的社会空间与地理空间极大地增添了作品的沧桑感与厚重感。不仅如此，作品中还穿插着久远的历史空间、复杂的心理空间以及无垠的宇宙空间。例如日瓦戈描述第一次世界大战期间沙皇前往战场视察的情景：

---

① 1945年，美国文学评论家约瑟夫·弗兰克首次提出小说空间形式的学说，“空间形式”就是“与造型艺术里所出现的发展相对应的……文学补充物。二者都试图克服包含在其结构中的时间因素”。在《现代小说中的空间形式》一文中，作者指出：首先，从创作主体的角度来看，20世纪作家表现出对时间和顺序的弃绝、对空间与结构的偏爱。他们在同一时间里展开了不同层次上的行动、情节。为此，他们来回切断了同时发生的若干不同的行动与情节，取消了时间顺序，中止了叙述的时间流动。其次，从接受主体的角度来看，为了理解空间形式，读者必须把一部空间形式的小说当作一个整体来接受和认知。空间形式小说是由许多分散的而又互相关联的象征、意象和参照等意义单位所构成的一个艺术整体。每一单位的意义不仅在于它本身，而且还在于与其他单位的联系。因此，读者必须在整体的联系中去理解每一个单位，在重复阅读中通过反思记住各个意象和暗示，把独立于时间顺序之外而又彼此关联的各个参照片断在空间中熔接起来，以此重构小说的背景。这样，读者才能在连成一体的参照系的整体中同时理解各个参照的意义。详见：约瑟夫·弗兰克等：《现代小说中的空间形式》，秦林芳编译，北京：北京大学出版社，1991年，第II—IV页。

② *Лотман Ю. М.* В школе поэтического слова: Пушкин. Лермонтов. Гоголь: Книга для учителя. М.: Просвещение, 1988. С. 258.

③ Там же. С. 253.

当时沙皇正在加里西亚地区巡视……仪仗队已在车站列队准备迎接。人们苦苦等了一两个钟头。然后沙皇随员乘坐的两辆列车，一辆接着一辆飞驰而过。稍后，沙皇的专列才进站了。沙皇在尼古拉·尼古拉耶维奇大公的陪同下，检阅了车站上列队的近卫军。他致意时声音很低，但每吐出一个音节，就引起山鸣谷应的雷动般的欢呼声，就像水桶中晃动的水来回荡漾。(147)

加里西亚、火车车站、近卫军仪仗队、随员列车以及惴惴不安的沙皇构成一幅遥远的历史画面。作家还常常将笔触深入人物的内心世界，描绘主人公的思绪、感受、梦境、幻觉，细腻地刻画出他们思想意识的流动，用人物的心理空间拓展真实的社会空间。例如第十三章中日瓦戈所做的噩梦，儿子萨沙在屋外遭遇洪水，拼命向日瓦戈呼救而“他却泪流满面地抓住门把手，不放孩子进来；为了对另一个女人讲所谓信义和责任，宁可让儿子做牺牲品”（477）。这一梦境清晰地反映出亲情与爱情、义务与欲望在日瓦戈的内心所产生的剧烈冲突，他有保护、抚养幼子的义务，却又深深爱着“另一个女人”拉莉萨，家庭与爱情难以两全。

第二，人物的内心世界是外在物质世界在空间上的延伸与拓展。日瓦戈在尤里亚京怀着痛苦与悲伤的心情读完了妻子冬尼娅的最后一次来信，便陷入了一种无意识的状态之中，此时的心理空间变成一片空白：

日瓦戈抬起眼睛。茫然无神的眼睛痛苦地呆呆望着，不幸和悲伤使他感到空虚，双眼干涩无泪，周围的一切，

> 他都看不见，也意识不到了。窗外落起雪来。风卷着雪花刮向一边，越来越快，越来越密，好像不断地在卷起什么东西。日瓦戈呆呆望着窗外，仿佛窗外不是飘雪，是他继续读着的冬尼娅的来信，不是飞过片片干爽的雪花，而是闪过白纸上黑字间的空白，空隙是那么洁白，那么多，没有终结。(508)

正如阿尔丰索夫（В. Н. Альфонсов）所言，帕氏作品的艺术"世界是一个整体，它往深处铺展开来，因而梦境与现实、瞬间与永恒融汇到了一起"[1]。听完兽医库丽巴哈为牛治病所念的"咒语"，日瓦戈觉得这可能是诺夫哥罗德或伊帕季耶夫编年史里的内容，他因而想到了拉拉——俄罗斯文化母亲的象征[2]，"仿佛拉拉裸露出左肩。像一把钥匙打开藏在大柜中的小铁箱的密门，人们用长剑插进划开了肩胛骨。于是在她内心深处，发现了她心灵珍藏的秘密"(447)。在游击队度过十八个月准备逃离的时刻，医生的脑海浮现亲人的身影，内心的激动转化为深深的自责：

> 仿佛在暴风雪中的田野上，冬尼娅抱着萨沙在往前走。她用被子裹着儿子，自己的双脚陷在雪中；她使劲拔脚，大雪朝她压来，风把她吹倒……她两只手全占着，周围却

---

① *Альфонсов В. Н.* Поэзия Бориса Пастернака. Л.: Советский писатель, 1990. С. 65.

② 美国学者埃德蒙·威尔逊对《日瓦戈医生》的主题精神作了提炼与概括，认为书中主要展现了四个命题——革命、历史、生活哲学和文化恋母情结。其中拉拉即为俄罗斯的文化女神，小说是诗人帕斯捷尔纳克对祖国文化的形象思维图腾。详见：赵一凡：《埃德蒙·威尔逊的俄国之恋：评〈日瓦戈医生〉及其美国批评家（哈佛读书札记）》，《读书》，1987 年第 4 期，第 29—41 页。

没有一个人能帮忙。萨沙的爸爸不知去向。他离得很远，总是很远，一辈子都各自一方，这可是爸爸吗？真正的爸爸有这样的吗？（455）

小说人物的思绪、情感既是外在空间影响的结果，也是作者思想观念和内心感受的直接表现。

第三，作者注重描绘社会和自然空间的运动、发展与变化的过程。“一切都在缓慢匀称地活动。河水漂流，迎面蜿蜒着小路。路上走的是医生。云朵同他朝一个方向前进。连田地也没有静止不动，仿佛有什么东西在上面摇摆。”（567）人物的心理空间同样如此，它总是处于意识的流动之中，表现出人物精神世界的丰富和变化，例如女主人公拉拉躺在床上时的想象反映着她对未来生活的向往和热爱：

“应该再睡着一会才好，”拉拉想着。与此同时，脑子里却浮现朝南的马车店此时的情景。马车行里打扫得干干净净的地板上，停着一辆辆准备出售的大马车，装着多棱的玻璃车灯，配着熊皮坐垫，多么豪华！拉拉继续想象：再往前走，在兹纳缅兵营里，龙骑兵正在操演。威风凛凛、昂首阔步的高头大马在跑圈。骑手们跑步跃上马背，时而慢步走，时而小跑。兵营围墙外，一群孩子和他们的保姆、乳娘们张大着嘴惊讶地看着骑兵操练。（30—31）

帕斯捷尔纳克还将自己的理性思考注入大自然的形象中，用大自然变化的规律来演绎人类社会的进化：

> 历史犹如植物世界的生活。冬天在雪的覆盖下，阔叶林的秃枝细瘦可怜，像老人赘疣上的毛发。到了春天，几日之内林木就改换了面貌，变得高耸入云，在树叶遮盖的林子深处可以藏身。这一变化是靠运动实现的……我们看永远在发展、永远在变化而演变又难以窥见的社会生活和历史……历史是看不见的，正像看不见草是怎样长大一样。(551)

大自然与人类历史共同发展，处在不断的运动变化之中，“帕斯捷尔纳克通过大自然的种种形象传达‘时代气息’，而这些形象所囊括的不仅是一个时代，而且是几千年的历史，甚或整个宇宙……大自然表达的是事件发生的环境与本质”①。

第四，作者着力表现嗅觉、听觉、触觉上的感受以增强艺术空间的视画效果。帕斯捷尔纳克善于感受空间场景中的声音、气味、色彩，并将它们在作品中全面地展现出来。

> 这里真是风景如画，美不胜收！时刻都可以听到黄莺三种音调唱出的清脆歌声，当中间断一会，仿佛要待柔润的鸣唱全被周围吸收，才唱第二声。闷热的暑气，使花坛缭绕着的花香无法四散开去。(14)

> 城里已经是初冬景象，空气中飘着踏烂的槭树味和湿雪的潮湿味，还可以闻到火车头的烟煤和车站地下餐室刚

---

① *Иванова Н.* Смерть и воскресение доктора Живаго // Юность, 1988. № 5. С. 200.

烤好的热乎乎的燕麦面包的香气……值班员嘟嘟地吹出种种不同哨音，挂钩员吹着他的小哨子，火车头发出低沉的笛鸣。各种声音高高低低，在车站里响成一片。(32)

沉入屋后的太阳，突然从屋角射过来一束束余晖，仿佛用手指触点着街上一切红色的东西：龙骑兵的红色帽冠，一面倒在地上的红旗，雪地上一道道的血迹和斑斑点点的血滴。(44—45)

以上片段中可以看出，帕斯捷尔纳克对生活和大自然中的声响极为熟悉，对鸟雀的鸣啭、风雪的呼啸、火车的轰鸣、铁道工的哨声都异常敏感；他同样还善于表达嗅觉、视觉和触觉上的印象，将花香、空气中弥漫的湿气、槭树的味道、雪地上红色的血迹准确地表达出来，凸显出多维感受的效果。所以西方学者曾生动地指出："帕斯捷尔纳克作品中的视界和可触性几乎是立体的，如同沾满露珠的湿漉漉的枝叶从书页中伸了出来，轻柔地抚动着读者的睫毛。"①空间描述上的这种视画功能，并非像电影中蒙太奇手法那样对几个不同层次画面的拼凑剪辑，而是如同19世纪俄罗斯戏剧家奥斯特洛夫斯基、契诃夫等人作品中的立体表现手法，将视觉、听觉、嗅觉、感性和理性思维融合到一起，引发读者的感官刺激力，最大限度地展现出小说艺术空间的美学效应和审美功能。

《日瓦戈医生》艺术空间的建构折射出帕氏对客观世界的理解。

① A. C. Todd, M. Hayward, *Twentieth-Century Russian Poetry*. New York: Bantam Doubleday Dell Publishing Group, 1993, p. 191.

作家对艺术空间的处理建立在主人公个体生命的体验之上，他紧紧围绕人物对社会生活、历史事件和自然环境的感受构建小说的故事情节，以饱蘸感伤的抒情笔调深入人物的内心世界，将主人公对社会空间、历史空间、自然空间的切身感受与理性思考融入笔端，从而传达出创作者本人对个体命运、历史事件的情感与态度。

### （三）

“时间和空间是一切实在与之相关联的构架。我们只有在空间和时间的条件下才能设想任何真实的事物。”[①] “小说既是空间结构也是时间结构。”[②] 毋庸赘言，文学作品中的时间与空间相互依存，不可分割，是一个有机的统一整体。

巴赫金在《长篇小说的时间形式与空间形式》一书中提出“时空体”概念：

> 文学中已经艺术地把握了的时间关系和空间关系相互间的重要联系，我们将称之为时空体（хронотоп）……我们所理解的时空体，是形式兼内容的一个文学范畴……在文学的艺术时空体里，空间和时间标志融合在一个被认识了的具体的整体中。时间在这里浓缩、凝聚，变成艺术上可见的东西；空间则趋向紧张，被卷入时间、情节、历史的运动之中。时间的标志要展现在空间里，而空间则要通

---

① 恩斯特·卡西尔:《人论》，甘阳译，上海：上海译文出版社，1985 年，第 54 页。
② 让-伊夫·塔迪埃:《普鲁斯特和小说》，桂裕芳、王森译，上海：上海译文出版社，1992 年，第 224 页。

> 过时间来理解和衡量。[1]

这位学者在历时研究欧洲古代文学、中世纪小说、拉伯雷、歌德以及陀思妥耶夫斯基等人作品的基础上，发现各个国家各个历史时期小说的时空体各具特色，例如“希腊小说里的一切传奇故事，都具有移易性……事件系列可以移易，空间上也可以改换地方”[2]。古希腊传奇小说的时空体在时间上饱含循环性、在空间上充满“偶合”的特征，故事情节不受时空的束缚。再如陀思妥耶夫斯基小说的“门槛型”时空体。一方面，陀翁善于创造主人公的双重（及多重）人格——“同貌人”，通过其内心对话的方式凸显性格上的冲突与矛盾，使人物心理空间戏剧化、复杂化；另一方面，陀翁常常在短暂的时间和狭小的空间内铺展开大量情节，如在节日晚会、葬礼后的酬客宴、开往彼得堡的火车、回到住处的路上等短则一两小时、长则一两天的时间中，作家将所有出场主人公的人生经历、言行举止、内心世界展现得淋漓尽致，文本时间可长达几十页甚至上百页。这种有限时间长度中所传达的大量信息与戏剧化的情节让文本的时空高度浓缩，给予读者眼花缭乱、心情紧张的阅读感受。

> 陀思妥耶夫斯基在自己的作品中几乎完全不用相对连续的历史发展的和传记生平的时间，亦即不用严格的叙述历史时间。他“超越”了这种时间，再把情节集中到危机、转折、灾祸的诸点上。此时一瞬间，就其内在含义来说相

---

① 巴赫金：《巴赫金全集》（第三卷），钱中文主编，白春仁、晓河译，石家庄：河北教育出版社，1998年，第274—275页。

② 同上书，第291页。

当于“亿万年”。[①]

《日瓦戈医生》具有“柏拉图型”传记时空[②]的特征。小说具有浓厚的自传色彩，它结合了帕斯捷尔纳克的人生遭遇以及他本人对历史、艺术、哲学的思考，这一观点在学界获得多数研究者的认同。

> 《日瓦戈医生》甚至不是一部长篇小说，在我们面前的是一种自传，一种令人惊奇的形式使作品缺乏同作者的现实生活相一致的外部真实的自传……为自己虚构了一个可以在读者面前最充分地揭示自己内心生活的命运。[③]

帕氏本人就曾说过，日瓦戈身上包含着勃洛克、马雅可夫斯基、叶赛宁和他本人的影子。主人公的人生经历从一个阶段过渡到另一个阶段，犹如一个寻求真知者的生活道路，读者在书中所了解到的俄罗斯历史其实是日瓦戈个人眼中的历史，是他心灵所感受到的历史，是一种在特定的哲学、道德思想观照下的历史。帕氏通过主人公的眼睛和内心感受将城市、农村、战场等社会生活场景的不断变化与大自然的岿然不动两相对比，反映出历史场景的风云变幻与大

---

① 巴赫金：《陀思妥耶夫斯基诗学问题》，白春仁、顾亚铃译，北京：生活·读书·新知三联书店，1988 年，第 227 页。

② 研究古希腊的自传时，巴赫金将它们分为两种类型：“柏拉图型”和雄辩体自传与传记。“柏拉图型”时空体是“寻求真知者的生活道路”，在这里，时间被分解成不同的阶段，显示不同的生活道路形态和性质，成为一种思想意识上的时间，而空间则被象征化，例如高度与长度不仅表示距离，而且还表示思想上迈向真理的艰辛。

③ 利哈乔夫：《利哈乔夫院士论〈日瓦戈医生〉》，严永兴译，《外国文学动态》，1988 年第 6 期，第 14 页。

自然的宁静安逸，并通过改变时间与空间在小说中的比例和作用方式，把哲学思考推向前台，让它真正担当小说的主角。于是在《日瓦戈医生》中，作者从岁月长河中捡拾时间的碎片，不断构建成自己对莫斯科城市、大自然风景、战争场景的记忆和思考，力图深入个体生命的体验之中，使得作品在体裁上兼含史诗与“自传体”小说的特性。小说主要通过主人公的活动或他的主观感受来描写外部空间，甚至可以说它是以人物的“内心”为中心，外部空间或远或近，景物描写或详或略，完全与主人公的心理时空联系在一起。这样，作者在小说叙事中努力展现个体生命的真实感受和哲学思考，坚持个体思想的自由与独立性，使读者在阅读《日瓦戈医生》之时，常常关注的不是时空的变化，而是蕴含在时空之中乃至文字以外的遐想所带来的思考与启迪。尤其是当作者有意将空间与人物个性、情感紧密联系在一起时，主人公与时空完全融为一体，变成一幅永恒的世界图景。读者在这永恒的画面中，在大自然与历史空间跳跃流转中感受到小说开合有度的时空意识，体验个体与历史、自然与社会相对立的沧桑与无奈。

道路时空体是俄罗斯文学中经常出现的一个创作主题，无论是普希金的《上尉的女儿》、肖洛霍夫的《静静的顿河》抑或是叶罗费耶夫的《从莫斯科到佩图什基》，旅途中不期而遇的作品主人公们不仅有着社会阶层方面的差异，而且有着生活观念、道德品性、行为方式等方面的不同。作家在道路时空体中打破等级森严的社会政治体系，将相距遥远的个体聚集到一起，给他们以足够的空间和方式展现自己。《日瓦戈医生》中主人公日瓦戈的一生仿佛都在“道路”上，他自幼失去双亲，童年在莫斯科寄人篱下，成年后因战乱辗转于第一次世界大战前线、莫斯科、西伯利亚的瓦雷基诺，最后又返回莫斯科。“莫斯科—西线战场—莫斯科—东方乌拉尔山区—莫斯科”——仿佛空间上的一个“钟摆”，与他的心理路程交相辉映。而连接空间上这些点的正是道路——铁路、河道、大道、驿路等等。作者将不同的时间形式糅合在道路之中，例如日瓦戈一家在火车车站废墟扫了三天三夜的雪：

> 铁铲方方正正地铲起雪，干松的雪块熠熠闪光，仿佛布满了钻石！日瓦戈回忆起遥远的童年时代。那时年幼的尤拉带着镶边的浅色风帽……这几天是他们旅途中最美好的时光。这地方笼罩着一种神秘而难以言传的气氛，人们有些像普希金笔下普加乔夫的豪放和粗犷，又有些像阿克萨科夫描写的愚昧和落后……（277—279）

再如日瓦戈从游击队逃回尤里亚京：

> 大约一小时之前，他从铁路线那边进了城区，可从城门走到这十字路口，却整整花了一个钟头……它们（指铁路线——本书作者注）成了在大道上拦路抢劫的武装匪徒的堡垒，成了刑事和政治逃犯以及当时不得已的流浪者等人的栖身之所……人类文明的规律，到此寿终正寝。起作用的，是禽兽的规律。人们重又回到了史前穴居时代的梦境中。（459—460）

客观的现实时间与主观的人物心理时间，真实的故事时间与虚拟的历史时间，统统交织在主人公漂泊的道路之中。在这道路时空体之中，邂逅、相遇成为表达作品思想的重要手段。日瓦戈从梅柳泽耶夫镇回莫斯科的火车上碰到聋哑猎人波戈列夫希赫，携全家前往乌拉尔旅途中遇见无辜的囚犯乘客：小五金店学徒瓦夏、彼得堡的会计普里图利耶夫、无政府主义者阿穆尔斯基、随游击队在西伯利亚森林四处征战时结识的念“咒语”的库丽巴哈、杀害妻儿的帕雷赫，从西伯利亚回莫斯科的途中又遇瓦夏，这些形形色色的人物是战争时代的一个个缩影，他们都有着各自说不尽道不完的人生经历。通过这些悲伤、心酸的故事作家不仅展现了一幅完整的历史图景，同时表达出对战争、暴力的控诉，对革命的质疑。小说的道路时空体浸透着作者对大自然的热爱、对个体生命的同情、对祖国、民族命运的关注，体现出作家的历史感触与哲学思考。

在爱的主题方面小说表现出一种田园诗类型时空体。在瓦雷基诺生活的日子里，日瓦戈和家人一道日出而作、日落而息，靠劳动养活自己，享受着农事劳作的乐趣；夜深人静之时，医生阅读普希金、托尔斯泰的著作，写诗和日记，表达自己的哲学思考；他偶尔还为远道而来的病人医治病患，前往尤里亚京图书馆借阅书籍，并因此而与拉拉产生炽烈纯真的爱情。在帕氏研究专家斯米尔诺夫看来，这些情节具有傅立叶、培根、莫尔的“空想主义”色彩，具有乌托邦“理想国”的特征①。事实上，小说包含的是田园牧歌的思想，犹如家庭田园诗、农事劳动田园诗和爱情田园诗，劳动、创作、爱情构成这种田园诗生活的基本内容，而对家人、艺术、生活和他人的爱则构成这种生活的全部精神内涵。在这里，生活的空间与外界隔绝、呈封闭式状态，自然时间与日常生活时间的节奏变得缓慢，

---

① 见：*Смирнов И. П.* Роман тайн «Доктор Живаго». М.: НЛО, 2004. С. 89—92。

时间仿佛凝滞在空间之中。主人公在面对现实生活、文艺作品以及大自然的现象时常常表现出真实细腻的心理感受，这些情感不仅体现出他的博爱精神，更传达了他将过往与现实、人与自然、时间与空间看作统一整体的时空意识。例如日瓦戈的诗《圣诞之星》：

远方是雪中田野和墓地、
围墙、碑铭、
雪堆里的车辕、
坟上的天、满空的星。

附近是守院人的小窗，
窗里新亮起一盏灯，
幽光怯懦，
好似去维夫列路上的星

……
此刻，宛若奇特的未来时光，
眼前浮现出后来的一切：
一代又一代的思想愿望，
画廊和博物馆的图景，种种世界，
美女的戏谑，魔法师的手段，
时间所有的枞树，孩童的梦夜。（663—664）

天空与大地的物象、历史与现实的图景彼此联系在一起，构成一个统一的宇宙，时空因此而成为一种永恒的概念。“对于帕斯捷尔纳克而言，世上的一切都被一根细细的却又很牢固的纽带深深联系在一起。小说的字里行间洋溢着这种感觉……世上的一切都是统一的，当人感觉到这种统一时，他就拥有了幸福的时刻。”①

显然，将《日瓦戈医生》中的时间与空间结合到一起来诠释小说的人物与故事情节，能够更深入地理解帕氏所要表达的创作主题与哲理式思索。作品中所蕴含的这些时空体特征不仅有助于我们探究日瓦戈的心理历程、人生轨迹，更有利于我们挖掘帕氏小说的艺术、思想价值。

综上所述，《日瓦戈医生》的整个叙事建立在现代主义文学的创作手法之上，帕斯捷尔纳克围绕人物对生活环境的感受剪裁、构思自己的艺术世界，通过叙事进程之外的插话和旁白表现出作者本人对历史的看法与态度。小说参考了《圣经》与俄罗斯民间童话故事的叙事结构，在本事与情节的编排上作者注重的不是故事发展的逻辑性，而是人物心理变化的逻辑性。在情节安排上与其说为了展现历史，倒不如说是为了表达情感与哲学观点。作品对时间和空间的处理是以个体生命的体验为基础的，因此时间具有强烈的主观色彩，而空间则被动态、立体地呈现出来。时间与空间的勾连，在小说中则反映出“柏拉图型”传记时空体、道路时空体与田园诗时空体的特征。

---

① *Дубровина И. М.* С верой в мировую гармонию: образная система романа Б. Пастернака《Доктор Живаго》//Вестник Московского университета. Серия 9. Филология, 1996. № 1. С. 58.

# 第二章 《日瓦戈医生》的叙事语言

文学作品的叙事语言是叙述者完成叙事行为、作者表达创作思想的工具，也是读者接受和理解文本内容的媒介。叙事语言是小说叙事形态至关重要的一个方面。通过对叙事语言的分析，我们能够清晰地观察到作家语言运用的纯熟与灵动，表达手段的丰富与精妙。本章主要从叙述人语言、人物语言和诗歌语言三个角度来分析作者在叙事语言方面所取得的成就。

叙述人语言（речь повествователя）与人物语言（речь персанажей）共同构成文学作品的叙事语言。叙事作品的产生，发轫于创作主体对社会生活中各类事件的感受、体验与思考。创作之初，作家首要解决的问题就是叙述人语言的选择，即创作主体在作品中希望表达何种情感、态度、价值观念，打算以怎样的口吻、语调来叙述故事。叙述人语言中的词语选择、辞格设置、句式安排都必须与叙述人的身份、格调、态度相一致，叙述人语言直接反映出创作主体对小说故事（及其主人公）的态度、情绪、感受以及评价。因此，叙述人的语言格调（речевая манера）与作者的生命体验、思想观念紧密相关，不熟谙叙述人语言的格调特征就不能了解作家的情思，也就难以充分理解一部作品。情为言先，清代国学大师王国维所言“一切景语皆情语”阐述的就是这个道理。

个性对话、内心独白等形式的人物语言是特定情景中主人公表达思想、与人（或自我）交流的话语手段，作者借此不仅可以揭示出人物的性格特征、心理状态，而且还能推动故事情节发展，延缓叙述的节奏。可以说，这是一种特殊的叙述手段，具有重要的叙事功能。不仅如此，文学作品中的人物语言还需要传达信息反映现实生活，表现主人公的思想情趣刻画人物形象，因此它常常包含有两方面的特征：一是社会阶层的典型语言，例如乡野村夫操着俚俗的土语，上层贵族说着文质彬彬的话语，官员小吏讲着一口公文的腔调；二是主人公的个性化特点，例如虚伪狡诈、见风使舵、憨厚老实的人物性格，抑或善于思辨、注重抒情、强调议论的话语风格。但是人物语言并非与作者的身份、态度、格调毫无关联，它同样需要服从创作主体的语言风格，体现作家的语言特色。叙事作品中人物语言的设置与安排在一定程度上就反映出作者对人物形象的评价与态度。

很多人认为诗歌语言不能算作叙事语言，然而事实上，诗歌语言作为表达思想的一种手段，在传递信息、讲述故事方面丝毫不逊于散文语言。有学者专门统计过，散文语言平均每一个字母包含 0. 6 个信息量，而诗歌语言平均每一个字母则包含 1. 5 个信息量，换句话说，凝练的诗歌语言比直白的散文语言所包含的信息量要丰富得多。正因为此，古今中外的作家常常将诗歌语言用作一种叙述手段，在行文中穿插诗文以增添故事情节的意境和典雅品质，如《红楼梦》《三国演义》中的古典诗歌与故事情节交相辉映，《蔷薇园》中的诗词骈文与散文叙事完美结合。长篇小说《日瓦戈医生》的特色更在于，作家并没有将诗歌语言放在散文叙事之中，而是将主人公的诗歌结集到一起，置于作品的最后一章。这些诗不但在内容上具有非常强的叙事性，常常与散文部分的故事情节相契合；而且在语言上别具一格，对反、隐喻、象征等艺术手法进一步提升了叙事的意境和格调。

## 第一节　叙述人语言的抒情格调

帕斯捷尔纳克认为："艺术的对象是为情感所浸染的现实，艺术记录着这一浸染的过程，将其照实描画下来。"[①] 所以情感是艺术要表达的重要内容，语言是文学作品表达这一情感的唯一媒介。无怪乎作家在小说中借主人公之口赞叹语言的魅力："左右创作的几种力量，它们的相互关系似乎本末倒置过来。占据首位的，不是人和他想表现的心境。语言这'美'和'意'的家乡与栖所，开始自己替人思索讲话……"（531）

从功能上看，小说中叙述人语言包含叙述性语言、抒情性插笔、描写性语言等形式。叙述性语言主要是对故事的时间、地点和过程进行记录与概括性说明。在《日瓦戈医生》中，帕斯捷尔纳克一改早年艰深晦涩的创作风格，叙述时多采用平实简练、通俗易懂的词汇和语句，使小说获得亲切、朴实的艺术效果，例如：

---

① *Пастернак Б. Л.* Собрание сочинений в 11-ти томах. Т. III. М.: Слово/Slovo, 2004. С. 186.

Они ночевали в одном из монастырских покоев, который отвели дяде по старому знакомству. Был канун Покрова. На другой день они с дядей должны были уехать далеко на юг, в один из губернских городов Поволжья, где отец Николай служил в издательстве, выпускавшем прогрессивную газету края. Билеты на поезд были куплены, вещи увязаны и стояли в келье.（I, 2）

他们在修道院一间单身修士房中过夜，因为舅舅是这里的老熟人，才让借住的。这天正是圣母节的前夕。第二天，男孩将和舅舅一起去南方伏尔加地区的一个省城。舅舅在一家发行地方进步报纸的出版社工作。车票已经买好，行李已打捆放在屋里。(4)

这一段读起来质朴自然，作者用近乎白描的语言手法表达了浓郁的生活气息，将事情的来龙去脉、主人公的状况和行为凝练地展现在读者面前。字里行间强调的是所述事实的具体情形和细节特征。这一通俗简练的语言特色贯穿整个文本，作者在叙事时很少选择生僻、古旧的词汇，所使用的语句也以简短、紧凑的句型居多。帕氏研究专家法捷耶娃就曾指出，《日瓦戈医生》比作家早期散文中使用的句式平均要缩短一半。小说大多使用短句，没有作家抒情诗中常用的形动词、副动词短语以及复杂的句型，也很少对事件进行冗长的叙述。[1] 这一点在各章节的末尾句表现得尤为明显：

---

① *Быков Д. Л.* Борис Пастернак. М.: Молодая гвардия, 2011. С. 720—721.

1） Вдруг все это разлетелось. Они обеднели.（I, 3）

然而，转眼间这一切都烟消云散。他们的家业衰败了。（6）

2） Что-то случилось. Пойдемте чай пить.（I, 5）

“出什么事了？咱们回去喝茶吧。”（13）

3） Выдумать, что не училась танцевать или сломала ногу.（II, 4）

可以推说没学过跳舞，或是说拐了脚脖子。（32）

4） На другой день Анне Ивановне стало лучше.（III, 3）

第二天，安娜·伊万诺夫娜好多了。（84）

为了使叙述达到通俗易懂的效果，作家在小说中使用了各种修辞手段来突出叙述性语言的口语化特征，最常见的就是词语重复：

1） И — надо проснуться. Надо проснуться и встать. Надо воскреснуть.（VI, 15）

应该苏醒。应该苏醒并站立起来。应该复活了。（251）

2） Бездна лишнего. Лишняя мебель и лишние комнаты в доме, лишние тонкости чувств, лишние выражения.（VI, 2）

没用的东西多得很。比如说家具过多，房子过多，多愁善感，又废话连篇。（206）

那么，这样的叙述性语言是否意味着文字干瘪枯燥，不带任何感情色彩呢？答案当然是否定的。《日瓦戈医生》中叙述性语言的一个重要特征恰恰就是运用多种语言手段渲染情感。试举一例：

Юрий Андреевич с детства любил сквозящий огнем зари вечерний лес. В такие минуты точно и он пропускал сквозь себя эти столбы света. Точно дар живого духа потоком входил в его грудь, пересекал все его существо, и парой крыльев выходил из-под лопаток наружу.（XI, 7）

日瓦戈从小就爱看晚霞映照的森林。那时他觉得自己也仿佛被霞光照透了。似乎有一股鲜活的精神涌进心胸，传遍全身，然后在后肩生出一对翅膀来。（418）

这一片段如果仅仅从陈述事实的角度出发，那么 сквозящий огнем зари вечерний лес（晚霞映照的森林）、сквозь себя эти столбы света（被霞光照透）、парой крыльев выходил из-под лопаток наружу（在后肩生出一对翅膀来）等语句则是完全难以理解的，因为单纯从叙事角度来看，这些句子并未给出有效信息，显得冗长而多余。然而，正是得益于比喻、象征等修辞手段这段叙述才获得了充沛的情感和浪漫的诗意。

简洁明快的叙述性语言在一定程度上受叙述基调的影响。叙述基调是贯穿整部小说的主旋律，它往往在作品的开头就被奠定，此后通过故事情节的演绎而得以最终完型。

在小说开篇叙述者用冷淡平静的语调描绘了母亲玛丽娅出殡前后的场景，并赋予这一场景以一种悲凉、孤寂、哀怨的叙述语调。这一基调在随后的叙述中得到显著增强。作者将叙述聚焦从人物、事件转移到外部的自然环境，暴风雪成为被描述的对象：

За окном не было ни дороги, ни кладбища, ни

огорода. На дворе бушевала вьюга, воздух дымился снегом. Можно было подумать, будто буря заметила Юру и, сознавая, как она страшна, наслаждается производимым на него впечатлением. Она свистела и завывала и всеми способами старалась привлечь Юрино внимание. С неба оборот за оборотом бесконечными мотками падала на землю белая ткань, обвивая её погребальными пеленами. Вьюга была одна на свете, ничто с ней не соперничало. (I, 2)

窗外既看不见道路，也不见墓地和菜园，只有暴风雪在肆虐，雪花纷纷扬扬，漫天飞旋。也许是暴风雪发现了尤拉；暴风雪意识到自己有无限的威力，洋洋得意地显示自己如何震慑住了孩子，它呼啸着，狂吼着，千方百计想吸引尤拉的注意。白茫茫的风雪巨浪，一层又一层从天空不停地倾泻到地面上，仿佛是一块块白色的裹尸布，笼罩在大地上。此刻世界上唯有暴风雪在大施淫威，没有什么堪与它相匹敌。(5)

这段描述中，作者将暴风雪人格化，赋予它以人的意识和行为。小尤拉所见的暴风雪，像一个不能自我控制的暴徒，一味地将自己的情绪发泄在大地与十岁的孩子身上；作者对肆虐的暴风雪做了详细描画，不仅突现出它范围之大、分布之广，还将它比作裹尸布，以营造出阴森恐怖的氛围，烘托出日瓦戈内心的凄冷和无助。在此，暴风雪仿佛成为了故事的主角，作者用“既看不见……也看不见……”“没有什么堪与它相匹敌”的句式来增强感情色彩，用拟人、比喻、隐喻等修辞手法凸显大自然的淫威，叙述之中带着一份淡淡的哀愁。主人公对周围世界的感受始自冷酷无情的暴风雪，这仿佛也暗示着小说艺术世界的悲剧特征。此后暴风雪在文本中不断出现，常常给人以沉重、悲凉的感觉。

小说故事情节的发展最终决定了忧郁伤感的叙述基调。从大的历史环境上说，20 世纪初的俄罗斯经历了 1905 年革命、第一次世界大战、二月革命、十月革命、国内战争，人民群众沐浴战火，历经许多苦难，文化传统和精神信念也遭受到前所未有的挑战，战争与革命给新建国家带来的是“涅槃重生”。从个体命运上说，主人公日瓦戈自幼失去双亲，一生颠沛流离，在动荡的岁月里无法安心从事医职，也无法平静地进行艺术创作，他与妻儿天各一方，与爱人拉拉亦不得不忍痛分离。显然，无论在事业还是在家庭方面，日瓦戈都是两手空空。女主人公拉拉也同样如此，少女时代她被律师科马罗夫斯基诱奸，婚后被丈夫抛弃，唯一的精神寄托——女儿丹尼娅也被迫送人抚养，她的整个一生都在漂泊，最后死在了北方的某个集中营里。小说另一个主要人物安季波夫－斯特列尔尼科夫推崇以暴力摧毁旧世界，成为出色的“审判官”。他抛弃妻女，献身理想，最后却落得开枪自杀的悲惨下场。悲剧性的故事情节自然会反映到叙述语调之中：

> Остается досказать немногосложную повесть Юрия Андреевича, восемь или девять последних лет его жизни перед смертью, в течение которых он все больше сдавал и опускался, теряя докторские познания и навыки и утрачивая писательские, на короткое время выходил из состояния угнетения и упадка, воодушевлялся, возвращался к деятельности, и потом, после недолгой вспышки, снова впадал в затяжное безучастие к себе

самому и ко всему на свете.（XV, 1）

日瓦戈的故事，要说的已经不多，只剩下去世前最后八九年的光景了。这些年中，他越来越消沉颓唐，丢掉了医生的学识和习惯，也失去了写作的本领。有时摆脱了颓丧的心境，振作一阵子，重又干起事来，可转眼又陷入长期的冷漠，对自己和世上的一切都感到兴味索然。（565）

这里叙述的是日瓦戈妻离子散、斯特列尔尼科夫自杀、拉拉被科马罗夫斯基骗往远东后主人公只身一人回到莫斯科的情形，“死亡”“消沉颓唐”“压抑沮丧”“冷漠”“兴味索然”等字眼突出了全文低沉、伤感的基调。一个曾经拥有丰富学识、具有济世情怀的知识分子“丢掉了医生的学识和习惯，也失去了写作的本领”，“对自己和世上的一切都感到兴味索然”，这怎能不让人产生悲哀、怜悯之情？片段中作者描述日瓦戈使用的都是未完成体动词，以强调主人公长期处于消极颓废的心态，因为俄语中未完成体动词指不止一次、经常重复的行为和动作；此外作者还连续使用连词 и，仿佛拉长了声调在向读者数落主人公悲观厌世的行为方式，悲戚的语调从而进一步得以渲染，读来令人唏嘘。

《日瓦戈医生》具有浓厚的自传性色彩，利哈乔夫院士就指出这部作品是帕斯捷尔纳克的“精神自传”。对于帕氏小说的叙述方式和自传体特征，我国研究者刘亚丁亦指出，叙述者“不是面对大庭广众，用崇高的语调在讲述全人类全民族的事件，而是面对个体读者，讲述私人的感情”①。因而作品中较多地出现了作者的感受和评论，

① 刘亚丁：《苏联文学沉思录》，成都：四川大学出版社，1996 年，第 136 页。

这些感受与评论常常以抒情性插笔的形式出现在文本中。

例如第一次世界大战结束后，日瓦戈从西线战场返回莫斯科，和亲友们相聚时发现大家变得出奇的消沉，整个莫斯科城都处在饥寒交迫的氛围之中，晚宴上的山珍野味和美酒佳肴也无法勾起人们愉悦的情绪，作者写道：

> Всего же грустнее было, что вечеринка их представляла отступление от условий времени. Нельзя было предположить, чтобы в домах напротив по переулку так же пили и закусывали в те же часы. За окном лежала немая, тёмная и голодная Москва〈...〉И вот оказалось, что только жизнь, похожая на жизнь окружающих и среди нее бесследно тонущая, есть жизнь настоящая, что счастье обособленное не есть счастье, так что утка и спирт, которые кажутся единственными в городе, даже совсем не спирт и не утка. Это огорчало больше всего.（VI, 4）
>
> 最使人不快的是，他们的晚宴与当时的条件太悬殊。简直难以想象这条小巷子里还有谁家此时能如此大吃大喝。窗外是静悄悄、黑漆漆、忍饥挨饿的莫斯科……看来，只有当你的生活与周围人的生活相仿佛，能淹没在生活的大海中时，那才是真正的生活，而独得的幸福并不是幸福。所以，当这鸭子和酒精在莫斯科成了唯一佳肴时，它们便不再是酒，也不再是鸭子了。这不由得令人黯然。(212)

作者在此用过去时表达对往昔岁月的回忆，用 вечеринка（晚宴），закусывать（吃喝）等口语词讲述日常生活，即便如此普通的生活场景也“使人不快”“不由得令人黯然”，一股忧伤之情溢于言表。不仅如此，作者在形容窗外的莫斯科时接连使用了三个修饰语немая（静悄悄的）、тёмная（黑漆漆的）、голодная（忍饥挨饿的）突出了情感上的悲凉氛围，修饰语与被修饰词语在音节上所构成的抑扬顿挫也增添了情感渲染的效果。最后一句作者用较长的三个分句发表了对生活、幸福和美味佳肴的看法，直接道出了自己的心声：“独得的幸福不是幸福”，只有与人民一起分享的快乐才是真正的快乐，与国家风雨同舟、休戚与共才会获得真正的幸福。

再如在残酷的战争年代，日瓦戈拒绝高谈阔论，渴望劳作与付出，以自己的实际行动为祖国贡献力量。他热爱大自然，希冀在大自然的宁谧中回归自我，享受生活，追求尽善尽美的境界。这时作者用排比句式发出强烈的感慨：

> О как хочется иногда из бездарно-возвышенного, беспросветного человеческого словоговорения в кажущееся безмолвие природы, в каторжное беззвучие долгого, упорного труда, в бессловесность крепкого сна, истинной музыки и немеющего от полноты души тихого сердечного прикосновения! (V, 5)
>
> 啊，有时他多么盼望能摆脱人们平庸的高调，回到貌似寂静无语的大自然中去，回到苦役般漫长而艰难的、默默无闻的劳动中去，回到无言的沉沉梦境中去，沉浸在真正乐曲的宁静中，沉浸在心旷神怡的恬静中！（168—169）

而经历时代风云变幻之后，日瓦戈、戈尔东和杜多罗夫再次聚到了一起，岁月在他们身上所留下的痕迹之一就是语言表达上的变化，在经历过“社会改造”之后，戈尔东和杜多罗夫似乎丧失了独立思考的能力，也不再能言善辩，对此作者用反语的口吻写道：

> Гордон и Дудоров принадлежали к хорошему профессорскому кругу. Они проводили жизнь среди хороших книг, хороших мыслителей, хороших композиторов, хорошей, всегда, вчера и сегодня хорошей, и только хорошей музыки, и они не знали, что бедствие среднего вкуса хуже бедствия безвкусицы.（XV, 7）
>
> 戈尔东和杜多罗夫属于很不错的教授圈子里的人。他们生活在什么里面呢？是好书、好的思想家、好的作曲家、昨天和今天永远美好的音乐，而且仅仅只有美好的音乐。他们不明白，自己这种平庸趣味，其害处甚于毫无趣味。（583）

作者用一连串的词语一再突出时代的典型特征，指出这种“好好之言”恰恰凸显出人们内心世界的空虚和贫乏，最后用一个 хуже（更有害）对前文七处的 хорошо（好）加以否定，这一比照增添了悲叹的意味。

需要指出，小说中的抒情性插笔紧扣文本叙事的忧郁基调。与果戈理、萨尔蒂科夫－谢德林、左琴科等幽默讽刺作家不同的是，帕斯捷尔纳克在作品中并未表现出冷嘲热讽、针砭时弊的态度，而是流露出一种无奈、同情和痛苦的情感，这表明作家并未刻意批判现实、直接否定革命，正如俄国学者沃兹德任斯基所说的：“无论日瓦戈，还是帕斯捷尔纳克，都谈不上是反对革命的人，他们根本谈不上同事件的进程进行争论，谈不上对抗革命。”①

描写性语言运用生动形象的文字对人物肖像、心理、外部环境的具体细节加以描绘，使读者产生一种如见其人、身临其境的感觉。《日瓦戈医生》中的描写性语言同样充满了抒情色彩，但是与通俗易懂、具有口语化特征的叙述性语言相比，描写性语言则显得庄重典雅、带有书卷气息。

首先，作家善于描摹各种声响效果，并使之与悲伤、忧郁的情感相对应。帕斯捷尔纳克是位诗人，他对日常生活以及大自然中的声音十分敏感，对劳动的节奏、鸟雀的啼鸣、风雪的呼啸都极为熟谙。小说里的音响（如口哨声、汽笛声、钟声、落叶声）大多单调空泛，且不相连贯，给人的听觉感受多为伤感和沉闷：

> 1）〈...〉 рои комаров, тонко нывшие в унисон, все на одной ноте 〈...〉 звуки верховой езды: скрип седельных ремней, тяжеловесные удары копыт наотлет, вразмашку, по чмокающей грязи, и сухие лопающиеся залпы, испускаемые конскими кишками.（IX, 16）
>
> 一群群蚊子……嗡嗡地唱着一个细细的调门……骑马发出声响，如鞍子的吱呀声，马蹄在泥泞中沉重的嗒嗒声，还有马腹里发出的一连串闷响。（372—373）
>
> 2）По лесу разносился хриплый звон других пил 〈...〉

① 转引自：董晓：《〈日瓦戈医生〉的艺术世界》，《艺术广角》，1998 年第 2 期，第40 页。

> С еще более долгими перерывами свистал, точно продувая засоренную флейту, черный дрозд. Даже пар из паровозного клапана 〈...〉 словно это было молоко, закипающее в детской на спиртовке.（VII, 26）
>
> 林里是一片咿咿呀呀的锯子声……（百舌鸟）每隔很长一段时间啼上几声，好像在吹通被脏物堵塞的长笛。就连火车阀门喷出来的蒸汽……也发出咕咕声，像儿童室里酒精炉上牛奶煮沸了的声音。(293)

大自然发出的各种声音本身并不具备语音的表义性质，但各种具有相同特征的声响汇聚到一起，则可以创造一个具有特殊意义的声音环境。上例中嗡嗡的蚊虫声、劈啪作响的手掌声、嗒嗒的马蹄声、鞍子的吱呀声、马腹里发出的沉闷声响以及树林里咿咿哑哑的锯子声，无一不给人带来烦躁、焦虑的情绪，因此作者将百舌鸟的啼啭比作“在吹通被脏物堵塞的长笛”，将火车阀门喷出来的蒸汽声比喻成“儿童室里酒精炉上牛奶煮沸了的声音”也就可以理解了。因为在这里，声音已经不再是简单的声音，而是作为一种情调氛围的烘托，成了一种能指符号，是枯燥烦闷的象征。

其次，小说中的景物描写始终以冷色调为主，作者倾向于描绘破败萧条、荒凉衰败的生活环境，阴暗寒冷、广袤凄凉的自然景象，以及风雪肆虐、电闪雷鸣的特殊天气。作品中还经常出现旷野、冰霜、风雪、寒夜、孤星和冷月的画面，这与主人公超凡而忧郁的精神气质遥相呼应，增添了作品的悲凉感：

> Выдавались тихие зимние вечера, <u>светлосерые, темнорозовые</u>.

По светлой заре вычерчивались черные верхушки берез, тонкие, как письмена. Текли черные ручьи под серой дымкой легкого обледенения, в берегах из белого, горами лежащего, снизу подмоченного темною речною водою снега. И вот такой вечер, морозный, прозрачно серый, сердобольный 〈...〉（XIII, 2）

冬日寂静的傍晚，时而浅灰色，时而暗红色。在明亮的霞光里，白桦树勾勒出如纤细笔触一般的灰黑的梢头。岸边是群山似的白雪，雪下被污浊的河水打湿；河里一层薄冰罩着灰蒙蒙的雾气，冰下流着一股黑水。正是这样一个灰色透明的寒冷傍晚……（460—461）

在这段描写中，“浅灰色”“灰黑色”“黑色”“灰色”都属于冷色调，“黑水”与“白雪”之间形成明显的色彩对照。这种色彩的对比具有重要的表意功能。它们体现出作家不仅善于描写景物所带来的瞬间印象，注重光线对物体的透视、色彩在透视中的交织与变换，而且善于通过光线、色彩和影像的变化折射出人物内心的具体感受。在帕氏笔下，“黑色与白色几乎成为《日瓦戈医生》中的基本对比色……黑色与死亡、白色与复活形成了一种隐喻的关系，从而渲染和深化了作者对死亡与复活主题的思考”①。

最后，在主要人物的肖像描写方面，作者着墨不多，对主人公的外貌只是做了粗略勾勒。在全书寥寥几处对日瓦戈的外貌描绘中，

① 张纪：《〈日瓦戈医生〉的细节诗学研究》，《俄罗斯文艺》，2013 年第 2 期，第 63 页。

有这样一句话：

> — За что он на меня обиделся? — подумала Лара и удивленно посмотрела на этого курносого, ничем не замечательного незнакомца.（IV, 14）
>
> "他干吗冲着我不高兴？"拉拉暗自思忖，奇怪地朝这相貌平常、长着翘鼻子的陌生人（指日瓦戈——本书作者注）看了一眼。（155）

这表明作家希冀描绘一个时代的人物群像，达到"脸谱化"的效果，从而更有利于抒情，突出人物那忧郁孤僻的性格特征及其复杂深沉的内心世界。

当然，感伤的叙述基调并不是小说描写性语言的唯一特征。其实在帕氏笔下，小说的情感世界是丰富多彩的，其表现手法也是多种多样的。

作家 1934 年在第一次苏联作家代表大会上就曾说过："诗即散文，散文不是指任何人的诗歌作品的总和，而是指发挥作用的非小说转述的散文本身。诗……有积极影响的事实的语言……原始张力中的纯散文就是诗。"① 可见，在帕氏的创作中，散文语言与诗歌语言是水乳交融、难以分割的。"对帕斯捷尔纳克的散文应当当诗来读。也许，这是一种逐字逐句译出的文本，是诗歌文本的逐字逐句翻译。"② 帕斯捷尔纳克"既是一位散文家诗人，也是一位诗人散文

---

① *Пастернак Б. Л.* Собрание сочинений в 11-ти томах. Т. V. М.: Слово/Slovo, 2005. С. 228.

② 转引自：顾蕴璞：《饱含哲理的艺术逻辑——解读帕斯捷尔纳克诗的一种切入》，《国外文学》，2009 年第 1 期，第 19 页。

家”（利哈乔夫语），他淡化了诗歌与散文之间的界限，“他所说、所写的每一件事都富有诗意：他的散文不是散文作家的散文，而是诗人的散文，带有诗人所具有的一切优缺点”①。在《日瓦戈医生》中他将诗歌语言婉约细腻、情感充沛的特点引入散文语言之中，用拟人、通感、象征、比喻等辞格使大自然获得极其唯美的意境，也使主人公的情感与景物真正达到了和谐统一。“辞格是词语的一种用法或思想的一种表现方法，是对简单、普通、冰冷话语的偏离，它是一种充满情感的表达，饱蘸激情的语言。”②

“将无生命的事物人格化”③（亦即拟人）是作家艺术创作的重要特征。在帕氏眼中，外部环境（尤其是大自然）是有生命的，它与人类一样有着自己的语言和生长发展的规律，因此在小说中，作家总是力图消除生活环境与人类之间的界限，寻求大自然与人类的契合，努力促成外部环境与人类在精神世界方面的互动和共鸣，希望构建一种“人景合一”的理想境界，例如：

1）Неосвещенная улица пустыми глазами смотрела в комнаты. Комнаты отвечали тем же взглядом.（II, 19）

幽暗的街道茫然地望着房间，房间也报以同样的眼神。（本书作者译）

2）Снежная буря беспрепятственнее, чем в обрамлении

---

① 以赛亚·伯林：《苏联的心灵：共产主义时代的俄国文化》，潘永强、刘北城译，南京：译林出版社，2010 年，第 86—87 页。

② *Кошанский Н. Ф.* Общая риторика. М.: Издательство Агентства “Яхтсмен”, 1995. С. 8.

③ *Лихачёв Д. С.* Борис Леонидович Пастернак//Борис Пастернак. М.: Художественная литература, 1985. С. 15.

зимнего уюта, заглядывала в опустелые комнаты сквозь оголенные окна.（VII, 5）

暴风雪原来被挡在暖融融的窗帘之外，现在却毫无阻拦地从光秃秃的窗子外探进头来，望着空荡荡的房间。（258）

通感也是帕氏惯用的一种修辞手法，它在小说中能够调动读者的各种感官，令描绘的内容更加具象可感，例如视觉与嗅觉的互通：

Чем они пахли, можно было определить на глаз. Они пахли тем же, чем блистали. Они пахли древесными спиртами, на которых варят лаки.（VII, 25）

白桦树叶散发出一股股调漆用的木精气味，在树干上闪闪发亮，用眼睛就能断定是什么味道。（291）

帕氏还是一位善于运用象征手法的诗人作家，在小说中他描绘了一系列具有深刻含义的意象，如暴风雪、蜡烛、沟谷、花楸树、狼等等，这些意象借助象征手法恰到好处地传达出人物的情绪和思想，如作品开篇写到了一只小狼崽：

Он поднял голову и окинул с возвышения осенние пустыри и главы монастыря отсутствующим взором. Его курносое лицо исказилось. Шея его вытянулась. Если бы таким движением поднял голову волчонок, было бы ясно, что он сейчас завоет. Закрыв лицо руками, мальчик зарыдал.（I, 1）

男孩抬起头，在坟头茫然环视四周荒凉的秋野和修道院上的圆顶。长着翘鼻子的脸上，神色异常。脖颈伸得长长的。如果一只小狼崽这样仰起头来，不用说它就要哀嚎了。这时孩子双手掩面，失声恸哭起来。(4)

这段文字有两个细节相当重要。一是日瓦戈在痛哭之前，“茫然环视”了一下荒凉的秋野和修道院上的圆顶；二是他像小狼崽一样昂起了头。词语 пустыри，волчонок，главы монастыря 都具有特殊的象征含义。“荒凉的秋野”指寂寥苍茫的大地，“狼”象征着孤独与茕茕孑立；而“修道院”是信徒心中的圣地，它的圆顶指向广阔的苍穹，连接着上帝所在的天堂与芸芸众生的凡俗世界。日瓦戈一生都在探求真理的道路上孤独前行，此刻这匹“小狼崽”茫然仰视修道院的圆顶，不免使读者产生这样的联想：孤独、自由的灵魂在呼唤上帝，渴望得到天父的慰藉与点拨。

在大自然的描绘中，帕斯捷尔纳克常用比喻的修辞手法。“互相渗透的形象与物体，是帕斯捷尔纳克比喻的源泉，这种比喻完成着一件伟大的工作——复现世界上物质与精神之间的统一。对诗人来说，比喻不是技巧手法，而是他诗学中的创造性的动因。”[①] 在《日瓦戈医生》中，立意新颖、风格奇特的比喻俯拾即是，如：

1）Морозное, как под орех разделанное пространство, легко перекатывало во все стороны круглые, словно на

① 符・维・阿格诺索夫主编：《20 世纪俄罗斯文学》，凌建侯等译，北京：中国人民大学出版社，2001 年，第 459 页。

токарне выточенные, гладкие звуки.（II, 19）

冰雪把四周装点成玉宇琼楼。声音也像是一颗颗金属珠子，在冷峭的空中向四方滚去。（65）

2）Джек смотрел на него снизу, подняв голову, как старый, слюнявый карлик с отвислыми щеками.（II, 13）

杰克仰头望着他，仿佛是一个皮肉松弛、淌着口水的老年侏儒。（57）

3）На дворе против Лариного окна горел фонарь на столбе, и, как ни занавешивалась Лара, узкая, как распиленная доска, полоса света проникала сквозь промежуток разошедшихся занавесок. Эта светлая полоса не давала Паше покою, словно кто-то за ними подсматривал.（IV, 3）

在拉拉窗子对面的院子里，有一盏路灯，拉拉无论怎么拉近窗帘，中间总留着一条缝隙，像锯开了的木板一般的细光带，从中间透射过来。这道光令帕沙不安，似乎有人在暗中窥视。（119）

可以看出，叙述性语言、抒情性插笔、描写性语言都是帕氏在表达自己的感受，饱蘸强烈的情感色彩。无论是对生命与死亡的敬畏之情，渴望家庭、情侣之爱的感伤之情，抑或是对大自然的神往之情……都弥漫着一股忧郁悲戚的抒情气氛。这一抒情氛围其实是由帕氏知识分子身份的主观感受所派生出来。他始终保持着与祖国同呼吸共命运的赤子之心，因而他总是用诗人的眼光，从人道主义的立场来看待自然景物及所发生的一切事件。

## 第二节　人物语言的个性化特点

人物语言是指文学作品中作家给人物形象所安排的语言，它包括外部语言与内心语言两种形式，前者指主人公之间直接的交谈与对话；后者指人物的内心独白、呓语以及书信、札记[①]等。“文学的第一要素是语言”（高尔基语），人物语言则可看作是小说“第一要素”里的第一要素，不同人物的思想意识、心理状态、性格特征，其身份、职业、阅历、教养等方面的差异都决定了各不相同的语言表达方式，人物语言自然而然也就成为了主人公“自我表现”（维诺格拉多夫语）的一种形式。

言为心声，人物语言在文学作品中有着举足轻重的地位，在一些长篇叙事诗和长篇小说中，人物对话的篇幅甚至占据了“半壁江山”，作品的创作主题、艺术世界的社会特征、故事情节的发展变化，总是或直接或间接地通过人物语言表现出来。个性对话、内心独白等形式的人物语言是特定情景中主人公表达思想、与人（或自我）交流的话语手段，作者借此不仅可以揭示出人物的性格特征、心理状态，而且还能推动故事情节发展，延缓叙述的节奏，可以说，

① 需要指出，虽然书信、札记等“独白”形式的内心语言在小说中十分丰富，但这些书信、札记大多以阐发哲学观点为目的，例如日瓦戈给冬尼娅的信谈家庭与爱情，韦杰尼亚平的札记记录其宗教哲学思想（对历史时空的感悟），日瓦戈在瓦雷基诺所写的日记论述他对田园生活、劳作、冬尼娅怀孕以及诗歌艺术的思考，等等。而本节旨在论述人物语言的个性化特点。主人公的内心独白难以充分展现人物的性格、阅历、职业、人品等多方面的特征，因此出于研究目的考虑，本书作者仅以外部语言为论述对象。

这是一种特殊的叙述手段，具有重要的叙事功能。不仅如此，文学作品中的人物语言需要服从创作主体的语言风格，体现作家的语言特色，它的设置与安排在一定程度上就反映出作者对人物形象的评价与态度。叙事作品中的人物语言既要传达信息、反映现实生活，又要表现主人公的思想情趣、刻画人物形象，它常常包含有两方面的特征：一是社会阶层的典型语言；二是个性化特点。因此，人物语言由作家根据特定历史环境下的社会特征以及人物个性特色加工提炼而成。

《日瓦戈医生》以其宏大的历史叙事成功塑造了众多人物形象，“它描写了六十个左右来自社会各阶层的人物……个体命运的相互依靠构成这部小说的主题之一”[①]。从社会阶层和精神生活来看，这些出身不同、遭遇各异的人物形象大致可以分为四类：一是以日瓦戈、韦杰尼亚平、格罗梅科为代表的有思想和精神追求的知识分子；二是以律师兼政客科马罗夫斯基为代表的旧世遗毒；三是渴望成为革命队伍“领路人”的红军指挥员安季波夫－斯特列尔尼科夫、年轻的政委金茨、布尔什维克萨姆杰维亚托夫以及日瓦戈医生的好友戈尔东、杜多罗夫等；四是社会底层人物，如饱受沙皇旧制度摧残的铁路工人胡多列耶夫，曾经是格罗梅科教授家的看门人、后来在新社会中翻身做主人的马克尔，在战争中发疯致狂的游击队员帕雷赫，以及被错抓流放到西伯利亚的普里图利耶夫、瓦夏等人。上述人物都具有个性化的语言特点。

---

① 马克·斯洛宁：《苏维埃俄罗斯文学》，浦立民、刘峰译，上海：上海译文出版社，1983 年，第 240 页。

## （一）

我们首先来看一下后三类人物形象的语言特征。

小说中的多数人物形象都为中性，唯一一个着墨较多的反面人物则是无耻之徒科马罗夫斯基，此人在小说情节中真可谓“恶贯满盈”。他曾是西伯利亚富翁日瓦戈（即主人公日瓦戈的父亲）的律师，而后者却在自己律师的威逼之下不得不跳车自杀；他是亡友遗孀吉莎尔的情人，却又将邪淫的魔爪伸向她的花季女儿拉拉；在瓦雷基诺他用安季波夫被处决的假消息欺骗日瓦戈，将拉拉骗往远东，一手造成女主人公的悲惨命运。科马罗夫斯基是旧制度的代表，他虽然显得很有教养，经常混迹上流社会，但骨子里虚伪狡诈、沽名钓誉。他一面撒谎成性，一面却又表现得道貌岸然。例如尤拉的父亲跳车身亡后，面对一群好奇的围观者的询问，科马罗夫斯基不客气地回答说：“酒精中毒，这还不明白？这是酒鬼常有的事。”（Алкоголик. Неужели непонятно? Самое типическое следствие белой горячки. I, 7）科马罗夫斯基鄙夷、蔑视前来围观的下层民众，所以他“耸肩”“爱答不理”“头也不回”也就不足为怪。他用贬义色彩十分明显的алкоголик（酒鬼）一词来认定跳车者的自杀原因，带有口语、不赞色彩的医学术语белая горячка（酒精中毒）更是体现了科马罗夫斯基内心的冷酷无情，尽管他是死者的好友，但却多次用贬义词抹黑死者，想彻底撇清与后者的关系——一位声色俱厉、装腔作势的伪君子形象就这样清晰地呈现在读者面前。

人物语言“应该严格符合人物的身份、格调、态度”①，科马罗

① 白春仁：《文学修辞学》，长春：吉林教育出版社，1993年，第226页。

夫斯基在瓦雷基诺与日瓦戈和拉拉的对话最能体现他伪善的本质。为了让日瓦戈劝服拉拉去远东，科马罗夫斯基刚一见到日瓦戈，就假惺惺地套起了近乎：

> Я ведь так хорош был с вашим отцом, вы, наверное, знаете. На моих руках дух испустил. Все вглядываюсь в вас, ищу сходства. Нет, видимо, вы не в батюшку. Широкой натуры был человек. Порывистый, стремительный. Судя по внешности, вы скорее в матушку. Мягкая была женщина. Мечтательница.（XIV, 1）
>
> 我和您的父亲可是非常要好的，这您一定知道。他是在我怀里咽气的。我仔细打量，看您哪点像父亲，可是看来您没随父亲。他是个生性开朗的人，有激情，雷厉风行。您外表更像母亲。她是个性情温和的女人，喜欢幻想。（511）

此处的дух（灵魂）、широкая натура（胸襟宽广）、порывистый（充满激情的）、стремительный（雷厉风行的）都具有褒义色彩，батюшка（［敬称］父亲）则更具表爱意味，科马罗夫斯基使用这些词语，无非是想说明他与日瓦戈父亲的亲密关系，而这恰恰与前例中科马罗夫斯基对围观者的正颜厉色、对日瓦戈父亲之死的漠然态度形成了鲜明对照。

如果说“假”话是科马罗夫斯基人物语言的典型特征，那么充满激情和理想主义色彩则是金茨、利韦里、戈尔东、杜多罗夫人物语言的显著特征，这些特征与人物的身份和思想是一致的，因为他们大多都是革命理想主义者。

从彼得堡来到第一次世界大战前线的富家子弟金茨是个初出茅庐、涉世未深的半大小子，但被委以重任，担任部队政委一职。他年少气盛、血气方刚，习惯于对周围的人发号施令，总爱用感叹句表明自己的强硬态度："绝对不行！现在不是一九〇五年，不是革命前的演习！"（Ни в коем случае! Какой-то девятьсот пятый год, дореволюционная реминисценция! V, 5）他位高权重，大家对他尊敬有加，但是他在言语中总是以自我为中心，喜欢说"我怎样怎样"（Я хочу... Я скажу... Я пройму...）。显然，革命理想主义者拥有丰富的肢体语言和内心情感，他们重视自身的感受，善于在具体事件中归纳总结抽象的思想理念，并且喜欢强调个人的主观能动性。因此我们也就不难发现，面对饱受战争折磨的普通士兵，年轻的金茨政委表现出令人惊讶的成熟和魄力，以军人的天职、祖国的意义循循善诱，他那充满革命激情的话语就具有明显的演讲体特征：

> Пусть бунтовщики, пусть даже дезертиры, но это народ, господа, вот что вы забываете. А народ ребенок, надо его знать, надо знать его психику, тут требуется особый подход. Надо уметь задеть за его лучшие, чувствительнейшие струны так, чтобы они зазвенели.
>
> Братцы〈...〉Для себя ли мы старались? Нам ли это было нужно?〈...〉Спросите себя честно, оправдали ли вы это высокое звание?（V, 5）
>
> 虽说他们造了反，甚至是临阵逃脱，但他们是人民。先生们，这一点你们可别忘了。而人民就像孩子一般，需

要了解他们，懂得他们的心理，需要用特殊的方法。必须善于触动他们最高尚的、最敏感的心弦，这样才能奏效。

弟兄们……我们是为一己私利而奋斗吗？是我们个人的需要吗？……你们扪心自问，是否配得上这样光荣的称号？（167—168）

例中的头语重复（анафора）、呼告（риторические обращения）、排比（параллелизм）、反问（риторический вопрос）等都是演讲体中常用的一些修辞手段，它们似乎增强了话语的感情表现力，使语言富有感染性和号召力。

这种信念坚定、感情炽热的激励性话语绝非金茨一人所独有，应当说，这是他们的群体特征。我们在游击队长利韦里、红军指挥员安季波夫－斯特列尔尼科夫、支持革命及思想改造的戈尔东和杜多罗夫等人物语言中都能找到类似的特征：

1）Наши неудачи временного свойства. Гибель Колчака неотвратима. Попомните мое слово. Увидите. Мы победим. Утешьтесь.（XI, 5）

我们的失利是暂时性的。高尔察克的覆灭是必然的。记着我这句话吧。您会看到的。我们必定胜利。您尽可放心。（412）

2）〈...〉все задуманные цареубийства, неисполненные и приведенные в исполнение, все рабочее движение мира, весь марксизм в парламентах и университетах Европы, всю новую систему идей, новизну и быстроту умозаключений, насмешливость 〈...〉 все это впитал в себя и обобщенно выразил собою Ленин, чтобы олицетворенным возмездием за все содеянное обрушиться на старое.（XIV, 17）

……全世界的工人运动，欧洲各国议会和大学中的全部马克思主义，整个新的思想体系及其论断的新颖和迅速，嘲笑的态度……所有这一切都被列宁汲取为他所用，并且由他做出了概括的表现，目的是为了抨击旧世界，报复过去的一切罪恶。(560)

3）Это, брат, нечестно; вот именно, нечестно; да, да, нечестно.（XV, 7）

老兄，这可不够真诚；就是嘛，不够真诚；是呀，是呀，不够真诚。(583)

不过，帕斯捷尔纳克并未将这类人物作为小说主人公进行描绘，因此金茨、利韦里等人的对话在小说中所占比重不大，他们的人物语言也很少以直接引语出现。

胡多列耶夫、马克尔、佳古诺娃、库丽巴哈等人都来自社会底层，尽管他们在小说中的出场次数不多，但他们富有鲜明个性的人物语言还是给读者留下了深刻印象。民间语言的粗鄙性是这类人物对话的典型特征。

小人物胡多列耶夫当初是个仪表堂堂的工匠，曾经追求过季韦尔辛的母亲，在多次遭到拒绝之后，他开始酗起酒来，性格也变得乖张暴戾，经常毒打自己的学徒尤苏普卡；他满嘴脏话、粗话，сволочь（混蛋）、косой черт（斜眼鬼）、собачье гузно（狗东西）、сукин сын（狗杂种）等粗鲁词和詈骂词几乎成了他的口头禅，

этакую（这样的）、покуда（暂时）、знай（看来）等俚俗词也是他爱说的字眼；他的发音也具有十分明显的口语特征，如他不说 нечто（某事）、тысячу（一千［次］）、шпиндель（主轴）、пускай（即使），而是说 нешто、тыщу、шпентель、пущай。此外，该人物话语中的语法和用词也错误百出，例如：

1）Тыщу раз ему сказывали, вперед подведи бабку, а тады завинчивай упор, а он знай свое, знай свое.（I, 6. 规范形式应为：Тысячу раз ему говорили, сначала подведи бабку, а уж потом завинчивай упор, а он всё опять и опять делает по-своему.）

我给他说过一千次，先要对好机床头，然后再拧紧卡盘，可他就不这么干。（36）

2）Свои собаки грызутся, чужая не подходи.（I, 6. 规范形式应为：Свои собаки грызутся, чужая не приставай.）

这是我们自己的事，你少管闲事。（36）

在这方面，马克尔的语言则更具有代表性，他曾是格罗梅科教授家的看门人，十月革命前后开始混迹于警察局，后来竟坐上了警备司令的交椅。随着身份的巨变——从旧社会的奴仆到新社会的主人，他的人物语言也发生了相应的变化。

在旧俄时期，身为仆役的马克尔处处谨言慎行，丝毫不敢疏忽大意。他精通木工活儿，有一次他为安娜·伊万诺夫娜组装衣柜，女主人主动热心地想给他搭把手，不料却重重地摔了一跤。马克尔顿时紧张起来，不无慌乱地说道：

Эх, матушка-барыня, и чего ради это вас угораздило, сердешная. Кость-то цела? 〈...〉 Эх, матушка-барыня, нужли б я без вас этой платейной антимонии не обосновал? Вот вы верно думаете, будто на первый взгляд я действительно дворник, а ежели правильно рассудить, то природная наша стать столярная, столярничали мы. Вы не поверите, что этой мебели, этих шкапов-буфетов, через наши руки прошло в смысле лака 〈...〉 (III, 1)

哎呀！我的好太太！您干吗要上衣柜呀，我好心的太太！没有伤着骨头吧？……唉，太太，没您在这儿，我就装不起这柜子吗？您也有您的道理。乍一看，我确实是个看门的，可是说真的，我们家的人生来就是当木匠的料。我们都干过木工。说来您不会相信，这样的家具，这样的大衣柜，我漆就不知漆了多少……（78）

其中，惊叹悲伤的语气词（Эх）、亲昵表爱的称谓语（матушка-барыня）以及表示关怀安慰的疑问句（Кость-то цела?）、请求相信的让步状语从句（Вы не поверите, что...）都显露出马克尔对女主人摔倒致伤的复杂情感。其实他最担心害怕的，是主人会怪罪于他，于是接下来的大段话语都是他对木匠手艺的自我吹嘘，无非是想博取女主人的好感并得到她的谅解。

再看一例，当日瓦戈医生从前线回到莫斯科，出现在家门口时，看门人马克尔赶紧迎上前去，并呼唤道：

Силы небесные, никак Юрочка? Ну как же! Так и есть,

> он, соколик! Юрий Андреевич, свет ты наш, не забыл нас, молитвенников, припожаловал на родимое запечье!（VI, 1）
>
> 我的天啊，这不是尤拉吗！就是他，我们的小鹰！尤拉·安德烈耶维奇，亲爱的，你没忘了我们，我们一直为你祷告，总算回家了！（203—204）

从一连串的感叹句中可以看出，作为仆人的马克尔为了讨得主人的欢心而不惜卑躬屈膝、阿谀奉承。

然而，十月革命胜利后，马克尔摇身一变当上了警备司令，于是他说话的口气和用词也都有了很大变化。有一天，落魄潦倒的日瓦戈来到他家借水，起初他还以礼相待，学着文化人的腔调招呼道："请吧。坐下坐下，做个客吧。"（Просим вашей милости. Садись, гостем будешь. XV, 6）他还用轻松幽默的口吻同周围的人开起玩笑，以显示自己的雅量。可是，当医生第三次进屋提水的时候，马克尔粗鄙浅薄的本性就开始显露出来，他的话语间处处显示出对日瓦戈的揶揄、嘲讽和不敬：

> Да ты набирай воду, не сумлевайся. Только на пол не лей, <u>ворона</u>〈...〉Да плотней дверь затворяй, <u>раззява</u>, — со двора тянет〈...〉Надо, брат, честь знать〈...〉А нешто я тебе повинен, что ты не выдался. Не надо было в Сибирь драть, дом в опасный час бросать. Сами виноваты〈...〉Сам на себя пеняй. Тоньку не сберег, по заграницам бродяжествует. Мне что. Твое дело.〈...〉Эх ты, как и серчать на тебя, <u>курицыно отродье</u>〈...〉И не страм тебе

такое говорить, не то что делать, китайская ты прачешная, незнамо что!（XV, 6）

你灌水吧，别多心。只是别洒到地上，马虎鬼！……倒是关严呀，懒鬼！……老兄，总该知个好歹吧……可你没有出头，能怨得我吗？不该往西伯利亚跑呀，危险的时候把房子扔掉了。是你们自己的过错……你怪自己吧。冬尼娅你没保护好，现在在国外流浪。和我什么相干。这是你自己的事嘛……唉，拿你有什么办法呀，讨厌的家伙……说这话你也不害臊。这不该是你干的。你是中国洗衣妇呀？真说不上你是怎么了！（579—580）

这里的画线词语都带有贬斥、鄙视的意味。而“Надо, брат, честь знать.”（老兄，总该知个好歹吧。）和“Сам на себя пеняй.”（你怪自己吧。）这两句话则充满了训斥和命令的语气。还需要注意的是，此例中出现了不伦不类的杂语现象：一方面，为了与自己的高贵身份保持一致，马克尔想把话尽可能说得斯文一些，因此有着明显的书面语痕迹；另一方面，他毕竟出身社会底层，语言的低俗粗鄙乃是这一社会阶层的典型话语特征，无怪乎他说出了这样一段文白相杂的话语。

## （二）

《日瓦戈医生》的情节主线……几乎全部用对话的形式推出，这种形式在小说体裁中极为罕见，而且这些对话无一不是主人公的观点：关于历史、革命、自由、艺术等的观点，整部小说几乎都是在主人公的各种对话中进行的，汇成了一部大型的对话，是小说中的人物的内在思想的交流。①

据统计，在《日瓦戈医生》中将近有一半的篇幅是人物对话，其中日瓦戈、韦杰尼亚平、谢拉菲玛、格罗梅科的人物语言占三分之二强。这清楚地说明了他们的对话在小说中所占的重要位置。

这四个人物形象都是追求精神自由、向往个性世界的知识分子。他们的人物语言颇具“书卷气”和庄重典雅的色彩，我们在语音、词汇、语法、修辞等方面都能找到具体的相关特征。

1. 语音

日瓦戈等人的语言充满着音乐性，具有诗歌语言的特征，例如：

**语音重复（аллитерация）：** Сознание — яд, средство самоотравления для субъекта, применяющего его на самом себе. Сознание — свет, бьющий наружу, сознание освещает перед нами дорогу, чтоб не споткнуться.（III, 3）

意识是毒剂，它是自我毁灭的手段。意识是向外照射的光，它给我们照亮了前面的路，使我们不会绊倒摔跤。（83）

**押韵（рифма）：** 〈...〉 ходит не находится, говорит не наговорится 〈...〉 Сошлись и собеседуют звезды и деревья,

① 张晓东：《生命是一次偶然的旅行：日瓦戈医生的偶然性与诗学问题》，哈尔滨：黑龙江人民出版社，2006年，第140页。

философствуют ночные цветы и митингуют каменные здания. （V, 8）

……来回地走也走不完，不停地说也说不够……天上的星星，地上的树木，也聚集到一起来议论。（177）

2. 词汇

日瓦戈、韦杰尼亚平等人的语言中含有大量的书面语词汇，如名词（多为抽象名词）：истина（真理），бессмертие（不朽），всенародность（全民性）；动词：вздохнуть（呼吸），воскреснуть（复活），увековечивать（流芳百世）；形容词：чувствительнейший（最敏感的），сангвинический（疯狂的），знаменательный（意义重大的）；形动词：обращенный（倾注于……的），переполняющий（满怀……的），ободряющий（令人鼓舞的）；副词：свободно（自由地），необъятно（无止境地），суждено（必然地）；副动词：истекая（流淌着地），прославив（引以为豪地），очнувшись（苏醒地），等等。值得注意的是，他们的人物语言中还经常出现医学、哲学、史学、文学等方面的术语和专业词汇，这一特点当然与他们各自的身份和职业紧密相关：还俗的神甫韦杰尼亚平和哲学爱好者谢拉菲玛用宗教哲学、基督教义借古喻今；日瓦戈曾用医学术语表达出他对十月革命的赞美和激赏："一次绝妙的外科手术！一下子就出色地把发臭的旧脓包全切除了！"（Какая великолепная хирургия! Взять и разом артистически вырезать старые вонючие язвы! VI, 8）

3. 语法

形动词短语、副动词短语、多成素的复合句等书面语形式频繁出现于日瓦戈等人的语言之中。他们经常使用结构严谨圆畅的长句。例如：

1）На третий год войны в народе сложилось убеждение, что рано или поздно граница между фронтом и тылом сотрется, море крови подступит к каждому и зальет отсиживающихся и окопавшихся. Революция и есть это наводнение. В течение её вам будет казаться, как нам на войне, что жизнь прекратилась, всё личное кончилось, что ничего на свете больше не происходит, а только убивают и умирают, а если мы доживем до записок и мемуаров об этом времени, и прочтем эти воспоминания, мы убедимся, что за эти пять или десять лет пережили больше, чем иные за целое столетие.（VI, 4）

战争进入了第三年，人民已经形成了自己的看法。或迟或早前线和后方之间的界线总得消失，鲜血流成的河将冲洗到每个人的面前，把那些蜷缩在自己安乐窝里、逍遥自得的人统统淹没。这股血的洪流就是革命。在革命时期，你们会觉得像在战场上一样，生活都停止了，一切个人的事都结束了。世界上除了屠杀和死亡，别的什么都不存在。如果我们长寿，有朝一日能够读到有关这一时期的回忆录的话，那时我们才明白，我们这五年或十年的经历，会比其他人一百年所经历的还要丰富。（220）

2）Отчего так лениво бездарны пишущие народолюбцы всех народностей? Отчего властители дум этого народа не пошли дальше слишком легко дающихся форм мировой скорби и иронизирующей мудрости? Отчего, рискуя разорваться от неотменимости своего долга, как рвутся от давления паровые котлы, не распустили они этого, неизвестно за что борющегося и за что избиваемого отряда? Отчего не сказали 〈...〉（IV, 12）

世界各国挥笔写作的爱民之人，为什么竟然如此低能呢？犹太民族的伟大思想家，为什么只满足于运用世界性的悲哀和警策的讥讽这类为人熟知的形式，而没有更大的开拓？为什么这些人为了坚持履行自己的义务，宁愿冒高压蒸汽锅爆炸的那种粉身碎骨的危险，而不解散这支奋斗目标不明、又不明不白遭受蹂躏的队伍？他们为什么不说……（151）

例 1 中如此之长的论述其实仅有三个句子；例 2 中复杂的构词、冗长的复合句显然增添了话语的“书卷气息”，此外四个设问句使用政论语体中常见的排比结构，加强了语句的表现力和感染力。

4. 修辞格

日瓦戈等人的语言中含有各种语义辞格和句法辞格。例如：

**修饰语：** Простой, без обиняков, приговор вековой несправедливости, привыкшей, чтобы ей кланялись, расшаркивались перед ней и приседали.（VI, 8）

对于几个世纪以来人们顶礼膜拜而不敢抗争的不公正

制度，这是一个直截了当的简单明了的判决。(236)

**比喻**：Самоуправцы революции ужасны не как злодеи, а как механизмы без управления, как сошедшие с рельсов машины. (IX, 14)

革命中无法无天的人之所以可怕，不在于他是恶人，而在于他是失去控制的机器，是脱了轨的火车。(364)

**拟人**：Сдвинулась Русь матушка, не стоится ей на месте. (V, 8)

我们的母亲——俄罗斯活动起来了，她再也待不住了。(177)

**层递**：Помни, больше нет ни честных, ни друзей, ни тем более знающих. (VI, 9)

你要记着，往后没有正直的人，没有朋友啦，更没有知交。(238)

**引用**：Богоматерь просят: "Молися прилежно Сыну и Богу Твоему". Ей вкладывают в уста отрывки псалма: "И возрадовася дух мой о Бозе Спасе моем. Яко воззри на смирение рабы своея, се бо отныне ублажат мя вси роди". (IX, 3)

圣母说："向你的儿子和你的上帝多作祈祷吧！"她的口中说出了赞美诗的一些段落："我的灵魂为孩子、为我的救星高兴。看到自己奴隶的驯顺，上帝从此会保佑所有的妊娠。"(344)

需要说明的是，上述修辞手段都是常用的辞格，它们也出现在其他的人物语言中。但日瓦戈等四人的使用情形有着明显的不同之处，即具有书面语色彩。如在使用“引用”辞格时，他们多为引经据典，而不是像其他人物那样简单地引用他人的话语。这反映出日瓦戈等知识分子具有丰富的学识素养。

“对话是人物性格的索隐”[①]，它“能使读者由说话看出人来”[②]。我们看一下日瓦戈与拉拉在尤里亚京谈到斯特列尔尼科夫时的一段对话：

（Лара）[③] —А нет ли для него спасения? В бегстве, например?

（Юра）—Куда, Лариса Федоровна? Это прежде, при царях водилось. А теперь попробуйте.

（Лара）—Жалко. Своим рассказом вы пробудили во мне сочувствие к нему. А вы изменились. Раньше вы судили о революции не так резко, без раздражения.

（Юра）—В том-то и дело, Лариса Федоровна, что всему есть мера. За это время пора было прийти к чему-нибудь. А выяснилось, 〈...〉 что их хлебом не корми, а подай им что-нибудь в масштабе земного шара. Построения миров, переходные периоды это их самоцель. Ничему другому они не учились, ничего не умеют. А вы знаете,

① 老舍：《老舍全集》（第16卷），北京：人民文学出版社，1999年，第315页。
② 鲁迅：《鲁迅全集》（第五卷），北京：人民文学出版社，1981年，第430页。
③ 在整部小说中作者大多省略了“他（她）说”“日瓦戈（拉拉）说”这样的指示性叙事语言，直接以破折号开始人物对话，需要读者自己去揣摩话语的发出者。括号内的说话人为本书作者所加。

откуда суета этих вечных приготовлений? От отсутствия определенных готовых способностей, от неодаренности. Человек рождается жить, а не готовиться к жизни. И сама жизнь, явление жизни, дар жизни так захватывающе нешуточны! Так зачем подменять её ребяческой арлекинадой незрелых выдумок, этими побегами чеховских школьников в Америку? (IX, 14)

"那他还有救吗？比如说不能逃跑吗？"

"往哪跑呀，拉拉·费奥多罗夫娜？从前沙皇时代可以逃跑。可现在你试试看。"

……

"问题就在于凡事总有个限度，拉拉·费奥多罗夫娜。经过这么一段时间，本该做出一定结果来了。可事实说明，……他们可以不吃饭，但非得做出一点世界范围的动作。开辟天地，经历过渡时期——这就是他们的目的本身。任何其他的事，他们都不愿去学习，也什么都不会做。但您知道他们为什么无休无止地准备，忙得不可开交吗？是由于他们缺乏某些训练有素的人才，是由于他们平庸。人来到世上是要生活，而不是为生活做准备。而且生活本身，生活现象，生活的恩赐，都十分诱人却又非同小可。既然如此，干吗要用幼稚杜撰出来的蹩脚喜剧，去冒充生活呢？就像契诃夫笔下天真无邪的人们出逃美洲这种荒唐的事儿。"（364—365）

显而易见，日瓦戈的人物对话并非普通的口语化语言，而是较为复杂的书面语言。书面词汇（如 вдохновитель［鼓吹者］、выясниться［被查明］，захватывающе［引人注目地］）、复合长句使得语言组织更加严谨、思想表达更为深刻；修辞色彩浓厚的句式，如强式否定句（Человек рождается жить, а не готовиться к жизни.［人来到世上是要生活，而不是为生活做准备。］）、反问句（Куда, Лариса Федоровна?［往哪跑呀，拉拉·费奥多罗夫娜?］；Так зачем 〈...〉 в Америку?［干吗要……出逃美洲?］），以及换喻（чеховские школьники［契诃夫笔下的天真无邪的人们］）、层递辞格（сама жизнь, явление жизни, дар жизни［生活本身，生活现象，生活的恩赐］）则使得主人公的议论和情感都获得更加充分的展现。列宁指出，苏维埃政权取得胜利后，国外帝国主义伙同国内反革命分子建立的高尔察克与邓尼金军队成为共和国“主要的和唯一严重的敌人”[①]，而“在军事专家中象在富农、资产阶级知识分子、孟什维克和社会革命党人中一样，一定也会出现更多的叛变者”[②]。肃清后方的反革命，粉碎资产阶级军事专家的反革命阴谋，成为红军内部毫不动摇的军事原则和政策。日瓦戈告诉拉拉，斯特列尔尼科夫作为一名旧俄知识分子、军事专家，必然会受到牵连，听到这里，拉拉感到惊恐万分，希望丈夫能一走了之，而日瓦戈则指出这不可能，因为“混乱”“过渡时期”才是反革命分子和伪革命者最喜爱的局面。斯特列尔尼科夫并不是真正坚定的无产阶级革命者，他的军事才能会被暂时利用，一旦破坏革命的“阴谋”出现或露出苗头，苏维埃政府“对‘这个资产阶级阶层不作丝毫的政治让步’，党现在

---

① 列宁:《列宁全集》(第三十七卷)(第二版)，中共中央马克思恩格斯列宁斯大林著作编译局编译，北京：人民出版社，2017 年，第 42 页。

② 同上书，第 51 页。

镇压而且将来还要‘无情地镇压他们的各种反革命阴谋’”①。可见，这段对话具有浓郁的政论色彩，论点明确，论证严密，从主题句到辅助句，从立论到证明，整个话语篇章思路缜密，逻辑性和条理性十分清晰。日瓦戈先阐述完自己对斯特列尔尼科夫及其他革命鼓吹者的看法，继而提出自己的思想观点——人一出生就活着，而不是为了准备生活而活。生活本身是严肃的，因此也就没有必要像契诃夫笔下的人物那样，用荒唐的闹剧来替代真正的生活。“破题—立论—加强证明”是日瓦戈在对话中的思维方式，清晰地显示出主人公人物语言的逻辑性。这也从一个侧面表明，小说中言语的交锋、观点的争论并不是人物语言的题旨所在，作者不是希望通过理性的语言评判非理性的历史进程，指出这其中所蕴含的精神价值和思想启蒙才是人物对话的真正目的。

此类论述严谨、饱含哲思的人物对话在小说中相当丰富，例如韦杰尼亚平同作家沃斯科波伊尼科夫的交谈（关于历史哲学和永恒的理论）、日瓦戈安慰生病的安娜·伊万诺夫娜的话（关于生与死以及复活的观点）、日瓦戈与萨姆杰维亚托夫在火车上的争论（关于私有制和暴力革命）、西玛与拉拉在瓦雷基诺的谈话（对于基督教、上帝与人的看法）等等。这些散落于文本各处的对话的共同特点在于，以较长篇幅逻辑严密的理性话语表达出引人深思的哲理。话为理设，理蕴话中，两者和谐共生，浑然一体。例如：

（Веденяпин）—Вы не понимаете, что можно быть

① 列宁：《列宁全集》（第三十七卷）（第二版），中共中央马克思恩格斯列宁斯大林著作编译局编译，北京：人民出版社，2017 年，第 52 页。

атеистом, можно не знать, есть ли Бог и для чего он, и в то же время знать, что человек живет не в природе, а в истории, и что в нынешнем понимании она основана Христом, что Евангелие есть её обоснование. А что такое история? Это установление вековых работ по последовательной разгадке смерти и её будущему преодолению. Для этого открывают математическую бесконечность и электромагнитные волны, для этого пишут симфонии. Двигаться вперед в этом направлении нельзя без некоторого подъема. Для этих открытий требуется духовное оборудование. Данные для него содержатся в Евангелии. Вот они. Это, во-первых, любовь к ближнему, этот высший вид живой энергии, переполняющей сердце человека и требующей выхода и расточения, и затем это главные составные части современного человека, без которых он немыслим, а именно идея свободной личности и идея жизни как жертвы. (I, 5)

“您并不明白，一个人可以是无神论者，不知道是否有上帝，以及上帝存在的目的，不过他应该懂得，人不是生存在自然界，而是生活在历史过程中。现在看来，历史是基督缔造的，福音书是历史的基础。历史又是什么呢？若干世纪以来，人们一代又一代地系统探索死亡之谜和将来如何战胜死亡——这就是历史。为了这个目的，人们发现了数学中的无穷大和电磁波，创作了交响乐。如果没有某种热情，这样的探索是难有进展的。为了创造这种伟绩，需要精神上的武装。而福音书就包含精神所需要的武器。它们是，首先爱你周围的人。这是人们内心精力的最高形式，这充沛的精力要求得到宣泄。其次，作为现代人必不可少的思想包含这两部分：即个人自由和生活即牺牲的观点。”（12）

（Сима）— Но их понимают так по-разному. Ввиду сбивчивости их смысла не будем прибегать к ним. Заменим их другими выражениями. Я сказала бы, что человек состоит из двух частей. Из Бога и работы. Развитие человеческого духа распадается на огромной продолжительности отдельные работы. Они осуществлялись поколениями и следовали одна за другою. Такою работою был Египет, такою работой была Греция, такой работой было библейское богопознание пророков. Такая, последняя по времени, ничем другим пока не смененная, всем современным вдохновением совершаемая работа — христианство. （XIII, 17）

“可是人们对它们理解不同。由于它们的意思含混不清，我们就不用它们了，用另一些词儿来代替。依我说，人是由两部分组成的：上帝和工作。人类精神的发展，可以分解为延续时间极长的一项项工作，一代又一代连着做下来。埃及曾是这样的工作，希腊也曾是这样一项工作。《圣经》中对对上帝的了解，同样是这样一项工作。最近这样的工作，任何其他事都无法替代的工作，当代人用全部灵感完成的工作，就是基督教。”（500）

显而易见，韦杰尼亚平和西玛的话语缺乏典型的口语色彩，反而充满书面语正式、严谨的特征。例中大量的复合长句令他们所说的话语变得拗口、晦涩难懂，同时也使他们的思想表达得更为深刻、庄重；其中祈使句、强式否定句、修辞疑问句等文学色彩浓厚的句式结构让说话人的情感、评价、议论等都获得了充分的展现。上例还显示出人物对话的一个特点：主人公的思辨能力越强，其话语篇幅也就越长。这在小说中动辄十几页篇幅的日瓦戈与拉拉、斯特列尔尼科夫的对话以及韦杰尼亚平、西玛的说教中可以印证。在他们的长篇大论中，история（历史）、любовь（爱）、смерть（死亡）、народ（人民）、Бог（上帝）、дух（灵魂）等关键词汇经常反复出现，这也说明，作者有意通过人物语言中的议论凸显小说的思想主题，借主人公之口表达创作主体的美学追求、哲学观点和历史思考。正如巴赫金所言："小说成为一种对话形式，小说中的说话人，或多或少总是个思想家；他的话语总是思想的载体。"[①]

综上所述，《日瓦戈医生》中的人物语言真切地反映出人物形象社会阶层与个性化这两方面的特征。就人物语言的社会阶层性或群体性特征而言，透过科马罗夫斯基的语言我们可以看出上层社会的腐朽本质，而马克尔、胡多列耶夫的日常对话则显示出底层人的粗鄙浅薄，金茨政委、斯特列尔尼科夫等人的对白则饱含革命狂热分子、理想主义者的激情，日瓦戈等人的语言则继承了俄罗斯的精神文化传统；就个性化特征而言，科马罗夫斯基的虚伪狡诈、马克尔的见风使舵、金茨的天真稚嫩、日瓦戈的哲理思辨都通过各自的人物语言跃然纸上，读者可以清晰地看到小说中不同人物形象的精神世界和道德风貌。如果说前三类人物的语言分别具有"虚伪矫作"

① 巴赫金：《小说中的话语》，《小说理论》，白春仁、晓河译，石家庄：河北教育出版社，1998 年，第 119—120 页。

"庸俗浅薄""理想主义"的特征，那么日瓦戈的语言则代表了典型的俄国知识分子的情怀，他的语言不但具有庄重凝练的书面语色彩，而且所表达的内容新颖深刻，包含深邃的社会意义和丰富的哲理内涵，正是这些富含哲理思辨的人物语言升华了小说的创作主题。

## 第三节　诗歌语言的艺术魅力
## ——以《冬夜》为例

对于语言学家而言，语言材料的每个元素都具有重要意义，剖析语言手段的艺术特色以揭示作品思想是其研究的一项重要内容。诗歌语言具有高度的形象性和艺术性，表现手段丰富多彩，是文本分析的理想对象之一。

> 从区别性特征开始至整个文本结构结束，诗歌在语言的所有层面都强调结构的元素。语言的所有层面都存在能指和所指，两者间的关系在诗歌文本中产生特别的意义，诗学功能的内在特质在这里达到它的顶峰。[1]

诗人帕斯捷尔纳克在苏联文坛清新脱俗、卓尔不群，他早年曾是未来主义诗派的舵手，深受象征主义诗歌和印象主义画派的影响，被俄罗斯当代诗人沃兹涅先斯基誉为"二十世纪的天才诗人"[2]。

---

① *Якобсон Р.* Работы по поэтике. Москва: Прогресс, 1987. С. 81.
② 转引自：顾蕴璞：《在瞬间感受中捕捉永恒——帕斯捷尔纳克抒情诗如是观》，《外国文学评论》，1989 年第 1 期，第 119 页。

《日瓦戈医生》的末章由25首诗歌组成，组诗是散文叙事的延续，在内容上与小说的散文部分有着紧密联系，例如《别离》（«Разлука»）一诗深刻揭示了第13章第14节日瓦戈与拉拉分手后内心的痛苦状态，《春日的泥路》（«Весенняя распутица»）描述了第8章第16节日瓦戈骑马走在小路上的情景，《冬夜》（«Зимняя ночь»）是日瓦戈在侍从大街看到拉拉身旁的蜡烛之后有感而发的诗作。此外《圣诞之星》（«Рождественская звезда»）、《魔力》（«Чудо»）、《抹大拉的马利亚》（«Магдалина»）、《客西马尼园》（«Гефсиманский сад»）等诗则讲述了《圣经》中的故事情节，将诗歌内容切换到了千年之前的耶路撒冷。这些诗作在内容上涵盖了许多方面的主题：自然、历史、爱情、自由、创作、忏悔、受难，等等。换句话说，诗歌在叙事功能上丝毫不逊色于散文部分。

在这些诗作中，帕斯捷尔纳克充分发挥了自己的语言天赋与绘画才能，他用富含象征意义的色彩、光线以及大自然中的形象描绘出一幅幅具有立体感的画面，将情节叙事与语言之美融为一体。在诗中，帕斯捷尔纳克使用象征手法，淡化抒情主人公活动的背景及情节发展的脉络，把诗歌语言变成作家心灵符号的载体，使读者既看到充满意象的故事画面，又深切感受到浓郁的情感和深邃的哲理。本节中我们以《冬夜》为例，分析作家在“尤里·日瓦戈诗作”中所展现的艺术魅力和主题思想。

“帕斯捷尔纳克的《冬夜》是俄罗斯所有爱情诗的一座高峰。”[①] 这首爱情诗歌咏了两个恋人（也许指的是小说主人公拉拉和尤里·

---

① *Баевский В. С.* Пастернак. М.: Издательство Московского университета, 2002. С. 82.

日瓦戈）无畏“风雪”，紧紧地将命运“交织”在一起，两人的爱情犹如暴风雪中炽烈“燃烧”的一枚蜡烛，在动荡的社会革命背景下显得弥足珍贵。象征革命喧嚣和社会动荡的“暴风雪”与象征温馨爱情的“蜡烛”成为诗篇意味隽永的两个艺术形象，诗人通过对反[①]、隐喻、复沓等表现手法将两者鲜明生动地呈现在读者面前。以下我们从结构和词汇、辞格、格律和语法等方面加以简要分析。

## （一）结　构

我国著名九叶派诗人郑敏先生曾经指出：“诗与散文的不同之处不在于是否分行、押韵、节拍有规律，二者的不同在于诗之所以称为诗，因为它有特殊的内在结构。”[②] 结构即作家对创作素材的编织与布局，“诗歌作品的诗段安排亦属于艺术结构”[③]。

### 1. 对立结构

《冬夜》共计八个诗段，除首尾两个诗段以外，其余诗段在内容上可分为两个部分：第二、三诗段为第一部分，描写的是屋外“席卷整个大地”的暴风雪；第四、五、七诗段为第二部分，其主题是屋内的蜡烛与爱情。两部分经由第六诗段结合到一起：“И все терялось в снежной мгле/Седой и белой. /Свеча горела на столе, /Свеча горела.”（一切被白茫茫的灰暗/雪幕所笼罩。/桌上燃烧着一

---

① 对反（Антитеза）指用（相反的事物）进行对衬、对照。这是一种常见的俄语修辞格，作家或诗人将一正一反两个对立特征明显的人物、事物或现象并列在一起，突出两者在形象、内涵或特点方面的逻辑对立关系，用以加深情感、增强艺术感染力。

② 郑敏：《诗歌与哲学是近邻——结构—解构诗论》，北京：北京大学出版社，1998 年，第 1 页。

③ *Горшков А. И.* Русская словесность: от слова к словесности. М.: Дрофа, 2001. С. 298.

枚蜡烛，/蜡烛在燃烧。）其中 все 一词替代了上下文中所有的词汇与词组：свеча（蜡烛），скрещенье рук（交缠的胳膊），скрещенье ног（交缠的腿），два башмачка（两只女鞋），воск（烛蜡），ночник（烛灯），платье（衣裙），жар соблазна（灼人的诱惑）——这一切都被白茫茫的雪幕所笼罩；在最后两诗段中，蜡烛的形象清晰地伫立于读者的眼前，与屋外混沌的世界形成鲜明对比。

从作品结构上看，第六诗段与第一、八诗段紧密相关，第一、三、六及八诗段就由“暴风雪”与“蜡烛”两个主题的对立所构成：

| | метель（暴风雪） | свеча（蜡烛） |
|---|---|---|
| [1] | Мело, мело по всей земле<br>Во все пределы.<br>(风雪席卷着整个大地/<br>席卷着尘嚣。) | Свеча горела на столе,<br>Свеча горела.<br>(桌上燃烧着一枚蜡烛,/<br>蜡烛在燃烧。) |
| [3] | Метель лепила на стекле<br>Кружки и стрелы.<br>(风雪在玻璃上描画着/<br>圈、箭的图标。) | Свеча горела на столе,<br>Свеча горела.<br>(桌上燃烧着一枚蜡烛,/<br>蜡烛在燃烧。) |
| [6] | И все терялось в снежной мгле<br>Седой и белой.<br>(一切被白茫茫的灰暗/<br>雪幕所笼罩。) | Свеча горела на столе,<br>Свеча горела.<br>(桌上燃烧着一枚蜡烛,/<br>蜡烛在燃烧。) |
| [8] | Мело весь месяц в феврале,<br>И то и дело. | Свеча горела на столе,<br>Свеча горела. |

（整个二月都刮着风雪，/ 可总能看到）　　（桌上燃烧着一枚蜡烛，/ 蜡烛在燃烧。）

其实这种对立早在第一诗段中就已表现得很清楚：

Мело, мело по всей земле　　Свеча горела на столе

（风雪席卷着整个大地）　　（桌上燃烧着一枚蜡烛）

诗人刚刚展现完一幅铺天盖地的暴风雪场景，就立刻将其与屋内孤零零的一枚蜡烛对立起来，如同刚刚提到酷暑，就让读者突然面对暴风雪肆虐的寒冬。显而易见，这里鲜明地表达出“暴风雪”与“蜡烛”的对立，而这样的对立贯穿全诗。

我们再看一下两个主题所涵盖的义素[①]（сема）。主题“暴风雪”的义素有 холод（寒冷）、тьма（黑暗）、мгла（昏暗），主题“蜡烛”的义素有 огонь（火）、жар（热）、свет（光）。义素是构成词汇—语义的基本单位，多个义素组合到一起构成语义丛，进而形成一定的主题。义素的分析能从微观上观摩词义，有助于读者更深入地理解诗歌主题。如上所示，暴风雪和蜡烛主题的义素显示出冰与火、黑暗与光明的对峙。

2. 框式结构

所谓框式结构，是指整首诗在结构与内容方面首尾相接。

---

① 义素是构成语义的最小意义单位，正如音位是最小的声音意义单位一样。义素分析法最早由结构主义学派语言学家叶尔姆斯列夫提出，其重要作用在于能够从一组相关的主题或词汇中抽象出共同的或区别性的语义特征。

第一诗段：

| | |
|---|---|
| Мело, мело по всей земле | 风雪席卷着整个大地， |
| Во все пределы. | 席卷着尘嚣。 |
| Свеча горела на столе, | 桌上燃烧着一枚蜡烛， |
| Свеча горела. | 蜡烛在燃烧。 |

最后一个诗段：

| | |
|---|---|
| Мело весь месяц в феврале, | 整个二月都刮着风雪， |
| И то и дело | 可总能看到 |
| Свеча горела на столе, | 桌上燃烧着一枚蜡烛， |
| Свеча горела. | 蜡烛在燃烧。 |

框式结构在俄罗斯诗歌中并不鲜见，费特的《黎明时你不要把她叫醒》、勃洛克的《黑夜、街道、路灯、药房……》、叶赛宁的《莎甘奈啊，我的莎甘奈》等都是以这一艺术结构写就的。诗歌拥有框式结构也就意味着，首尾表达的是同一主题，而且后者在内容与情感方面往往会有所升华。

在《冬夜》中，框式结构的主要作用在于削弱暴风雪席卷整个大地的“淫威”。诗篇开头“席卷着尘嚣”的暴风雪显得无比强大，по всей земле（整个大地）、во все пределы（整个尘嚣）给人以无边无际、永不停歇的感觉。然而在最后的诗段中，诗人指出了明确的时间 в феврале（二月），并且不再重复使用动词 мело（席卷），这些细小的变化具有重要意义：二月预示着冬季接近尾声，温暖的春天即将到来，动词的不再重复意味着“席卷”的威力在削弱，暴风雪很快就会结束。因此开篇中“不可一世”的暴风雪在收篇中则成了强弩之末。

需要指出，诗句 Свеча горела на столе, /Свеча горела（桌上燃烧着一枚蜡烛，/蜡烛在燃烧）是穿插诗文之中的一个叠句（рефрен），它重复出现了四次，分别在第一、第三、第六和第八诗段。不难看出其中的对称关系——它们分别出现在第一段和倒数第一段、第三段和倒数第三段。这种结构上的对称展示出诗歌所特有的艺术魅力。不仅如此，正如音乐中的副歌一样，回环往复的叠句不仅渲染了情感，深化了主题，而且增强了诗歌的音乐性与节奏感。值得注意的是，这一诗句在用来收篇时，句中还出现了状语 И то и дело（总是，经常），这证明了微弱的烛光非但没有被强大的暴风雪所击败，反而更加坚定了胜利的信心。暴风雪正因为感到气数将尽，才一次次呼啸、喧嚣，用鹅毛雪花撞击玻璃窗，尽管它可以笼罩屋外的一切，席卷整个大地，但它却奈何不了男、女主人公所处的独立空间，因为燃烧的蜡烛一直在陪伴着他们，使他们感到了家的温暖。

光明终究战胜黑暗这一思想经由对立结构和框式结构得到了充分的表现，而成为诗作的核心内容。

### （二）词　汇

全诗的词语在修辞色彩上多为中性，仅有三个词语是带有高雅色彩的书面语：жар соблазна（灼人的诱惑）、вздымать（扬起）、озаренный（照亮的）。前者专指男女间强烈的情感，常见于诗歌语言；后两者具有浓厚的宗教色彩，是宗教典籍中描绘圣像画的常用词汇。三个词语所表现的是同一个主题——爱情，这就使爱情在大量中性词汇的背景上得以突显，并获得了崇高、神圣的色调。

使用词语的象征义是此诗的一大词汇特点。我们知道，метель（暴风雪）的表层义是冬季里出现的自然力量，其潜层义则多指社会及历史的人为力量，这几乎已成为俄罗斯经典文学的传统用法（如普希金的《暴风雪》《上尉的女儿》、果戈理的《外套》、陀思妥耶夫斯基的《群魔》、涅克拉索夫《严寒，通红的鼻子》等作品）。暴风雪形象在勃洛克的史诗《十二个》中是革命的象征，青年帕斯捷尔纳克曾经是勃洛克的忠实追随者，在《日瓦戈医生》的创作过程中作家曾几易其名，先后使用过《男孩和女孩们》（源自勃洛克诗歌《褪色柳》[①]）、《蜡烛在燃烧》等，诚如作家本人所言："我非常希望写一篇关于勃洛克的文章，所以就想写这部小说（指《日瓦戈医生》——本书作者注）来代替关于勃洛克的文章。"[②] 总之，"暴风雪"在帕斯捷尔纳克的笔下，是社会革命的象征。而"蜡烛"一词则与东正教思想紧密相关，寓指光明、温暖。基督耶稣说："人点灯，不放在斗底下，是放在灯台上，就照亮一家的人。"（《马太福音》5: 15）蜡烛不仅指家庭的温暖，而且还象征着对救赎的信仰。蜡烛在暴风雪中静静地燃烧，仿佛召唤他们在纷扰的乱世中坚守自己的信念。显然，经诗人艺术化处理，二词均获得了丰富的哲学意味。

---

① 诗歌标题原文为《Вербочки》，верба 学名褪色柳、柔荑花，是一种无限花序，它的特点是花轴上生许多无柄或短柄的单性小花苞（多为雄性），常见于杨柳科、胡桃科、山毛榉科植物。

② *Борисов В. М., Пастернак Е. Б.* Материалы к творческой истории романа Б. Пастернака《Доктор Живаго》//Новый мир, 1988. №6. С. 221.

在暴风雪与蜡烛之间，оконная рама（窗框）起着重要作用，它不仅将蜡烛照亮的房间与外面寒冷、动荡的世界分隔开来，而且婉转曲折地表达出爱情的主题。第三个诗段就已经点出了爱情的主题：Метель лепила на стекле/Кружки и стрелы.（风雪在玻璃上描画着/圈、箭的图标。）窗户玻璃上的冰花图案——圆圈与箭头，在欧洲文化中自古以来分别就是男性与女性的象征。换言之，这些窗花图案承载着爱情的寓意。依照基督教的理解，人类的情欲本是有罪的，是上帝使它变得神圣而纯洁，蜡烛代表着对上帝的信仰，因而圈与箭的图标在烛光的照耀下折射出圣洁、崇高的爱情。同样暗指爱情的还有башмачок（小皮鞋，常为女鞋）一词，在诗中该词不仅反映出女主人公的存在，而且还会让俄罗斯读者联想起童话《灰姑娘》中的爱情故事：小姑娘丢失了水晶鞋（башмачки），但却由此收获了一份幸福甜美的爱情。

可以看出，词汇的具象义和象征义在诗中交相呼应，使诗篇充满了丰厚的意蕴。下面我们列出其中的六组：

**表3**

| 具象义 | 象征义 |
|---|---|
| свеча горела на столе | свеча горела（重复8次） |
| на свечку дуло из угла | мело, мело по всей земле, во все пределы |
| на озаренный потолок ложились тени; скрещенья рук, скрещенья ног | судьбы скрещенья |
| падали два башмачка со стуком на пол | жар соблазна, вздымал, как ангел, два крыла крестообразно |
| с ночника на платье капал | воск слезами |
| весь месяц<br>в феврале | то и дело |

“词汇是个有序的集合，各个词汇单位间按照不同的组合关系和聚合关系，形成一个有机的整体，从而使词汇具有了系统性。”[①] 20世纪30年代德国学者特雷尔（J. Trier）提出了著名的“语义场理论”，“语义场”即词义的各种相互关系。在他看来，同一语义场范围内的各个词之间是彼此联系、相互制约的，研究者有必要系统地去观察词与词之间的关系。在《冬夜》中，构成“暴风雪”语义场的词汇有：мело（席卷），слетались（飞向），хлопья（棉絮），метель（暴风雪），лепила ... кружки и стрелы（描画……圈、箭），снежная мгла（茫茫大雪），седая и белая（银白色的），на свечку дуло（吹向烛火）。形成“蜡烛”语义场的词汇包括：свеча горела（蜡烛在燃烧），пламя（火焰），озаренный потолок（照亮的天花板），воск（蜡），ночник（烛灯），жар（热），свечка（蜡烛）。这两大语义场的对立突显出诗歌着力表现的主题。可以看出，对立不仅是诗歌结构同时也是词汇运用的一个显著特征。

## （三）辞　格

在《冬夜》中，无论是作为抒情主体还是描绘对象的“人”都没有直接显现。主人公主要通过事物和形象被“影射”出来。诗歌所用的修辞手段即隐喻（метонимия）。隐喻是帕斯捷尔纳克诗歌创作的典型特征，结构主义诗学鼻祖雅可布森早在20世纪30年代就指出：

> 帕斯捷尔纳克的诗就是隐喻的王国，这些隐喻为了独

---

① 骆小所主编：《现代语言学理论》，昆明：云南人民出版社，1998年，第158页。

立存在而被唤醒……由于隐喻，帕斯捷尔纳克的主人公很难被发现，犹如魔术师的障眼法，他散落在一系列细节之中，被围绕自己的一连串主观情景或活动客体——有生命的和无生命的——所替代①。

首先，从“蜡烛在燃烧”这一事件本身就可以看出主人公的存在，毋庸置疑，点燃蜡烛的主体是人。其次，башмачок 和 платье 都是女性服装的称谓，这也意味着诗歌所绘场景中有女性在场。当然，两词的隐含意义并非仅限于此，它们与在此后的诗段中“交缠的胳膊”“交缠的腿”“灼人的诱惑”等形象一起暗指男、女主人公身体上的亲密接触。最后，椅子上的连衣裙、地板上的女鞋、天花板上的身影、桌子上的烛火等映衬出屋内紧紧相拥在一起的男、女主人公，作者进而将诗篇的爱情主题委婉地表达出来。显而易见，帕斯捷尔纳克运用隐喻辞格为男、女主人公相见的场景蒙上神秘的面纱，也间接地展现出两人灵魂的契合与爱情的神圣。

比喻手法在诗中被多次用来刻画暴风雪和蜡烛的形象。在第二诗段：Как летом роем мошкара/Летит на пламя, /Слетались хлопья со двора/К оконной раме.（像夏日的蚊虫一群群/追逐着火光，/外面的鹅毛雪一阵阵/扑向玻璃窗。）诗人以“蚊虫”“鹅毛”喻指“暴风雪”，将冬日雪花飘窗描绘成夏日蚊虫扑火的景象，别有一番用意。蚊虫扑向火焰，是生物的本能，虽然明知是死亡，它们也无所畏惧。火焰之于蚊虫，犹如真理之于殉道者，是不惜牺牲也要追求的崇高目标，死亡不过是蚊虫（殉道者）的宿命。雪花像蚊虫一

① *Якобсон Р.* Работы по поэтике. Москва: Прогресс, 1987. С. 330, 334.

样飞舞，从一地飘落至另一地，然而它为何而落？又将飘向何处？无人知晓。其实这是一场无意识、茫无目标的运动，大自然的力量将世间万物裹挟，如同席卷大地的革命，紧紧攫住成千上万人的命运。而这场（革命）风雪没有目标没有方向，最终给人带来的常常是死亡。“暴风雪是历史的象征，它正要吹熄这孤零零的烛火，个性、高尚与知识分子阶层即将消亡。”① 诗中另一比喻 И воск слезами с ночника/На платье капал.（于是几点烛泪扑簌簌/滴在衣裙上。）同样寓意深刻。作者用以“泪”（слезы）喻“蜡”（воск）与我国诗人李商隐的“蜡炬成灰泪始干”有异曲同工之妙，而在俄罗斯东正教背景之下，“烛泪”的宗教文化伴随含义还在于，它象征着个体的苦难意识、牺牲精神与弥赛亚情怀。帕氏笔下的这一比喻不仅表达出救赎的主题，也蕴含着作家对社会现实的悲悯。诚如研究者所指出的：“（帕斯捷尔纳克）作品形象中的转义与直义仿佛调换了位置。比喻成了现实，而现实成了比喻。”② “互相渗透的形象与物体，是帕斯捷尔纳克比喻的源泉，这种比喻完成着一件伟大的工作——复现世界上物质与精神之间的统一。对诗人来说，比喻不是技巧手法，而是他诗学中的创造性的动因。”③

复沓是元音、辅音、词汇、句子或句群重复的一种修辞手法。德国艺术史家、美学家格罗塞在《艺术的起源》中这样写道：“抒情诗是艺术中最自然的形式，要将感情的言辞表现转成抒情诗，只

① *Вознесенский А.* Свеча горела. // Правда. 6 июня. 1988. С. 4.
② *Лихачев Д. С.* Избранные работы в трех томах. Том 3, Ленинград: Художественная литература. 1987. С. 330.
③ 符·维·阿格诺索夫主编：《20 世纪俄罗斯文学》，凌建侯等译，北京：中国人民大学出版社，2001 年，第 459 页。

须采用一种审美的有效形式，如节奏的复沓等。”[①] 朱自清亦曾说过：“诗的特性似乎就在回环复沓。所谓兜圈子；说来说去，只说那一点儿。复沓不是为了要说得少，是为了要说得少而强烈些。”[②] 在《冬夜》一诗中，帕斯捷尔纳克通过反复吟咏词句以加强语势，抒发情感，使音律结构产生一种回环美。复沓的运用主要体现在 Мело, мело по всей земле/Во все пределы（风雪席卷着整个大地，/ 席卷着尘嚣），Свеча горела на столе, Свеча горела（桌上燃烧着一枚蜡烛，/蜡烛在燃烧。），Скрещенья рук, скрещенья ног, /Судьбы скрещенья（交缠的胳膊，交缠的腿，/交织的命运）等诗句之中，它们占据全诗将近一半的篇幅（全篇 32 诗行，这三组诗句占了 14 个诗行）。前两组诗句中，мело、все、свеча горела 等词汇（组）反复出现，音律上的回环俳谐令人仿佛一次次感受到暴风雪的旋转飞舞，元音重复（字母 о 和 е）与辅音重复（字母 м 和 л）亦发挥重要作用，尖锐刺耳的元音与沉闷浑厚的辅音很容易让人想象到暴风雪的淫威以及冬夜阴森的氛围。第三组诗句中名词 скрещенья（交缠）源自动词 скрестить（交叉成十字形），诗人此处将男女主人公胳膊与腿的交缠与命运的“交织”相并列，化 скрещенья 一词的具象义为象征义，将世俗的概念提升到宗教哲理的高度（十字架），并且不断重复该词使得诗句产生东正教诵经文、祷告词般音韵效果。

除此以外，诗中还运用了拟人（如 метель лепила［风雪描画着］，хлопья слетались［鹅毛雪扑向］）、修饰语（如 озаренный потолок［烛光照亮的天花板］，снежная мгла［雪幕］，седая и

---

① 格罗塞：《艺术的起源》，蔡慕晖译，北京：商务印书馆，1984 年，第 176 页。
② 朱自清：《朱自清全集》（第二卷），长春：时代文艺出版社，2000 年，第 764—765 页。

белая［白茫茫的灰暗］）等常见的修辞手法。诗句 И жар соблазна/Вздымал, как ангел, два крыла/Крестообразно（灼人的诱惑/像天使展开双翅——形成/十字的轮廓）甚至还包含了比喻和隐喻两种辞格，жар соблазна（灼人的诱惑）暗指男女主人公的爱情，它与ангел（天使）、крыло（翅膀）、крестообразно（十字的轮廓）等词一道为诗句增添宗教色彩。由此可见，辞格手段丰富了《冬夜》的思想内涵。

## （四）格　律

优秀的俄罗斯诗篇常被谱写成脍炙人口的歌曲，格律优美的《冬夜》亦是如此。帕斯捷尔纳克不仅借助诗句的声响表现营造出暴风雪呼啸的效果以及屋内烛影浮现的画面，并且通过独特的语音组织突出诗歌的思想主题。

首先，全诗由抑扬格写成，一、三诗行为阳韵，二、四诗行是阴韵，交叉韵（abab）出色地表达出情感的丰富性与结构上的紧张感。如第一诗段：

Мело, мело по всей земле　　a

∪–｜ ∪–｜ ∪–｜ ∪–｜

Во все пределы.　　b

∪–｜ ∪–｜ ∪　｜

Свеча горела на столе,　　a

∪–｜ ∪–｜ ∪–｜ ∪–｜

Свеча горела.　　b

∪–｜ ∪–｜ ∪　｜

全篇严格遵守这一格律，仅有一处破例，即第五诗段第一行第三、四音步用的是扬抑抑扬格（хориямб）：

И падали два башмачка

–∪｜ ∪–｜ –∪｜ ∪–

此处突然变换节律，显然是要强调这一诗段的主题。

需要指出，尽管该诗运用的是传统的四步抑扬格，然而仔细观察每一诗段的第二、四诗行可发现，诗句中仅两个诗步，换言之，二、四诗行被截短了，因而诗中四音步与二音步长短诗句交替出现。截短诗步（укороченые стопы）是俄国诗歌中常见的一种创作手法，目的在于强调作品的创作思想和主题。《冬夜》中的截短诗步不仅使整首诗富有动感与情感表现力，而且这种相交替的长短诗句更加凸显出诗篇语义上光明与黑暗、温暖与寒冷、火与冰的对立。

其次，音韵方面，全诗 32 句诗行之中，14 句诗行的韵脚是 ле—ре，8 句诗行的韵脚为 ла—ра（Лара 即小说女主人公的名字），这也就是说，该诗基本上由 ле—ре、ла—ра 共同构成押韵，并且这些韵脚还在各诗段内部不断被重复而形成诗内韵。上文提及的元音重复、辅音重复也都包含有这些韵脚。有意思的是，除第四、五诗段以外，整个诗篇基本表现为：一个含 ла—ра 韵脚的诗段与另一含 ле—ре 韵脚的诗段相互交替，它们犹如两股绳索相交织而贯穿于诗文之中，给读者一种歌曲对唱中"你方唱罢我登场"的节奏感。无怪乎西尼亚夫斯基坦言："在帕斯捷尔纳克作品中诗歌的声音组织拥有特殊的意义……声音的选择有助于（词汇）意义从一事物转移至另一（事物），它通过隐喻来实现，并由诗人展示、强调（艺术）

世界内部统一的意图所引起。”①

再次，通过对辅音、元音字母的统计与分析我们还可以发现该诗在语音组织方面具有以下两个特征：

第一，在全诗19个辅音中，[л] 出现的次数最多，其频率是诗中辅音音位平均数值的4.75倍；咝音 [з/с] 位居第二位，高出平均数值1.7倍。有语言学家指出，[л] 在语音意义方面常用于“水”的形象，象征着水“徐缓流淌”“平静柔软”等特征②。有学者认为，暴风雪是诗中两个世界的分割线，这一形象隐含着古希腊神话忘川河（Лета）③ 的寓意。而咝音 [з/с] 不仅有拟声作用，并且具有“迅速”“扩散”等象征含义，因此诗中大量出现的 [л] 与 [з/с] 在音位层面上突出了“暴风雪—蜡烛”的母题：流淌性、永恒性 [л] 与扩散性，发光（神圣性）[з/с] 的对立统一。

第二，诗中元音音位的情况是，[а/ъ]、[о]、[э/ь]、[и] 分别是元音音位平均数值的3、2.3、1.9和1.8倍，[у] 则仅出现7次，明显低于平均数值。有元音象征主义研究者认为，[а/ъ]、[э/ь]、[и]、[о] 与 [у] 形成“光明”与“黑暗”语义上的对立，也就是说，“光明”与“黑暗”对立的主题同样也体现在诗歌的语音层面，并且，表示“光明”的音位占据着数量上的优势。

---

① *Синявский А. Д.* Поэзия Пастернака//Пастернак Б. Л. Стихотворения и поэмы. Москва, Ленинград: Советский писатель, 1965. С. 13.

② *Михалев А. Б.* Теория фоносемантического поля. Пятигорск: Изд-во ПГЛУ, 1995. С. 96—97.

③ 忘川是古希腊神话冥府中的五条河流之一，亡魂饮过此河水之后便忘却人世间的一切事件。

## （五）语　法

雅可布森指出：“如果我们不提有关语法形式普遍意义的问题，那么也就难以正确理解语法形式的特殊意义以及它们之间的相互关系。”① 毋庸置疑，特殊的语法形式往往是作家创作思想的具体表现，而句法与词法作为语法形式的重要组成部分，自然也就成为作品文本分析的一个重要切入点。

纵观《冬夜》全诗的句法形式，简单句的数量明显多于复合句。而诗中的复合句又大多是并列复合句，如第五、七、八诗段，基本上是简单句的组合。在语言学中，简单句常用于描写单一独立的事件，复合句重在描绘多例事件并强调事件之间的逻辑关系（如因果、顺承、对比关系等）。然而在这首诗中，复合句内部所述事件之间的联系并不明显，复合句与其他语句之间也是如此，例如第一、三、四诗段中所描绘的大自然与屋内景象被作者并列地呈现出来（两幅景象各自独立存在，复合句之间并无逻辑关系）。这样，诗人直白地将两个世界、两个主题摆在读者眼前。这种将概念、形象、主题对立呈现的艺术手法即为对反（антитеза），其功用在于增强情感表现力，丰富作品的哲学韵味。除此之外，帕斯捷尔纳克还在诗中好几处运用«и»来起始诗句，如：И все терялось в снежной мгле（一切被白茫茫的灰暗/雪幕所笼罩）；И воск слезами с ночника（于是几点烛泪扑簌簌）；И жар соблазна（灼人的诱惑）；И то и дело（可总能看到）。在俄语语法中，连接词«и»可表示现象、事件的同时、先后、并列、因果等关系，而在本诗中该词汇并未体现语句

① *Якобсон Р.* Работы по поэтике. Москва: Прогресс, 1987. С. 146.

间的任何联系，它仅作为语气词用以增强语言的表现力，强调整行诗句的思想意义。诗中三次使用无人称句描绘暴风雪：Мело, мело по всей земле（风雪席卷着整个大地，/席卷着尘嚣）；На свечку дуло из угла（冷风从屋角吹向烛火）；Мело весь месяц в феврале（整个二月都刮着风雪）。这些诗句不仅表达出暴风雪威力大、持续时间长的具体特征，而且表达出大自然力量不以人意志为转移的抽象意义。

词法方面，上文提到，诗中的人物是通过相关的事物和形象被"影射"出来的。其具体体现是：句子的主语都是非动物名词，即所有诗句都在描摹景物，并未提及主人公的心理感受。值得注意的是，词组 судьбы скрещенья（交织的命运）、жар соблазна（灼人的诱惑）的搭配十分具有创造性，它们巧妙地将一事物的修饰语"嫁接"到另一事物上，获得了"移情转意"的效果。诗人通过非一致定语的移用，将情感抒发与事物描绘结合在一起，表达出自己的哲理思索。

此外，诗中两大词类——名词与动词的特征主要表现为两点：

其一，全诗 50 个名词，阳性名词与阴性名词的数量刚好相等（25: 25），具体名词是抽象名词的 3 倍多（39: 11），名词单数形式远多于复数（38: 12）。"词性的划分有助于提高非动物名词表达拟人的意义。"① 诗中阳性名词与阴性名词数量相等，这显示出语义上男女的平衡、爱情的和谐。具体名词多于抽象名词是因为前者比后者能更好地表达出事物的"初始性"特征，而大量的单数名词体现着诗人对"（物质）统一"的追求，重新思考"大地"现实的必

---

① *Якобсон Р.* Работы по поэтике. Москва: Прогресс, 1987. С. 37.

要性。

其二，诗中所有动词均为未完成体过去时。通常而言，未完成体动词用于描绘事件或动作时，着重强调事件的持续性与动作的重复性，俄罗斯诗歌中经常使用过去时来表示现在与将来，因而《冬夜》中动词未完成体过去时使诗中所绘景象具有了多次重复性的特征，也就意味着暴风雪与蜡烛的对立将会长时间甚至经常、永远地存在。这与普希金《青铜骑士》中动词的用法十分类似。

总而言之，《冬夜》作为小说《日瓦戈医生》末章“尤里·日瓦戈诗作”中的一首抒情诗，借助多种修辞手法鲜明地表达出生与死、革命与爱情、光明与黑暗等主题的对立。这些主题也正是作家在小说中着力表现的创作思想。曾给帕斯捷尔纳克写过退稿信的《新世界》杂志主编西蒙诺夫以及批判、否定过小说的乌尔诺夫后来也不得不承认，“尤里·日瓦戈诗作”是帕氏这部小说中最出彩的华章，沃兹涅先斯基更是将组诗称作“俄罗斯诗歌的瑰宝”。

# 第三章 《日瓦戈医生》叙事中的互文

基于巴赫金的对话理论，法国符号学家克里斯蒂娃提出“互文性”的概念，她认为每个文本都是另一文本的亚文本，是对此前的文本的呼应、吸纳、解答，甚或反驳。“任何作品的文本都像许多行文的镶嵌品那样构成的，任何文本都是其他文本的吸收和转化。”① 换言之，克里斯蒂娃意在将一部作品置于整个文本网络之中进行理解，通过研究它与其他文本的相互关系来加深理解作品的思想内容。法国文艺学家索莱尔斯和罗兰·巴特对此作了进一步解释：“任何文本都处在若干文本的交汇处，都是对这些文本的重读、更新、浓缩、移位和深化。从某种意义上讲，一个文本的价值在于它对其他文本的整合和摧毁作用。”② 叙事学家杰拉尔德·普林斯（Gerald Prince）在《叙事学词典》中对互文性作了这样的界定：“一个确定的文本与它所引用、改写、吸收、扩展，或在总体上加以改造的其他文本

① 转引自：朱立元主编：《现代西方美学史》，上海：上海文艺出版社，1993 年，第 947 页。

② 转引自：王瑾：《互文性》，桂林：广西师范大学出版社，2005 年，第 33 页。

之间的关系，并且依据这种关系才可能理解这个文本。"[①] 实践表明，互文性理论注重多种思想渊源之间的相互作用，强调文化、创作主体以及文本之间的联系，因此可以为当下历史诗学研究提供有益补充。

互文性理论视域下的文学批评与研究在实践中往往分解为三个层面——主体、文本和文化。本章拟从前两者入手，具体探讨《日瓦戈医生》与勃洛克作品以及基督教典籍《圣经》之间的互文关系，以进一步挖掘小说的思想内涵。

## 第一节　与勃洛克文本的对话

严格说来，帕斯捷尔纳克与勃洛克（А. А. Блок，1880—1921）并没有深厚的友谊，他们仅仅在1921年5月莫斯科工艺博物馆的读者见面会上有过一面之缘，然而"鲍里斯·帕斯捷尔纳克整个一生都对亚历山大·勃洛克深怀敬重之情。在谈话和创作中他总会直接或间接地提到勃洛克"[②]。1944年，在纪念法国象征派诗人保尔·魏尔伦（Paul-Marie Verlaine，1844—1896）的文章中，帕斯捷尔纳克首次提到了史诗《十二个》的作者，并指出自己的同时代人没能够真正理解这位俄国诗人的作品："我们并未充分认识到勃洛克雄鹰般的清醒，他的历史分寸感和天才所特有的那种如鱼得水的感觉。"[③]

---

① 转引自：程锡麟：《互文性理论概述》，《外国文学研究》，1996年第1期，第72页。

② *Озеров Л. А.* О Борисе Пастернаке. М.: Знание, 1990. С. 23.

③ *Пастернак Б. Л.* Собрание сочинений в 5-ти томах. Т. 4. М.: Художественная литература, 1991. С. 398.

在自传体散文《人与事》中帕斯捷尔纳克写道：

> 我，和我的部分同龄人，伴随勃洛克一起度过了自己的青年时代……勃洛克具备了形成伟大诗人的一切——火热、温柔、深情、自己对世界的看法、自己独特的才能，这才能触及什么，什么就会发生变化，还有他那矜持的、隐蔽的、吸收一切的命运。有关这些品质以及其他许多品质……给我留下了最深刻的印象，因此我觉得它最重要——这就是勃洛克式的迅猛，他那彷徨的注意力，他观察事物的敏捷性。[①]

作家的晚年诗《风》（1956）即专门为这位文学先驱所作，诗中写道："他像风一样无处不在。/房屋中，树木上，乡村里，雨水中，第三卷的诗里，/《十二个》里，甚或死亡之际，时时处处。……勃洛克期待这场暴风雨，地动山摇/暴风雨中的火舌电闪/带着惊悚与期盼/全都写进了他的生活与诗作。"在其他作品中，帕斯捷尔纳克还常常表达出类似于阿赫玛托娃的观点——勃洛克的创作超越了他所处的时代，他是"世纪初的丰碑"[②]，"时代的标志性人物"[③]，"那一时代最具代表性的人物"[④]。

---

① 鲍·帕斯捷尔纳克：《人与事》，乌兰汗译，北京：新星出版社，2012 年，第 25 页。

② *Ахматова А. А.* Памяти Александра Блока//Поэтический сборник. М.: Эксмо, 2007. С. 357.

③ *Ахматова А. А.* Воспоминания об А. Блоке//Собрание сочинений в 6-ти томах. М.: Эллис Лак, 1976. С. 279.

④ Там же.

1946年帕斯捷尔纳克曾打算撰写札记《人物走笔：勃洛克》，可惜未能完成心愿。有研究者甚至指出，正是这些未写完的札记激发了作者对于小说《日瓦戈医生》的构思与创作。[①] 诚如作家本人所言："我非常希望写一篇关于勃洛克的文章，所以想着，写这部小说来代替关于勃洛克的文章。"[②] 作家与友人通信时，每每谈及小说《日瓦戈医生》，总会提到这位伟大的俄国诗人："战后我打算写写勃洛克，我已对他的处女作——组诗《黎明前》作了一些眉批"[③]，"我想写一部关于我们全部生活的散文，从勃洛克一直到当下的战争"[④]，"我现在正创作一部散文体长篇，小说的主人公既有勃洛克，也有我（或许还有马雅可夫斯基和叶赛宁）的影子"[⑤]。

在《日瓦戈医生》中，勃洛克直接出现在了小说的艺术世界里，他如同一尊神，是主人公们推崇、膜拜的对象：

> 戈尔东所在的系里，出了一种胶版油印的大学生刊物。戈尔东任主编。尤拉早就答应给他们写一篇关于勃洛克的论文。彼得堡和莫斯科的青年都狂热地崇拜勃洛克，尤拉和米沙尤其如此。（98）

---

① 见：*Клинг О. К.* Эволюция и "Латентное" существование символизма после Октября // Вопросы литературы, 1999. №4. С. 62。

② *Борисов В. М., Пастернак Е. Б.* Материалы к творческой истории романа Б. Пастернака «Доктор Живаго» // Новый мир. 1988, №6. С. 221.

③ *Пастернак Б. Л.* Собрание сочинений в 11-ти томах. Т. X. М.: Слово/Slovo, 2005. С. 357.

④ *Пастернак Б. Л.* Собрание сочинений в 5-ти томах. Т. 5. М.: Художественная литература, 1994. С. 448.

⑤ Там же. С. 460.

在圣诞节之夜，尤拉和冬尼娅怀着激动的心情乘雪橇去参加斯文季茨基家的舞会，沿途两人看到莫斯科街道美丽的夜景——

> 猛然间，尤拉想到，勃洛克难道不正好比是圣诞节景象吗？他是俄罗斯生活各个领域里的圣诞节，是北方城市生活里和现代文学中的圣诞节，是在今天的星光下大街上的圣诞节，是二十世纪客厅中灯光通明的松枝周围的圣诞节。他心想不必写什么论勃洛克的文章了，只需要像荷兰人那样画一幅俄国人膜拜星象家的画，再衬上严寒、狼群和黑黝黝的枞树林。（99—100）

将勃洛克比作俄罗斯的圣诞节，把他在进步青年中的受欢迎程度与圣诞夜欢快、繁华的景象联系在一起，言下之意是指这位诗人的出现唤醒了俄罗斯文学的复兴，帕斯捷尔纳克的这种表达正是勃洛克最主要的艺术创作手法——象征主义。“……在帕斯捷尔纳克小说《日瓦戈医生》中能感受到与象征主义传统的对话。这部作品汲取了象征主义美学的特征，因而或许有理由被称为象征主义小说。”[①] “成熟的帕斯捷尔纳克已经在‘全欧洲象征主义’的背景下思考自己的创作，这一象征主义与普鲁斯特、里尔克、勃洛克等人的名字联系在一起。”[②] 对勃洛克创作的思考，对这位白银时代诗人的怀念自然就反映在作家的晚年创作中，这位文学先驱笔下的主题、

① *Клинг О. К.* Эволюция и “Латентное” существование символизма после Октября//Вопросы литературы, 1999. №4. С. 64.

② *Клинг О. К.* Борис Пастернак и символизм//Вопросы литературы, 2002. №2. С. 59.

形象和语句也常常成为《日瓦戈医生》互文的对象。

### （一）“永恒之女性”

女性的主题贯穿着勃洛克的整个创作活动。诗人早年曾在日记中写道：“……收集了神话资料，我早就想确立我精神的神秘哲学原则。我大胆地把我所确定的最大的原理仅用一个词来表示：女性（原理）。”[①] 1904年勃洛克在彼得堡出版第一本诗集《美妇人集》，诗作以俄国宗教唯心主义哲学家索洛维约夫“永恒之女性”这一思想为创作基调，赞美女性的圣洁、柔美，表达出诗人对“永恒之女性”的无限向往与热爱。“在诗人眼里，外在世界是污浊的、丑恶的，他要虚构一个理想的彼在世界，用诗歌来构筑这个虚幻世界，用神秘而真挚的爱情来寄托自己的感情。”[②]

“永恒之女性”最早出现在歌德《浮士德》的结尾：“永恒之女性，引领我们上升！”这句话最初的含义是指，女性作为爱的力量的源泉，精神思想的化身，能够激发人们克服困难，勇往直前。而在俄罗斯，“永恒之女性”则与索洛维约夫的索菲亚学说密不可分。索洛维约夫的索菲亚，即《圣经》中神的智慧，上帝创造万物的根基，这位宗教哲学家用它来指代上帝拯救人类的力量，如同神明庇佑人类、圣母怜爱万物一样，是“世界的灵魂”，“永恒之女性”。在俄语中，索菲亚（София）、智慧（мудрость）、大自然（природа）、圣母（Богородица）、“永恒之女性”（вечная женственность）等都

---

① 转引自：于胜民：《勃洛克思想初探》，《外国文学研究》，2000年第3期，第67页。

② 李辉凡：《俄国“白银时代”文学概观》，北京：中国社会科学出版社，2008年，第363页。

是阴性名词（组），因而索菲亚、“永恒之女性”不仅体现出词性上的特征，而且还使抽象的思想概念获得了拟人化、女性化的效果。

在勃洛克笔下，“美妇人”“朝霞姑娘”“法伊娜”“菲娅仙子”犹如不食人间烟火的女神，超凡脱俗的圣母形象，虚无缥缈，如梦如幻，引起诗人爱的激情：

从这古老的殿堂穹窿里，——
从那朦胧的奥秘深处，
一位神灵在我面前降莅，
带着女性的温存笑意……

（《我们在圣像前祈祷》，丁人 译）

神圣的人儿啊，烛光多柔蜜，
你的面容多快活，无忧无虑！
尽管我听不到叹息和话语，
但我深信，心上人——就是你！

（《我走进阴暗的圣庙》，郑体武 译）

后来随着时间的推移，俄国革命的热潮和动荡的社会现实将诗人从虚幻的彼在世界之中拉了出来。“永恒之女性”在勃洛克笔下逐渐演变为世俗世界的俘虏、饱受屈辱的俄罗斯祖国妻子（恋人、新娘）的形象：

啊，我的罗斯，我的爱妻！我们深知
　道路多么漫长！

我们的道路——犹如古时鞑靼人的利箭

射穿我们的胸膛。

（《在库里科沃原野上》）

在给格鲁吉亚诗人塔比泽的书信中，帕斯捷尔纳克写道：“……我从童年时代对女性就怀有羞怯的敬慕之情，我一生中为女性的美、为女性在生活中的地位、为对她们的怜悯和对她们的恐惧所挫伤所震惊。”[①] 1958年帕斯捷尔纳克在给一位朋友的信中写道：“二战后我认识了一位年轻妇女——奥丽佳·伊文斯卡娅。她就是我小说里的主人公拉拉。她是美好生活和自我牺牲精神的化身，从她的表面你看不出她在生活中忍受了多少苦难……”[②]

《日瓦戈医生》里的拉拉就是这样一位“永恒的”女性。她充满了勃洛克诗歌中的女性美——温柔聪慧、美貌善良、饱经风霜：

她聪慧，性格随和，长得水灵俊俏……拉拉是世界上最纯洁的人……她举止文雅娴静。她身上的一切：轻盈迅速的动作、身材、声音，灰眼睛和浅色秀发，都非常和谐、雅致。（30）

她神韵高洁，无与伦比。她的双手犹如高尚的思想那样令人惊叹不止。她投在墙纸上的身影，仿佛是她纯真无邪的象征。（56）

---

① 鲍·帕斯捷尔纳克：《人与事》，乌兰汗译，北京：新星出版社，2012年，第122页。

② 转引自：桑·别特丽尼娅：《伊文斯卡娅谈〈日瓦戈医生〉续集》，路茜译，《苏联文学联刊》，1993年第4期，第69页。

除了美丽的外貌，拉拉的命运展现的是女性坚韧不屈的魅力：

> 而这个远方，便是俄罗斯，是她那无与伦比的、在海外名声显赫的母亲，是受难者也是倔强者，乖僻任性，爱胡闹而又受到溺爱，总是干出无法预料的致命的壮举！……这便是拉拉……她身上的一切，恰恰是那么完美无缺！（475—476）

“永恒之女性”在拉拉身上主要表现为两方面的特征：一是对主人公尤拉精神上的吸引，两人纯洁的爱情；二是俄罗斯女性身上饱尝忧患、忍辱负重的人生经历，象征俄罗斯祖国所遭受的苦难。

日瓦戈自从见到拉拉第一眼就产生极为特殊的情愫：

> 尤拉目不转睛地看着他们俩（指拉拉与科马罗夫斯基——本书作者注）……那姑娘受制于人的情形，既神秘莫测，又袒露无遗。尤拉心上涌起了复杂的感情，一种从未体验过的感情力量，使他心碎……现在这种力量就出现在尤拉眼前，它是那样实在具体，又显得朦胧虚幻，既有无情的破坏性，又可怜无助。（76）

拉拉的出现唤醒了日瓦戈身上沉睡的另一种感情——柏拉图式的爱情。当这股爱情袭来之时，主人公心中充满了悲伤与失落，如同勃洛克诗中最常见的爱情体验：“你——以一根甜蜜的细针/刺进我的内心深处，/我以疲倦的视力/寻找我陌生的春之消息……当我那被影子所笼罩的/天空开始消失的时候，/在无边无际的远方，/嗓音也将忧伤地沉寂。”①

然而自从在“黑山旅店”日瓦戈偶遇拉拉以后，很长一段时间两人都未再次重逢。直到一个圣诞夜，日瓦戈乘雪橇去参加斯文季茨基家的晚会路过侍从大街时，主人公看到一幢房子的窗台上燃烧着蜡烛，暗自吟出诗句“桌上燃烧着一枚蜡烛，蜡烛在燃烧”——朦胧的、尚未成形的诗歌《冬夜》的开头。这枚蜡烛旁所坐之人恰恰是拉拉，蜡烛将两颗心拉近，成为两人纯洁爱情的象征。在圣诞舞会上，拉拉向使她陷入痛苦深渊的科马罗夫斯基开了枪，这一枪不仅射向了腐朽制度的代表者，也射向了过去的历史。早在 1905 年革命莫斯科街头巷战之时，拉拉就对开枪射击“感到骄傲和振奋”，感觉枪声是在祝福被侮辱的人们：“枪声啊，愿你们更威风！枪声啊，你们也祝福他们吧！”（66）日瓦戈在舞会上见到拉拉开枪，“不禁呆若木鸡……那么说是她开的枪？……真可怜。现在她可要吃苦头了。瞧，她是多么高傲漂亮！”（106）

不过，拉拉不同于勃洛克笔下不食人间烟火、虚无缥缈的“朝霞姑娘”“法伊娜”“菲娅仙子”等形象。勃洛克强调“永恒之女性”的精神指引，其诗作女主人公犹如高高在上的女神，遥不可及，是痴心忘我的男主人公的理想寄托与爱情信仰；帕斯捷尔纳克继承了这位文学先驱“理想牵引前行”的思想意蕴，但并没有局限于创作主体个人的情感体验，而是将“永恒之女性”的内涵提升到个体与时代、苦难与救赎的道德层面之上。

一方面，日瓦戈迷恋拉拉，爱的是她身上所散发出的不同寻常

① 勃洛克：《勃洛克抒情诗选》，汪剑钊译，石家庄：河北教育出版社，2003 年，第 133—134 页。

的女性气质与魅力，她那纯洁的灵魂与崇高的美德："我想，倘若你没有这么多苦难，没有这么多抱憾，我是不会这么热烈地爱你的。我不喜欢正确的、从未摔倒、不曾失足的人。他们的道德是僵化的，价值不大。他们面前没有展现出生活的美。"（485）他与拉拉的爱情是灵魂的融合，精神的寄托："使他们结合在一道的，不只是心灵的一致，更为重要的是他们俩与其余世界的鸿沟，两人同样地不喜欢当代人身上非有不可的那些典型特征，不喜欢当代人那种机械性的兴奋、大喊大叫的激昂，还有那种致命的平庸。"（480）拉拉是尤拉梦寐以求的世界，是他朝思暮想的未来。

另一方面，拉拉作为日瓦戈的精神伴侣，同时还是一位母亲。她害怕自己即将被捕，第一时间想到的是女儿："那时卡坚卡怎么办呢？我是母亲，我必须防止这种不幸，得想想办法。"（497）母亲的角色在拉拉身上以无私奉献、勇于自我牺牲的道德传统表现出来，这也是她最后无奈追随科马罗夫斯基前往远东的原因。拉拉的母性情怀不仅通过对女儿与丈夫的情感获得了直接体现，作者还有意通过梦境、日瓦戈的幻觉将她提高至俄罗斯大地母亲的高度。在拉拉还是少女之时，小说就提到她所做的梦："她安息在大地下面，身上除了左肋、左肩和右脚掌外，别的荡然无存。左边的乳房下长出一束蓬草。"（60）后来日瓦戈被俘期间由兽医库巴丽哈的咒语联想到心上人拉拉，"仿佛拉拉裸露出左肩。像用钥匙打开藏在大柜中的小铁箱的秘门，人们用长剑插进划开了肩胛骨……别人的城市，别人的街道，别人的房屋，别人的天地。它们如一卷卷彩带，流了出来，舒展开来，连绵不断"（447）。广袤的大地上生长着青草，坐落着城市、街道与房屋，拉拉的乳房、肩胛骨呈现出与大地同样的景象，毫无疑问，女主人公被作家描绘成了大地母亲的形象。而这一形象过早地遭受摧残与伤害，“一辈子带着创伤”（484），正如俄罗斯祖国的命运一样，遭受过深重的苦难。

其实早在20世纪10—20年代，“永恒之女性”主题就已经出现在帕斯捷尔纳克诗作之中。1946年，帕氏打算写一篇有关勃洛克的文章，当他阅读勃洛克文集第一卷时，在《屋内又黑又闷……》①一诗处眉批道：“《云雾中的双子星座》即源于此诗。”② 在《日瓦戈医生》中，拉拉的形象与勃洛克“永恒之女性”思想拥有众多共通之处。拉拉具有非凡的美貌、纯洁的灵魂与崇高的美德，在小说中她仅同男主人公日瓦戈进行真正意义上的对话，即便与丈夫安季波夫也相谈甚少，她犹如超凡脱俗的“女神”“仙子”，对诸如日瓦戈此类“苦闷”“孤独”的知识分子而言，她成了他们的精神支柱和思想寄托。拉拉是善良的妻子，也是饱受屈辱的俄罗斯祖国母亲的象征，一如勃洛克诗歌中祖国的形象：“俄罗斯啊/我的国家/你就是那个/身披太阳的妇人。”③“我的罗斯啊，我的生命，我们注定要一起受难?”拉拉身上这种“遭受摧残与伤害”的命运正是勃洛克“永恒之女性”思想所表达的主题之一。

总之，帕氏“永恒之女性”的精神特质即在于：在动荡不宁的峥嵘岁月守卫个体的尊严和人类的真善美，勇于面对艰难困境，不屈从命运摆布。这种坚忍不拔和顽强抗争的女性精神也正是作家对勃洛克文学思想的推演与发展。

---

① 该诗勃洛克作于1901年，收于《美妇人集》。

② *Пастернак Е. Б., Пастернак Е. В.* Жизнь Бориса Пастернака. Документальное повествование. СПб.: Издательство журнала «Звезда», 2004. С. 103.

③ 以下勃洛克的诗句，如无特别说明，均引自：勃洛克、叶赛宁：《勃洛克叶赛宁诗选》，郑体武、郑铮译，北京：人民文学出版社，1998年。

### （二）城市的主题

城市是俄国革命的策源地，与20世纪初俄国社会思潮的转型、风起云涌的工人运动息息相关，因而在白银时代，城市成为小说家与诗人创作的一个重要主题。当然，随着城市所发生的变化，不同作家对它所持的态度也各不相同，例如被称作革命“同路人”的皮里尼亚克、叶赛宁、克留耶夫、“谢拉皮翁兄弟”等作家对代表革命的城市表现出隔膜和忌惮，较多地依恋质朴宁静的乡村农舍；而勃留索夫、勃洛克、马雅可夫斯基等城市诗人则对都市彼得堡、莫斯科表现出极大的人文关怀，他们担忧工业的发展、生活的变化会使俄罗斯的城市丢失古老的文化传统、崇高的精神价值。“从1903—1904年起，城市主题开始在勃洛克创作中占据重要位置。”[①] 因此勃洛克被同时代人、著名文学评论家丘科夫斯基称为“城市诗人”[②]。

勃洛克笔下的城市主要是彼得堡，诗人生于斯，卒于斯，他本人就曾说过，彼得堡是他最钟爱的城市。然而作为抒情诗中主人公的活动背景，这座城市的名胜古迹与建筑风貌却很少被诗人详细地描绘，读者感受更多的是它的精神气质与文化品格。无论是寒冷冬日肆虐的暴风雪，抑或是黄昏时分陌生女郎走进喧闹的小酒馆，勃洛克笔下的彼得堡仿佛总是充满着彷徨、惶恐与失落，诗人展现的是20世纪初俄罗斯人的辛酸境遇，城市居民身上的一幕幕悲剧，一

---

① 郑体武：《俄国现代主义诗歌》，上海：上海外语教育出版社，1999年，第162页。
② *Грякалова Н. Ю.* Александр Блок: pro et contra. Санкт-Петербург: Издательство Русского Христианского гуманитарного института, 2004. С. 12.

如他的艺术创作理念——“悲剧性的东西是理解世界复杂性的钥匙。”[①] 因此，彼得堡成为了“可怕的世界”，里面充满了各种各样尖锐的社会矛盾。在这里，“穷人又被侮辱，被欺凌，/富人又占了上风，得意洋洋”。在这里，“黑夜，街道，路灯，药房。/毫无意义的昏暗的灯光。/哪怕再活四分之一世纪，/一切仍将如此，没有终场”。城市里还充满了不安的革命力量，人们从“黑暗的地窖里爬起”冲向腐朽的旧世界，“于是在空中蔓延开来的语言，/成了我们红色的旗帜一面”。然而人民的革命之中并没有知识分子的位置，“他们扬帆而去，/驶向很远很远，/只剩下我们。——真的，/带我们同行，他们不愿”。勃洛克笔下的城市主题，表达出诗人对革命年代彼得堡的担忧和不安。不过，即使在一系列忧郁的城市形象中，诗人也未曾感到过绝望。他有意避开对现实的具体描绘，将城市置于幻想抑或是神秘的氛围中（有时甚至是“启示录”的形象），令读者感受到希望。诗人坚信：“俄罗斯注定要经受苦难、屈辱、分裂；不过，从这些屈辱中脱颖而出的将是一个崭新的、伟大的俄罗斯。”[②]

而莫斯科则是《日瓦戈医生》中最重要的城市。小说开篇下葬尤拉母亲的背景是莫斯科，作品结尾处戈尔东与杜多罗夫阅读日瓦戈诗作的场景同样发生在莫斯科。这座城市犹如空间上的一个圆，将小说的情节线索串联起来，成为所有主人公“交织的命运”的起点与终点，它是俄罗斯民族文化的中心和灵魂的归宿，是俄罗斯精

---

① *Блок А. А.* Собрание сочинений в 8-ми томах. Т. 6. М.: Советский писатель, 1960. С. 105.

② 见：*Блок А. А.* Интеллигенция и революция//О литературе. М.: Художественная литература, 1989. С. 307。

神家园的象征。

莫斯科的形象在小说的开头具有神秘、童话的色彩，这与勃洛克早期城市诗的特色十分吻合。勃洛克曾喜欢用“城市在雾中消隐”“只有那城市的烟雾/萦缠在我们的心间”“十月的首都/多么阴沉、迷茫！”等诗句来形容自己心爱的城市彼得堡，突出这座城市中所笼罩的氛围。“勃洛克的彼得堡是‘充满战栗的轰鸣的城市’，在这里，‘餐厅像教堂一样明亮，教堂像餐厅一样开放。’……这个城市具有浪漫色彩，能够创造奇迹，由白雪姑娘——‘另一时间的夜的女儿’主宰。”[①] 帕斯捷尔纳克在《日瓦戈医生》中则常常将莫斯科置于秋冬抑或初春时节，无论是莫斯科城里的铁路罢工、人民游行、斯文季茨基家的圣诞舞会，抑或是日瓦戈从西线战场归来后莫斯科城的巷战和十月革命，这座城市的上空总是笼罩着秋冬季节里独有的凄凉、悲伤氛围。然而尽管如此，帕氏却并没有对莫斯科表现出哀怨之情，莫斯科在小说中如同童话中的主人公一样，虽历经苦难和不幸，却充满着生机，例如：“蒙霜的窗子上灯光融融，一个个像黄玉烟晶片制成的精巧盒子，里面充溢着莫斯科圣诞节的温馨气氛，圣诞树上烛火熠熠，宾客如云，身着舞服，笑闹着捉迷藏或寻指环。”（99）“医生和瓦夏来到莫斯科，是在一九二二年的春天，刚开始实行新经济政策。天气暖和晴朗。太阳照在救世寺院的金黄圆顶上，反射出无数光点，返落在方石铺成的广场上，石缝中杂草丛生。”（574）也就是说，无论是革命前的欢声笑语，还是革命后的晴空高照，莫斯科呈现给读者的总是它的默默坚守与独自承受。

---

① 郑体武：《俄国现代主义诗歌》，上海：上海外语教育出版社，1999 年，第 167 页。

莫斯科作为俄罗斯命运的中心，社会革命的发源地，它在小说中完全被拟人化了，拥有了人的命运和情感：

> 莫斯科展现在眼下和远处，这是作者日瓦戈出生长大的城市，他的一半生命同莫斯科联系在一起。现在他们两人觉得，莫斯科已不是这些事件的发生地，而是这部作品集里的主人公……面对这个神圣的城市，面对整个大地，面对直到今晚参与了这一历史的人们及其子女，不由得产生出一种幸福动人的宁静感。（627）

毫无疑问，莫斯科在作家眼中已不仅仅只是一个地理名词，而是历史的见证人，小说的主人公之一。这座“神圣的城市”很容易令人联想到圣城耶路撒冷，“尤里·日瓦戈诗作”中的《神迹》《受难之日》《客西马尼园》都提到耶稣进入耶路撒冷时的情形，莫斯科对于日瓦戈，犹如耶路撒冷对于基督耶稣。在小说中，莫斯科的精神氛围通过舅舅韦杰尼亚平的哲学而进入读者的视野，日瓦戈接受舅舅的历史学说：从基督以后才产生真正意义上的历史：“只是在基督以后人类才开始了生活，人们不再倒毙在大街的栅栏旁，而是瞑目于历史进程中……”（13）“部族和众神的时代宣告结束。诞生出了真正的人，他是木匠，是农民，是夕阳中的牧羊人。”（54）莫斯科是俄国人眼中的“第三罗马”，东正教的中心，是连接大地与“天国”的纽带，这就注定了它与耶路撒冷一样，必须忍受痛苦的煎熬，经历受难的全过程：“窗外是静悄悄、黑漆漆、忍饥挨饿的莫斯科……望着这个在不幸中痛苦呻吟的伟大的俄罗斯城市。为了美好的未来，他（指日瓦戈——本书作者注）愿意做出牺牲，然而他却

是束手无策。”（223）

显然，帕斯捷尔纳克笔下的城市主题延续了勃洛克的不安、焦虑与期望，将俄国的城市与人民的命运紧密联系在一起。作家书写的城市不仅是俄国人的安身立命之地，更是一座“上帝之城”——面向人类历史、面向整个世界开放的都市，只不过，这座城市从勃洛克的彼得堡变成了帕斯捷尔纳克历经一生的莫斯科。

### （三）“我们是俄国可怕年代的产儿”

社会革命汹涌澎湃，俄国思想界产生“世界末日”情绪之时，勃洛克在《我的祖国啊，我将目睹》中悲叹道：“我的祖国啊，我将目睹：/宇宙的毁灭近在眼前，/我将孤身一人地欢呼，/一切生命的可怕葬宴……世上曾有一位伟人，/像我当宇宙毁灭的见证人。”[①] 思想转型的痛苦激发诗人创作，他给斯坦尼斯拉夫斯基的信中写道：“……我正要写我的一个主题，是关于俄罗斯的主题（其中包括知识分子与民众的问题），我自觉地、坚定地将一生献给这个主题。我越来越清楚地认识到，这是重中之重的问题，是最重要、最现实的问题。”[②] 这位白银时代文学巨匠将俄罗斯的命运与基督的牺牲精神结合到了一起。史诗《十二个》中带领 12 名赤卫队员的正是耶稣基督，诗人自己都感到惊讶：“为什么是基督？但我愈是看下去，就愈加清楚地看见了基督。”[③] 在这里，基督并非高高在上的神的形象，而是手中拿着血红的旗帜走在赤卫队前面的引路人，他不是掌控世

① 转引自：张敏：《白银时代俄罗斯现代主义作家群论》，哈尔滨：黑龙江大学出版社，2007 年，第 11 页。
② 周启超：《白银时代俄罗斯文学研究》，北京：北京大学出版社，2003 年，第 36 页。
③ 亚·勃洛克：《十二个》，戈宝权译，桂林：漓江出版社，1985 年，第 67 页。

俗世界，而是世界本身的一部分，他的意义在于牺牲、博爱与行善，在于精神革命走在社会革命之前列。与此不谋而合，帕斯捷尔纳克写《日瓦戈医生》的初衷也正是：

> 我要在这部作品中勾画出俄罗斯近四十五年的历史面貌，同时这部作品将通过沉痛的、忧伤的和经过细致分析过的主题的各个方面……这部作品将表达我对艺术、《福音书》、对人在历史中的生活和许多其他问题的看法……这部作品的氛围——是我的基督教。[1]

小说主人公日瓦戈医生的塑造，所参照的即是耶稣基督的形象，作家还曾用“半个世纪的生活图景”作为小说的副标题，以表达作者半个世纪以来自己的所见所感。这部“诗人的小说”第 17 章“尤里·日瓦戈诗作”中就有 6 首与《圣经》的内容有关，《圣诞夜的星》《神迹》《受难之日》《抹大拉的玛利亚 I》《抹大拉的玛利亚 II》和《客西马尼园》都直接体现基督耶稣仁爱、牺牲的教义。不仅如此，帕氏在作品中还同勃洛克一样，创作了《哈姆雷特》一诗；而《冬夜》与《十二个》的开篇在内容与创作形式上则非常相似，从两诗的首句“Мело, мело по всей земле/Во все пределы.”（风雪席卷着整个大地/席卷每个角落。）和“〈...〉 Ветер, ветер — /На всем божьем свете!”（……风呀，风呀——/吹遍整个神佑的大地！）可以看出，两首诗不但出现了相同的韵脚，而且创作主题与音节旋律都

---

① *Павловец М. Г., Павловец Т. В.* Б. Л. Пастернак. «Доктор Живаго». М.: Дрофа, 2007. С. 70—71.

如出一辙。

帕斯捷尔纳克在小说中书写了自己以及同时代的知识分子革命前后的历史命运，描绘了俄苏人民半个世纪的世事变迁与恢弘的历史画面。在作品的末尾作家借戈尔东之口对勃洛克的历史观、革命观作了回应：

> 历史上已经有几次是这样。理想的崇高的构思，结果成了粗糙的实在的东西。希腊这样变成了罗马，俄国启蒙主义这样变成了俄国革命。你读一读勃洛克的诗句“我们是俄国可怕年代的产儿”，立刻会看出两个时代的差异。勃洛克说这话的时候，应该作为转义、象征意义来理解。（626）

在勃洛克眼中，社会变革不可避免，具有破坏性，但它“力图使一切变得崭新起来：使我们那虚伪的、污秽的、苦闷的、不成体统的生活变成公正的、纯洁的、愉快而美好的生活”[①]。换句话说，诗人对革命的态度是包容的，他既看到革命中的泥沙俱下与破坏力量，也认识到革命的正能量，它那摧枯拉朽的激情：

> 革命与大自然是难兄难弟。革命就如同龙卷风，如同暴风雪，总是带来新的、意外的东西；它残酷地迷惑许多人；它轻而易举地使尊贵的人葬身于它的漩涡激流之中；它常常把那些不值得尊敬的人安全送到陆地；然而这只是

① 亚·勃洛克：《知识分子与革命》，林精华、黄忠廉译，北京：东方出版社，2000年，第161页。

它的部分情况，改变不了潮流的大方向，也丝毫不能淹没潮流所发出的令人敬畏的隆隆轰鸣。这轰鸣始终预示着伟大。①

勃洛克的历史观、革命观可以这样理解，他从历史进步、人文主义发展历程中感受到俄罗斯文化转型、社会制度变革的必然性，呼唤知识分子理解革命、接受革命，乃至投身革命；同时他又具有典型的理想主义色彩，常常从人道主义、道德价值的角度质疑、反思社会变革中有悖于文化传统、破坏精神建构的过激行为。

作为帕斯捷尔纳克内心世界的表达者，日瓦戈医生在其短暂的生命中从未直接否定过俄国革命。相反，他曾欢天喜地地热烈颂扬过社会变革。早在梅柳泽耶夫战地医院，尤里就曾对拉拉说这是一个前所未有的时代，如同《福音书》里所写的圣徒时代："革命的爆发，就像胸中憋了一口气，闷了太久，不吐不快。每个人都复苏了，新生了……我觉得，社会主义是个大海洋，所有个人自身的革命都应该像江河入海，汇入其中，流进这生活的海洋，特色鲜明的海洋。"（177）十月革命前夕，日瓦戈深刻地体会到史无前例、闻所未闻的事变正在逼近，此后五年或十年的经历将会比其他人一百年所经历的还要丰富，在家庭聚会上他激昂地谈道："我也认为，俄罗斯注定会成为有史以来世界上第一个社会主义王国。"（221）十月革命发生以后，日瓦戈医生大声地自言自语说："一次绝妙的外科手术！一下子就出色地把发臭的旧脓包全切除了！对于几个世纪以

① 亚·勃洛克：《知识分子与革命》，林精华、黄忠廉译，北京：东方出版社，2000年，第161页。

来人们顶礼膜拜而不敢抗争的不公正制度，这是一个直截了当的简单明了的判决。”（236）这些颂扬之词与勃洛克的革命观是相一致的，主人公对社会革命的理解纯粹是人道主义、非功利性的，它们来自日瓦戈对祖国人民的热爱，对美好未来的渴望，对真理正义的追求。这也是革命以后主人公依然愿意留在莫斯科的医院为苏维埃政权服务的原因，作家借医生之口表达了自己的信念：“我为自己的艰苦感到自豪，并且尊敬那些虽使我们艰苦却更给我们荣誉的人。”（239）

对于革命的目的，日瓦戈是完全赞同和颂扬的；而对于革命的手段，他却有着自己的理解：“我是非常赞成革命的，可我现在觉得，靠强力是什么也得不到的。应当以善引导善。”（320）日瓦戈在诗作中写道：“争执不该刀剑解决，请你宝剑入鞘。”（681）他的历史认知是：用暴力、流血和牺牲来推动社会进步所付出的代价太过高昂，人类只有完善精神世界，提升道德素养，净化灵魂追求，在苦难的历程中默默坚守与自我救赎才能促进历史文明的良性循环。知识分子的人文关怀和道德价值理念令日瓦戈无法理解社会生活中的变化——传统文化的凋敝、人与人之间关系的冷漠，更难以忍受战争的残暴（白军砍掉了一名游击队员的右手和左腿，并逼着他背着自己的残肢断臂爬回游击队营地）。因此主人公选择了偏安一隅，在广袤的西伯利亚原野中过上“田园诗”般的宁静生活，内心坚持着对人性、自由与道德的追求，正如他在札记中所写的那样：

> 在俄罗斯全部气质中，我现在最喜爱普希金和契诃夫的稚气，他们那种腼腆的天真；喜欢他们不为人类最终目的和自己的心灵得救这类高调而忧心忡忡。这一切他们本

> 人是很明白的，可他们哪里会如此不谦虚地说出来呢？他们既顾不上这个，这也不是他们该干的事。果戈理、托尔斯泰、陀斯妥耶夫斯基对死做过准备，心里有过不安，曾经探索过深义并总结过这种探索的结果。而前面谈到的两位作家，却终生把自己美好的才赋用于现实的细事上，在现实细事的交替中不知不觉度完了一生。他们的一生也是与任何人无关的个人的一生。(350)

毫无疑问，在看待历史与革命的问题上，日瓦戈的内心充满着矛盾与痛苦，而在人格与精神追求方面，他则做出了坚定的选择——“不以暴力抗恶”，坚守高尚的道德情操、人道主义的济世情怀。“在荒凉岁月里出生的人们/不记得自己的道路。/我们是俄国可怕年代的产儿，——/永远把一切铭记在心头。”[①] 在社会动荡的历史年代，人道主义、仁爱的思想显得尤为可贵，俄罗斯知识分子更有责任将它们薪火相传。因此帕斯捷尔纳克在给诗人里尔克的一封信中这样谈到他对俄国革命的理解：“我们的革命就是这样——矛盾与生俱来……我们的命运也是如此……受制于神秘而庄严的历史事件，甚至在最小、最滑稽的方面都是悲剧性的。”[②] 或许，同自己的前辈一样，帕斯捷尔纳克将人民身上的“悲剧性”当作了俄国“可怕年代”最好的注解。

---

① 勃洛克：《勃洛克抒情诗选》，汪剑钊译，石家庄：河北教育出版社，2003 年，第 402 页。

② *Пастернак Б. Л.* Собрание сочинений в 11-ти томах. Т. VII. М.: Слово/Slovo, 2005. С. 649.

综上所述，帕斯捷尔纳克在《日瓦戈医生》中继承了勃洛克的文学表现手法和创作思想，对这位诗人"永恒之女性"、城市的主题以及革命观都进行了吸收、深化与发展。作家把女主人公拉拉的柔美、善良升华到祖国母亲的高度，悲鸣俄罗斯人民所历经的痛苦；将莫斯科城当作历史进程的见证者，使它获得了与圣城耶路撒冷一样的精神象征意义；并对俄国社会革命与精神生活进行了思考，倡导以善引导善的仁爱思想。

## 第二节　与《圣经》的互文

帕斯捷尔纳克的父亲是犹太人，作家给友人的信中说幼时保姆阿库琳娜·加夫里洛夫娜（Акулина Гавриловна）曾带自己到基督教堂接受洗礼："我一生中受基督教思想方法影响至深的是 1910—1912 年，那时形成了我对事物、世界、生活的独特看法。"① 早在 20 世纪 20 年代，作家就希望写"流传人间 19 个多世纪有关基督的具有真正示范意义的传奇人生"②。在《安全保卫证书》中这样写道："我明白，《圣经》并不是一个生硬的文本，而是一本人类的记事簿，并且是如此历久弥新。"③ 事实上，《圣经》正是帕斯捷尔纳克的案头书，即使作家之子将书借走，作家都要求尽快归还，因为他总是经常阅读。作家创作《日瓦戈医生》时参考的正是《圣经》

① *Пастернак Б. Л.* Письма к Жаклин де Пруайар//Новый мир, 1992. №1. С. 167.
② *Вильмонт Н. Н.* О Борисе Пастернаке: Воспоминания и мысли. М.: Сов. писатель, 1989. С. 119.
③ *Пастернак Б. Л.* Собрание сочинений в 5-ти томах. Т. 4. М.: Художественная литература, 1991. С. 208.

的叙事结构，小说中的许多形象、母题、素材、情节和思想都来自基督教，《福音书》中的一些文本、祈祷词、忏悔文、宗教演说词也都进入帕氏的这部作品之中。毫无疑问，《日瓦戈医生》与《圣经》的互文关系是帕斯捷尔纳克艺术世界一项重要内容，不熟悉这部作品所包含的宗教思想，不清楚它对《圣经》相关情节、故事、人物形象以及基督教思想的引用和借鉴，也就难以全面地理解这部作品的艺术魅力与思想价值。

让我们首先从《日瓦戈医生》的书名谈起。

《男孩与女孩们》是这部长篇最初的名称之一。该书名取自勃洛克诗作《褪色柳》的开头："男孩和女孩们，/把蜡烛和褪色柳儿，/统统搬到家里。"勃洛克这首诗最初发表时题为《复活节前的星期六》，"复活节前的星期六"在宗教日历中是"主进圣城节"（西方还叫"圣枝主日"）的前一天，纪念的是耶稣受难前最后一次进耶路撒冷城，众人手执棕枝相迎。按照习俗，这一节日期间所有基督教教堂与信徒的家中都要用棕枝装饰一新，俄罗斯因为罕有棕榈枝叶，于是以褪色柳代替。也就是说，帕斯捷尔纳克选用《男孩与女孩们》这一书名不仅只是为了纪念勃洛克，更深层次上为的是强调"主进圣城""复活""受难"的宗教主题。

起初，作家曾将它命名为《不再有死亡》。在早期的手稿中，帕斯捷尔纳克写有这样一句卷首词："神要擦去他们一切的眼泪，不再有死亡，也不再有悲哀、哭号、疼痛，因为以前的事都过去了。"在卷首词后面作者指出了这句话的出处——《约翰启示录》(21: 4)[①]。小说中对死亡有过数次非常详细的描绘，包括母亲玛丽

① 见：*Пастернак Б. Л.* Доктор Живаго. М.: АСЕ, 2008. С. 622。

娅、岳母安娜、安季波夫－斯特列尔尼科夫以及日瓦戈本人的死，等等。母亲去世时，只有十岁的日瓦戈内心充满了痛苦与恐惧，在大自然面前感到自己非常渺小，于是他虔诚地祈祷，当看到多节的木贼草梗时，他认为它们“很像……他那本《圣经》插图中的图案”（14）。而岳母安娜去世之时，日瓦戈“已无所畏惧，不怕生活，不怕死亡”（108）。在此后的十二年里，他熟悉了历史与神学、艺术创作与自然科学，认识到死亡的奥秘、生命的谜底，“他对天地的伟力，怀着如同对伟大先辈一样的崇敬心理”（108）。所以当他本人寿终正寝之时，“桌上放着一具棺木，上宽下窄的尾端，好像粗木凿出的小舟……棺木四周摆了许多花……鲜花岂止是开放，岂止是溢香。它们似乎在倾囊而出，一起散发掉自己的芬芳，也许由此加速了自己的衰败；它们把香气分赠给所有的人，这样好像就完成了某种事业。”（596—597）这“小舟”犹如《圣经》中的诺亚方舟——洪水淹没大地时上帝用它保存了世间的所有物种，棺旁鲜花是这个季节“极少见的整株白丁香、樱草、千里光”（597），此时此刻，“小舟”与鲜花仿佛是战胜死亡的象征，成为日瓦戈精神新生的开始。

小说最终被命名为《日瓦戈医生》，单从字面上看，Живаго的词根是жив，包含有“生”“生活”“生命”之意。“日瓦戈的名字源自教会斯拉夫的《福音书》：‘永生神的儿子’（马太 16: 16，约翰 6: 69）。”[①]“名字本身就有一种生命的气息，而且字面上亦重复着古

① *Гаспаров Б. М.* Временной контрапункт как формообразующий принцип романа «Доктор Живаго» // Дружба народов, 1990. № 3. С. 240.

斯拉夫语的修饰语‘永生神’。”[①] 在拉丁语中，Доктор 最初的意义是“导师”，因而“日瓦戈医生”也可以形象地理解为“生命的导师”。人子耶稣就是上帝派到世间的精神导师。值得注意的是，与《圣经》中耶稣行医治病一样，帕斯捷尔纳克在小说中并没有描述日瓦戈借助科学知识行医的过程。无论是日瓦戈给岳母安娜治疗肺炎，十月革命时期为伤寒病人出诊，抑或是在尤里亚京为慕名而来的病人解除痛苦，这位“天才的诊断医生”（495）给人看病时更像是江湖术士——他看病靠的是亲切、真诚的语言交谈，连他自己都对此感到诧异：“真见鬼，我成了骗人的巫医了。我喋喋不休地念咒，甩手掌施法来为人除病……”（84）这种行医方式与《圣经》中耶稣医治麻风病人、祛病驱鬼的神迹如出一辙。而且，主人公的全名叫尤里·安德烈维奇·日瓦戈（Юрий Андреевич Живаго），弗·鲍里索夫与叶·帕斯捷尔纳克为《日瓦戈医生》所做的注释中就指出，这一名字具有浓厚的宗教象征意义，名字尤里与战胜恶龙的圣乔治紧密相关，父称安德烈维奇暗含有圣愚安德烈的指向意义，而姓氏日瓦戈则与帕氏早期作品中的人名日武尔特（Живульт）、普尔维特（Пурвит）一样，都包含着“永生”的宗教思想。[②]

显而易见，死亡（受难）—战胜死亡（复活、永生）两大主题成为小说与《圣经》互文的主要切入点，下面我们对此作进一步分析。

在日瓦戈的理解中，战争冲突所造成的混乱与《圣经》中描述

---

① *Семенова С.* «Всю ночь читал я твой завет...». Образ Христа в современном романе//Новый мир, 1989. №11. С. 242.

② 见：*Арутюнян Т. В.* “Крестный путь” Юрия Живаго（К проблеме христианского назначения личности в романе Б. Л. Пастернака «Доктор Живаго»）. Ереван: Издательство Ереванского университета, 2001. С. 23。

的部分情景极为相似。日瓦戈准备离开梅柳泽耶夫战地医院的那天夜里，暴风雨犹如《圣经》中记载的上帝用洪水淹没大地的情形，那慌乱的敲门声，仿佛不是日瓦戈和弗列丽小姐的幻听，而是影射耶稣对门徒们的训诫："和我一同儆醒"（《马太福音》26: 38），"所以我们不要睡觉，像别人一样，总要儆醒谨守"（《贴撒罗尼迦前书》5: 6）。苏联红军镇压邓尼金、阿列克塞耶夫、尤登尼奇等反革命势力期间，新诞生的国家正经历着艰难的时刻。从城市到乡村，从前线到后方，各地饥荒日益严重，部分富农及奸商利用饥荒囤积粮食，哄抬价格，以至于匪帮猖獗、民心恐慌，社会生活陷入混乱、动荡不安的状态，大片土地荒芜，自然灾害频发，如同《圣经》中所描述的："民要攻打民，国要攻打国，多处必有饥荒、地震。这都是灾难的起头。那时，人要把你陷在患难里，也要杀害你们。那时，必有许多人跌倒，也要彼此陷害，彼此恨恶。"（《马太福音》24: 7, 8, 9）而战争结束以后，尚未完善的制度在一定程度上造成了官僚主义和庸俗市侩的社会风气，正如斯大林指出并尖锐批评的："吹捧自己上司的能手……由亲近的人们结成的小家族，小团体，其成员都力求和平相处，互不得罪，家丑不外扬，互相吹捧，并且时常向中央送交空洞而令人作呕的胜利报告。"[①] 社会上的这种虚伪、做作的习气又与法利赛人的行为方式一模一样。这些情形出现，等待的必将是惩罚，"现在是这世界受审判的时候了"（《约翰福音》12: 31），"凡是向弟兄发怒的，必被判罪。人若说弟兄是'拉加'，必被公议会审判；人若说弟兄是'摩利'，必难逃地狱的火"[②]（《马

① 斯大林：《斯大林文集（1934—1952）》，中共中央马克思恩格斯列宁斯大林著作编译局编译，北京：人民出版社，1985 年，第 164 页。
② "拉加""摩利"——亚兰文的音译，含有侮辱、谩骂、蔑视之义。

太福音》5: 22)。

战火硝烟弥漫，国内阶级斗争尖锐化，间谍与暗害分子的“阴谋破坏”行为愈演愈烈，社会政治局面紧张造成传统文化、个人尊严、道德规范逐渐被人们所忽视之时，茕茕孑立、旷世孤独的日瓦戈医生如同“探求真理的人”（566），带着仁慈博爱、道德完善、自我牺牲和人道主义的理想，身处暴力革命的汹涌浪潮，却始终游离于洪流以外，独自坚守着对理性与自由的追求。就像基督耶稣一样，主人公创作救赎的、博爱的诗歌献给世人，宣传道义，表达自己的信念。然而这种高尚的道德操守在血雨腥风的革命年代注定是悲剧性的，日瓦戈只得成为精神上的流浪者，“时代的俘虏”（帕斯捷尔纳克语），他与拉拉“活像世界开初无以蔽体的头两个人亚当和夏娃；今天在世界之末同样地无以蔽体，无家可归”（490）。最终日瓦戈倒在了行进的有轨电车中，过早地离开了人世。他的死因是心脏病，像耶稣那样，主人公曾预言过自己的死：“我这可不是娇气，这是病，血管硬化。心肌膜耗损，有一天就要破裂。”（585）日瓦戈得病与其个人气质不无关系。知识分子出身的他不能理解新生政权的政策和措施，难以忍受同时代人的行事风格。正如他本人所言：“……咱们这时代，微量心脏溢血的现象十分常见……这是新近时代的病症。我看发病是精神上的原因……不可能不给身体造成后果。”（585）当个人与社会主流价值观体系发生冲突，人的自由个性不容于独裁统治的制度时，个体生命要么被恶势力所消灭，一如基督耶稣，要么只会是暗自消亡，一如主人公日瓦戈。

其实对于成年后的日瓦戈医生而言，死亡并不可怕。舅舅韦杰尼亚平把人类的历史看作是“人们一代又一代地系统地探索死亡之谜和将来如何战胜死亡”（12）。在日瓦戈的理解中，人类历史中的死亡并不存在。对于内心充满邪恶、罪孽的人来说，活着本身就是炼狱的过程，而对于领悟生命、参透死亡的人而言，死亡则如同新生的开始。医生安慰病入膏肓的岳母时说："世上不会有死亡……由于过去已经过去了，所以不会有死亡。这几乎就是说：死亡不会有了，因为我们已经见过死亡，它已经变得陈腐讨厌，而现在要求新生的东西，新生的东西是一种永恒的生机。"（84）正如先知约翰所言："神要擦去他们一切的眼泪，不再有死亡，也不再有悲哀、哭号、疼痛，因为以前的事都过去了。"（《约翰启示录》21: 4）历经母亲、岳母与斯特列尔尼科夫等人的死亡，日瓦戈逐渐明白，肉体的死去是获得灵魂重生的必经之路，死即是新生："因为凡要救自己生命的，必丧掉生命。凡为我丧掉生命的，必得着生命。"（《马太福音》16: 25）

有死亡，必然有探索死亡，渴望战胜死亡。《圣经》中写道，人类的始祖亚当与夏娃受蛇的诱惑，偷吃能够分别善恶之树的果实，获得了与上帝一样的智慧，懂得了善恶羞耻。但他们没能尝到生命树的果子，无法像上帝那样永生，终有一天必须面对死亡。直到耶稣降临人间，历经受难与复活的过程，人类才从他的身上找到战胜死亡的途径。

日瓦戈死后，棺旁的鲜花怒放，"鲜花在这里代替了挽歌和仪礼"（597），拉拉在一旁哭号，她似乎在与鲜花一道完成一项事业，作为对逝者最好的纪念。

植物国度太容易被想象成为死亡国度的近邻了。这里，在大地的绿茵里，在墓地的树木间，在土垅中萌芽的花种里，也许真隐藏着变化的奥秘，生命的奥秘，而这正是我

们孜孜以求要探索的东西。耶稣从棺木里出来，玛利亚第一眼没认出他来，把他当成了墓地上的花匠。(597)

抹大拉的玛利亚原本是罪孽深重的妓女，但耶稣依然接受了她的忏悔，让她成为自己忠实的信徒，并且还复活了她过世的兄弟。上帝的博爱、人与上帝的关系可以用玛利亚作出很好的说明。玛利亚意识到迷途，知道自己所犯的罪过，因此她来到耶稣跟前用长发擦他那圣洁无比的双脚，以减轻自己的罪孽。耶稣欣然地接受了她，并未因她不幸的过去而不快，所以谢拉菲玛・东采娃说："上帝和生活、上帝和个性、上帝和女人，是多么亲切，又是多么平等!"(503）耶稣被钉十字架后被葬在磐石的墓穴里，抹大拉的玛利亚一大早来到墓前哭泣，发现墓空了，耶稣的尸体不见了。这时有个人走过来问她："妇人，你为什么哭？你找谁呢？"（《约翰福音》20: 15）玛利亚没有认出复活的耶稣，以为是花匠，就对他说："先生，如果是你把他挪去了，请告诉我你把他放在什么地方，我好去搬回来。"（《约翰福音》20: 15）耶稣接着用熟悉的声音喊出了她的名字，玛利亚这才弄清原来是耶稣复活了。耶稣、日瓦戈，在逝世之时都被人们深深地怀念。看来，耶稣的复活不过是托了花匠的名，那么，日瓦戈的死也不过是摆脱了"世风日下"所带来的心脏上的痛苦，"在经过漫长的漂泊、求索之后，终于成了上帝身边的一个新的圣徒"①。

如果说耶稣的复活是肉身与精神于一体的，那么日瓦戈复活的

---

① 何云波：《基督教〈圣经〉与〈日瓦戈医生〉》，《俄罗斯文艺》，1999 年第 3 期，第48 页。

意义只存在于精神方面。主人公早就说过："基督关于生者与死者的教义，我的理解一向与众不同。"（83）人在诞生的时候其实就已经复活了，当你死去的时候，你又在他人身上复活了："在别人心目中的人，也就是这人的灵魂……就是您在别人心目中显现的灵魂，显现的不朽，显现的生命。事情就是这样！您活在别人心中，您也会留在别人心中。"（84）换句话说，日瓦戈所理解的复活不是指肉体的永存，而是精神上的不朽，是后人对死者的记忆与怀念。"记忆——是帕斯捷尔纳克理解永生的关键词。他所理解的复活不是指肉体，而是指记忆。"① 医生的儿子萨沙就是很好的例子。日瓦戈的日记提到妻子冬尼娅的脸因为受孕而发生了变化，诗人将繁殖后代的女人比作伟大的圣母。"冬尼娅高卧在产房正中，像一艘刚靠岸卸完货的船，现在停泊在海湾里。这条船从缥缈的远方，载着新的灵魂，横渡死亡的海洋，来到了生命的陆地。它刚刚把一个灵魂送来大陆。"（128）这个灵魂"酷似尤拉的母亲，已故的玛丽娅·日瓦戈，几乎是一个模子里铸出来的，比她死后留下的任何画像都更逼真"（210）。萨沙令日瓦戈想起了死去的玛丽娅，母亲复活了，并不是说她的生命在儿子身上得到延续，而是因为儿子的存在勾起了医生对她的记忆和怀念，即"复活不是个人生命的重生，而是一个人的精神在周围的现实中得到实现"②。

事实上，日瓦戈没有接受革命，部分原因也源于他对复活、永生的理解。"基督从历史的远处走向我们……全部新的历史从基督福

---

① *Дунаев М. М.* Вера в горниле сомнений: Православие и русская литература в XVII—XX веках. М.: Издательский Совет Русской Православной Церкви, 2003. С. 908.

② Rimvydas Silbajoris, "The Poetic Texture of *Doktor Zivago*," *The Slavic and East European Journal*. Vol. 9, 1965, №. 1, p. 22.

音开始。”① “历史是基督缔造的，福音书是历史的基础。”（12）“历史是第二宇宙，是人类借助时间和记忆提出来，用以对付死亡的挑战。”（81）作家与主人公所说的历史都不是指现实生活中人类存在与活动的时间过程，而是指耶稣降临之后，人类拥有了个性与自由，开始以怀念、记忆、追思等精神形式影响后人的“第二宇宙”，在这个“历史”里，精神能够永生。耶稣降临人间以后，“部落和众神的时代宣告结束。诞生出了真正的人，他是工匠，是农民，是夕阳中的牧羊人”（54）。人存在的意义不在于有过生命，而在于拥有与众不同的个体特色，他身上被解放了的自由的个性。这也就是谢拉菲玛所说的“领袖和民众已成为过去。代之而起的是个性，是自由的鼓吹”（501）。社会革命并没有炼铸民众鲜活的个性，而是毁灭人的个性自由，使人死亡——不但是肉体上，还有精神上的死亡（日瓦戈从西伯利亚回到莫斯科后不再从事写作其实就是精神上的死亡）。而在日瓦戈心中，最重要的是人的个性，个性的自由，他反感的正是那些无视生命个性，旨在驯服人民的集体化政治口号。在那个岁月，革命将千千万万的人塑造成统一模板下毫无特色的“螺丝钉”，“一张生动的人脸，变成了思想的化身，思想的原则，思想的图像”（488）。革命摧毁了人的个性，磨灭了对他人的记忆，因而也就导致了没有怀念，没有记忆，没有复活。

日瓦戈所理解的复活还存在于艺术与创作之中。安葬完岳母安娜之后，“他从来没有像现在这样明确地认识到，艺术向来有两个对象：它总是在思考着死亡，同时又总是以此创造着生命。伟大的真

① 转引自：薛君智：《从早期散文创作到〈日瓦戈医生〉》，《苏联文学》，1987 年第 5 期，第 86 页。

正的艺术，一是圣约翰的启示录，一是这启示录的后续”（111）。主人公具有丰富的哲学、史学、文学以及自然科学知识，他是一位诗人，热爱艺术，但他并非用特定的立场、僵化的形式去写作，而是根据自己的经历与感悟，表达对战争、革命、历史和人生的看法。他将艺术创作当作自己的灵魂，生命的寄托，与普希金一样，“阳光和空气、生活的喧闹、物象和实质，如穿户入室一般涌进他的诗中”（348）。在尤拉看来，艺术的本质在于更新生活方式，使人远离空虚，战胜死亡：“这才是生活，这才是感受，这才是寻奇探胜者所追求的东西，这也才是艺术的宗旨所在——回到亲人怀抱，回归自我，获得重生。”（199—200）从艺术创作之中，日瓦戈真正理解了生命，领悟到永生的含义，他将自己全部的诗歌当作启示录的延续，在这个意义上，日瓦戈复活了，他的精神生命获得了不朽，如同后人对帕斯捷尔纳克所作的评价一样：“虽然艺术家终将死去，但他体验到的生活的快乐是永恒不朽的。如果这种快乐是以一种既有个性又具有普遍性的形式获得的，那么实际上别人也可以通过他的作品而使其复活。”[1] 仔细研读可以发现，《日瓦戈医生》的叙事结构也同样证明了“艺术战胜死亡”的思想。作品不是以主人公生命的结束而收尾，作者讲述完日瓦戈的死之后，还安排了“尾声”和“尤里·日瓦戈诗作”两章内容。在作家的意识里，主人公还活在这些诗歌当中，诗歌在他生命停止后留存于世，也就意味着，他战胜了死亡，一如最后一首诗的宣言：“我躺入棺木，第三天就将苏醒。/过去的世纪也要从黑暗中复活，/如放木排，如走船队，/纷纷聚来

① 奥尔珈·卡莱尔：《帕斯捷尔纳克访问记》，帕斯捷尔纳克：《日瓦戈医生》，顾亚铃、白春仁译，长沙：湖南人民出版社，1987 年，第 685 页。

由我评说。”（681）这一思想与“尾声”中戈尔东、杜多罗夫相见时的感受遥相呼应：

> 就在这天傍晚，未来似乎实实在在地出现在下面的大街上；他俩自己也迈入了这个未来，从此将处于这个未来之中……这种宁静渗透到一切之中，生发一种无声的幸福的音乐，在周围广为散播。握在他俩手里的这本书，仿佛洞悉这一切，并对他们的这种感情给予支持和肯定。（627）

尤拉的诗作拥有了人的感觉和灵魂，它真真切切地“活了”，正是日瓦戈获得了重生。

最后我们补充一点——小说中的仁爱思想，这同样是与基督教思想一脉相承。

爱的信仰是《圣经》最基本的教义：“他救赎你的命脱离死亡，以仁爱和慈悲为你的冠冕。”（《诗篇》103: 4）在日瓦戈看来，基督耶稣，首先代表的是一种善的人性。只有善、仁爱的思想才能使民众拥有充沛的生命，使人趋于不朽。人“需要精神上的武装，而福音书就包含精神所需的武器。它们是，首先爱你周围的人”（12）。所以人只有保持纯洁、真诚、宁静的内心，才能获得精神上的不朽与永恒。因此需要仁义和博爱，需要以善来引导善。“如果人身上潜伏的兽性可以用威胁来制止，不管这威胁是监牢还是阴间报应，那么人性的最高象征就不是自我牺牲的布道者，而是马戏团里执鞭的驯兽人。”（51）可是，现实恰恰相反，狂热分子努力做的正是“执鞭的驯兽人”，他们怀揣战斗激情走上前线，以“敌人如果不投降，就消灭他”[1] 为军事准则，不再信奉“要爱你们的仇敌，要为那逼迫你们的祷告”（《马太福音》5: 44）的基督教博爱精神。沙皇俄国的黑暗生活使他们铭记屈辱，奋起反抗，“他们犹如吸足了水的海绵一样，充满了复仇的感情，想要百倍地回敬那些曾经欺侮过他们的人”[2]。安季波夫投身革命正是如此，拉拉在少女时代遭到科马罗夫斯基蹂躏，作为丈夫的安季波夫是无法容忍的，他仇恨腐朽制度的代表者科马罗夫斯基，所以他加入革命者行列，要“为她所遭受的一切痛苦彻底报仇，目的是完全清除这些痛苦的回忆，使往事不再重演，使特韦尔和亚玛大街不再存在”（561）。怀揣“改造世界”的梦想，以自我为中心的安季波夫 - 斯特列尔尼科夫变成了严酷冷漠的孤胆英雄，铁面无情的“枪决专家”，黑暗社会与腐朽制度的“审判官”。而与此同时，他的个人主体意识，善良、敦厚、仁爱、怜悯的情感也被军事原则和斗争观念所裹挟，曾经的革命“先锋”深陷自我封闭与心态扭曲的“个人主义”泥潭，最终走上自我毁灭之路，付出血的代价。

相反，怀揣人道主义理想的日瓦戈亲眼目睹战争的残酷后，深深感到“这不是什么生活，这是自古没有过的荒唐事，荒诞无稽”（320）。他始终践行着《福音书》里的箴言和劝诫：“你们要彼此相爱，像我爱了你们一样；这就是我的诫命。”（《约翰福音》15: 12）“要爱你的邻舍如同你自己。”（《马太福音》22: 39）在被掳到游击队后的一次战斗中日瓦戈不得不举枪射击，他瞄准烧焦的大树，

---

① 《敌人如果不投降，就消灭他》是高尔基一篇文章的题目，这句话一度被斯大林主义者和革命狂热分子奉为至理名言。

② 高尔基：《不合时宜的思想》，余一中、董晓译，广州：花城出版社，2010 年，第84 页。

为的是不杀死同胞、年轻的白军战士。可是最后还是有人闯进医生的射线，倒在了血泊之中。战斗结束后，医生与助手清扫战场时发现战死的红军电话员胸前系着一个护身香囊，里面的纸片上写着《圣经》中《赞美诗》第九十篇的内容："住在至高无上者神秘之境的神，你将不怕夜晚的恐怖，也不怕白天疾飞的箭，他已知我名，于苦难中我将和他在一起，我将救他。"（408）十分巧合的是，中弹的白军士兵谢廖沙·兰采维奇胸前也有一个金色的扁匣，"日瓦戈打开一看，简直不相信自己的眼睛。同样是《赞美诗》第九十篇……"（409）正是这个"护身"扁匣挡住子弹救了谢廖沙的命。日瓦戈将电话员的外衣换到了白军战士的身上，悄悄地治愈了这位青年，后来让他离开了游击队。小说中的这一片段详细地描述了主人公的个人感受与生命体验。作为救死扶伤的医生，日瓦戈在战斗中不得不举枪射击，杀戮与救赎的矛盾情感在其内心痛苦挣扎；而看到同为基督教信徒的士兵们，因为来自不同的阵营进行着你死我活的搏斗，日瓦戈的慈善情怀、悲悯之心更是深受触动，于是他选择了像基督耶稣那样对众生一视同仁，履行着行医救人、以善导善的使命。主人公"一生中努力去爱所有的人"（195），深信"爱才是人的未来"①。

综上所述，长篇小说《日瓦戈医生》描绘了血与火的洗礼、肉体与精神的历练等生命图景，表达了作家对《圣经》中受难、死亡、复活、仁爱等主题的诠释。主人公崇尚的是一种彼此相爱，尊重个

---

① *Пастернак Б. Л.* Собрание сочинений в 5-ти томах. Т. 4. М.: Художественная литература, 1991. С. 265.

性的基督教思想，他认为只有承受时代和人类的苦难，才能获得后人的记忆，获得重生。无怪乎作家好友洛克斯（С. Локс）回忆，帕斯捷尔纳克给他朗读作品一章的开头时，他强烈感觉到就好像是一个人坐在书桌前朗读《圣经》。作家纳塔利娅·伊万诺娃（Наталья Иванова）甚至写道，对于帕斯捷尔纳克而言，“所有发生过的事件如今在他看来都是《圣经》上的”①。不过需要指出，《圣经》、基督教对于帕斯捷尔纳克来说，远远超过了宗教本身的含义，作家通过《圣经》中的教义旨在解释一系列重要的现象与概念，包括人的个性、艺术、历史、革命等等。所以作家临终前曾自豪地说：“这部书在全世界会越来越多地为人们所提及，（它）仅次于《圣经》，排在第二位。”②

---

① *Иванова Н.* Борис Пастернак. Времена жизни. М.: Время, 2007. С. 123.

② *Дунаев М. М.* Вера в горниле сомнений: Православие и русская литература в XVII—XX веках. М.: Издательский Совет Русской Православной Церкви, 2003. С. 910.

# 结　语

《日瓦戈医生》是帕斯捷尔纳克呕心沥血之作，也是他一生最为珍视的作品。小说于 1945 年冬开始着笔，1955 年夏完稿。期间，作家与友人通信中曾多次提到，因自己时日无多而担心无法完成小说的创作。“我已经老了，说不定哪一天就会死掉，所以我不能把自己要自由表达真实思想的事搁到无限期去。”不仅如此，作家还一再强调，“这是我第一部真正的作品”，“极其严肃的著作”，“我唯一的事业”①。1948 年，小说第一部完成后，帕氏立即打印出书稿，亲自校对，他还装裱了其中的一份，至今被珍藏在佩列杰尔基诺的帕斯捷尔纳克故居纪念馆中。1955 年小说脱稿，帕氏给友人沙拉莫夫（В. Т. Шаламов）的信中写道：“我写完了小说，完成了上帝托付的使命。”② 此后即使面对《新世界》杂志编辑的压力，作家也都未曾删节小说内容，足见他对这部作品推重喜爱之笃，无怪乎小说能够拨开历史雾霾，成为文学阅读与研究的传世经典。

---

① 以上引文均出自：鲍·帕斯捷尔纳克：《人与事》，乌兰汗译，北京：新星出版社，2012 年，第 98、100、98、124 页。

② *Пастернак Б. Л.* Собрание сочинений в 11-ти томах. Т. X. М.: Слово/Slovo, 2005. С. 113.

帕氏拥有丰富的学识素养、崇高的人道主义精神和独立的人格品质，所有这些决定了小说叙述人更加关注主人公对历史进程的思考、对真理的探索，因此小说叙事并不是依照故事情节的线性发展来布局谋篇，而是建立在主人公的情感体验与哲学思索之上。这种“心灵感应式”的创作使得《日瓦戈医生》似乎不具备常见的开端、发展、高潮、结局以及起承转合的情节安排。作品的叙事结构其实参照的是俄罗斯民间童话故事。小说没有社会主义现实主义文学作品中“高、大、全”的人物形象，也没有激烈的矛盾冲突，其人物设置更倾向于普罗普对俄罗斯民间故事形态所分析的人物角色类型，在无矛盾冲突的故事情节下蕴藏着俄罗斯民间童话传统的叙述方式——（故事）准备、转移、复杂化、斗争等阶段，每一人物角色在不同的故事发展阶段充当不同的功能项。小说借助“童话般”的叙事结构和主观抒情的艺术时空表达出作者对历史环境的感受，对个体命运的思考。

在《日瓦戈医生》中，帕斯捷尔纳克淡化了诗歌与散文间的界限，将诗歌语言形象生动、婉约细腻、情感充沛的特点引入散文语言，使大自然获得极其唯美的意境，也令主人公的情感与景物达到了真正的和谐统一。不过在帕氏笔下，叙述人作为创作主体的精神寄托，其语言充满忧郁、悲戚的抒情基调。文本中的叙述性语言、描写性语言和抒情性插笔都紧扣这一基调，给读者造成一种印象，即艺术世界里的声响大都沉闷、感伤，自然风景阴冷昏暗，社会风景破败萧条，人物“脸谱”模糊不清……其实所有这些都与作家所要表达的个人情感与历史态度息息相关。与果戈理、萨尔蒂科夫-谢德林、左琴科等幽默讽刺作家不同，帕斯捷尔纳克在作品中并不热衷于对现实冷嘲热讽、针砭时弊，而是希望表达出一种历史沧桑感以及对于个体命运的无奈与同情。基于此，作家笔下的主人公大都沉浸于宗教哲学与崇高的精神追求之中，日瓦戈、拉拉、韦杰尼亚平等人的哲理性对话成为作品的核心内容，通过这些不同人物言语对话的交锋、思想观点的争论，作者并非意在评判残酷的、非理性的历史进程，而是要阐述有关艺术、生命、仁爱的哲学观点和宗教思想，令读者获得精神上的洗礼与思想上的启蒙。

就创作思想而言，《日瓦戈医生》是对勃洛克作品和基督教典籍《圣经》的互文本。帕斯捷尔纳克延续了勃洛克“永恒之女性”、城市是历史的受难者与见证人、流血冲突是一场历史性悲剧等创作思想，他将女主人公拉拉描绘成一位“永恒的”女性，突出她的美丽、坚韧与伟大，此类女性在受难的历史进程中既是饱受屈辱的俄罗斯祖国母亲的象征，又成为迷失的知识分子“苦闷”“孤独”的灵魂的慰藉。暴力革命对社会造成巨大的破坏，给人民生活带来沉重的苦难，因此同勃洛克一样，帕斯捷尔纳克赞同、颂扬社会革命，渴望为划时代的历史变革贡献自己的力量。不过作家厌恶残暴杀戮的血腥场景，不希望黎民百姓颠沛流离，饱受饥饿与恐惧的折磨，更不愿意祖国传统的精神文化分崩离析，他以反暴力叙事的方式描绘过往岁月，对战争与流血冲突的悲剧性进行了历史反思。简而言之，硝烟弥漫、战火纷飞的斗争生活与专制统治使国家秩序一片混乱，个人的基本权利与尊严得不到保障，人们之间缺乏互信与尊重，整个社会丧失了爱与自由的信仰。俄罗斯的这一历史景象与《圣经》中所描绘的部分情景极为相似，因此死亡（受难）与战胜死亡（永恒）成为《日瓦戈医生》的重要主题，小说的创作思想正在于，作家通过对个体命运的历史叙事诠释出自己对《圣经》中受难、死亡、复活、仁爱等观念的理解，积极倡导人道主义、博爱和救赎的人生价值观。

本书主要从叙述方式、作品语言和主题思想三个层面分析《日瓦戈医生》的叙事特色和语言艺术。我们围绕帕氏小说的题旨内涵，从作品结构到文本语言，从艺术形式到创作思想，“垒塔式”地深入挖掘这部文学经典的内在价值。从分析中可以看出，帕氏创作的主题思想决定了小说的叙述方式和作品语言，即个体命运的历史悲剧决定了创作主体选择“心灵感应式”的叙述方式和叙述人感伤忧郁的叙述基调，倡导救赎、博爱、追求自由的创作思想决定了小说包含《圣经》、俄罗斯童话的叙事结构以及诗化的叙事语言。本书所研究的三个层面——叙述方式、语言和互文（思想）是有机统一的整体，它们彼此之间紧密相连、密不可分，叙述方式与叙事语言的具体分析旨在揭示帕氏的创作思想，而挖掘作品的主题内涵又离不开作品形式、文本语言的逐层剖析。在我们看来，《日瓦戈医生》犹如一座金字塔，由多重的思想内容层层叠加垒成，每一层面都有诸多内涵可供探索；它又犹如一个富矿，里面有采掘不尽的文学、美学与艺术价值。帕斯捷尔纳克的这部著作经受住了历史与时间的考验成为文学经典，令不同国家、不同民族的读者获得思想启迪与美学体验上的共鸣，原因就在于作品本身的艺术价值——新颖别致的叙述方式、优美凝练的叙事语言和哲理深邃的思想内容。

最后我们还想补充两点，一是相关文学理论的选择，二是书稿有待完善之处。

相关文学理论的选择与运用是我们撰写此书时碰到的一大难题。毋庸置疑，文学修辞学和叙事学理论都对分析文学作品的语言特色具有指导性意义，但既然我们以俄罗斯学者对叙事的定义和研究方法作为本书的指导方针，自然需要考虑俄罗斯文论的独特性，况且针对《日瓦戈医生》的语言特征、作品结构、叙述风格而言，究竟有哪些具体的理论更适用于我们的研究，是我们需要认真考虑的重要问题。众所周知，西方叙事学理论以20世纪90年代为界，分为经典叙事学和后经典叙事学。前者以文本为研究中心，研究范围包括作品结构、叙事话语、叙事语法等，涉及叙事框架、叙述交流、叙述声音、叙述聚焦、叙述时间以及人物模式和描绘等方面；后者注重文本以外的语境研究，并呈现出多元发展趋势，产生了修辞叙事学、后现代叙事学、认知叙事学等多个流派。事实上，西方经典叙事学滥觞于20世纪20—30年代普罗普对俄罗斯童话故事的研究和什克洛夫斯基、艾亨鲍姆等人的俄国形式主义文论。俄国文艺理论家沃洛希诺夫、维诺格拉多夫、巴赫金、洛特曼、伽斯帕罗夫和乌斯宾斯基等人在叙事学领域都做过重要贡献。不过，西方和俄国的叙事研究存在着明显差异，从某种程度上说，俄国文论、修辞学理论以及西方经典叙事学理论都有其自身的局限性。因此，我们的做法是，以俄罗斯的文论和文学修辞理论为主，结合帕斯捷尔纳克和小说《日瓦戈医生》创作特色，在具体的文本分析中注意吸收西方经典叙事学理论的长处，努力将文学、修辞学、叙事学、语言学视角与文艺学、哲学、美学视角进行有效的结合，以进一步揭示这部作品的艺术特色和思想价值。

作为小说叙事的重要手段之一，日瓦戈、拉拉等主人公的梦境、呓语幻觉在《日瓦戈医生》中占有大量篇幅，如拉拉受科马罗夫斯基引诱之后曾梦见自己被埋在土里，乳房上长出一丛草，只有左肋、左肩和右脚掌裸露在外面；日瓦戈初到瓦雷基诺时在梦中曾听到一个熟悉的圆润的嗓音，后来在尤里亚京图书馆时才发现那正是拉拉的声音；此外日瓦戈在游击队时有关拉拉肩胛骨被劈开的幻觉，关于儿子萨沙遭洪水冲击、妻子冬尼娅在暴风雪中行走的噩梦；等等。这些梦境、幻想、呓语显然不同于普通的叙事，它们不仅折射出人物矛盾的心理状态和复杂的命运纠葛，还应该具有重要的隐喻意义和叙事功能。那么究竟隐喻了什么？作家安排此类情节用意何在？它们对于揭示创作主体的思想、情感、态度具有怎样的作用呢？遗憾的是，书稿对此未及探讨。我们希望在今后的相关研究中能够拾阙补遗。

总而言之，本书运用修辞学和叙事学的相关理论，通过文本的细读、典型例证的分析，探讨了《日瓦戈医生》叙述方式、叙事语言和叙事中的互文这三个方面的问题。我们认为，无论是《日瓦戈医生》的修辞手段，还是叙述方式，抑或互文手法，都充分展示出小说作者精湛的叙事艺术，深厚的语言功底，以及他对俄罗斯历史命运的深入思考。小说进一步弘扬了“伟大的俄罗斯叙事文学传统”。

# 参考文献

I

Barnes, C. J. "Pasternak, Dickens and the Novel Tradition," *Forum for Modern Language Studies*, 1990. Vol. 24.

Bodin, P. A. *Nine Poems from "Doctor Zhivago": A Study of Christian Motifs in Boris Pasternak's Poetry.* Stockholm: Almquist, 1976.

Bodin, P. A. "Pasternak and Christian Art," *Boris Pasternak. Essays.* Stockholm: Almquist, 1976.

Hampschire, Stuart. "Doctor Zhivago: As from a Lost Culture," *Encounter.* 62. Nov. 1958.

Livingstone, Angela. "Pasternak and Faust," *Forum for Modern Language Studies*, 26, 1990.

Mossman, Elliott. "Metaphors of History in *War and Peace* and *Doctor Zhivago*," *Literature and History.* Stanford: Stanford University Press, 1986.

Payne, Robert. *The Three Worlds of Boris Pasternak,* New York: Coward-McCann, 1961.

Prince, Gerald. *A Dictionary of Narratology.* Nebraska: University of Nebraska Press, 1987.

Silbajoris, Rimvydas. “The Poetic Texture of Doktor Zivago,” *The Slavic and East European Journal*, Vol. 9, 1965. №1.

Todd, A. C., Hayward, M. *Twentieth-Century Russian Poetry*. New York: Bantam Doubleday Dell Publishing Group, Inc, 1993.

Todorov, T. *Grammaire du Décameron*. Mouton: The Hague, 1969.

Wilson, Edmund. “Legend and Symbol in *Doctor Zhivago*,” *Encounter*. XII. №6, 1959.

II

*Альфонсов В. Н.* Поэзия Бориса Пастернака. Л.: Советский писатель, 1990.

*Арутюнян Т. В.* “Крестный путь” Юрия Живаго（К проблеме христианского назначения личности в романе Б. Л. Пастернака «Доктор Живаго»）. Ереван: Издательство Ереванского университета, 2001.

*Ахматова А. А.* Воспоминания об А. Блоке//Собрание сочинений в 6-ти томах. М.: Эллис Лак, 1976.

*Ахматова А. А.* Памяти Александра Блока// Поэтический сборник. М.: Эксмо, 2007.

*Баевский В. С.* Пастернак. М.: Издательство Московского университета, 2002.

*Бахтин М. М.* Вопросы литературы и эстетики. М.: Художественная литература, 1975.

*Белова Т. Н.* Роман Б. Л. Пастернака «Доктор Живаго» в англоязычных исследованиях 80-х гг. // Вестник Московского университета. Серия 9. Филология, 1993. № 6.

*Белинский В. Г.* Полное собрание сочинений в 13-ти томах. Т. 6. М.: Издательство АН СССР, 1955.

*Белинский В. Г.* Полное собрание сочинений в 13-ти томах. Т. 7. М.: Издательство

АН СССР, 1955.

*Блок А. А.* Собрание сочинений в 8-ми томах. Т. 6. М.: Советский писатель, 1960.

*Блок А. А.* О литературе. М.: Художественная литература, 1989.

*Борисов В. М., Пастернак Е. В.* Материалы к творческой истории романа Б. Пастернака «Доктор Живаго» //Новый мир, 1988. №6.

*Буров С. Г.* Сказочные ключи к «Доктору Живаго». Пятигорск: Рекламно-информационное агентство на Кавминводах, 2007.

*Быков Д. Л.* Борис Пастернак. М.: Молодая гвардия, 2011.

*Виноградов В. В.* О языке художественной литературы. М.: Государственное издательство художественной литературы, 1959.

*Виноградов В. В.* О языке художественной прозы. М.: Наука, 1980.

*Витт С.* Доктор Живопись. О «романах» Бориса Пастернака «Доктор Живаго» // University of Toronto. Academic Electronic Journal in Slavic Studies, 1998. №12.

*Воздвиженский В. Г.* Проза духовного опыта // Вопросы литературы, 1988. №9.

*Воронин Л. Б.* С разных точек зрения «Доктор Живаго» Бориса Пастернака. М.: Советский писатель, 1990.

*Гаспаров Б. М.* Временной контрапункт как формообразующий принцип романа «Доктор Живаго» // Дружба народов, 1990. № 3.

*Горелов П.* Размышления над романом «Доктор Живаго» //Вопросы литературы, 1988. №9.

*Горшков А. И.* Русская словесность: от слова к словесности. М.: Дрофа, 2001.

*Грякалова Н. Ю.* Александр Блок: pro et contra. Санкт-Петербург: Издательство Русского Христианского гуманитарного института, 2004.

*Дубровина И. М.* С верой в мировую гармонию: образная система романа Б.

Пастернака «Доктор Живаго» //Вестник Московского университета. Серия 9. Филология, 1996. № 1.

*Дунаев М. М.* Вера в горниле сомнений: Православие и русская литература в XVII—XX веках. М.: Издательский Совет Русской Православной Церкви, 2003.

*Есаулов И. А.* Пасхальный архетип русской литературы и структура романа «Доктор Живаго» //*Крошнева М. Е.* Теория литературы, Ульяновск: УлГТУ, 2007.

*Иванова Н.* Пастернак и другие. М.: Эксмо, 2003.

*Иванова Н.* Смерть и воскресение доктора Живаго // Юность, 1988. № 5.

*Зотова Е. И.* Как читать «Доктора Живаго»? М.: Всероссийское общество инвалидов, 1998.

*Кондаков И. В.* Роман «Доктор Живаго» в свете традиций русской культуры// Известия АН СССР. Серия литературы и языка, 1990. №6.

*Ким Юн-Ран* Об особенностях организации повествования в романе «Доктор Живаго» //Вестник Московского университета, Серия 9. Филология, 1997. № 3.

*Ким Юн-Ран* «Доктор Живаго» как текст в тексте//Филологические науки, 2000. № 2.

*Клинг О. К.* Борис Пастернак и символизм//Вопросы литературы, 2002. №2.

*Клинг О. К.* Эволюция и "Латентное" существование символизма после Октября // Вопросы литературы, 1999. №4.

*Ковалёв Н. С.* Лирика Б. Пастернака//Русская литература, 1990. №4.

*Кожевникова О. Г.* К определению жанра романа Бориса Пастернака «Доктор Живаго» //Пастернаковские чтения. Выпуск 2, М.: Наследие, 1998.

*Лихачёв Д. С.* Борис Леонидович Пастернак//Борис Пастернак, М.: Художественная литература, 1985.

*Лихачёв Д. С.* Избранные работы в трех томах. Том 3. Л.: Художественная литература. 1987.

Лихачёв *Д. С.* Размышления над романом Б. Л. Пастернака. Под редакцией *Л. В. Бахнова, Л. Б. Воронина* С разных точек зрения Доктор Живаго Бориса Пастернака, М.: Советский писатель, 1990.

*Лотман Ю. М.* В школе поэтического слова: Пушкин. Лермонтов. Гоголь: Книга для учителя. М.: Просвещение, 1988.

*Озеров Л. А.* О Борисе Пастернаке. М.: Знание, 1990.

*Майдель Р. Ф., Безродный М.* Из наблюдений над ономастикой «Доктора Живаго» //Stanford Slavic Studies, 2000. Vol. 22.

*Михалев А. Б.* Теория фоносемантического поля. Пятигорск: Издательство ПГЛУ, 1995.

*Павловец М. Г., Павловец Т. В.* Б. Л. Пастернак. «Доктор Живаго», М.: Дрофа, 2007.

*Пастернак Б. Л.* Доктор Живаго, М.: АСЕ, 2008.

*Пастернак. Б. Л.* Переписка Бориса Пастернака. М.: Советский писатель, 1990.

*Пастернак Б. Л.* Письма к Жаклин де Пруайар//Новый мир, 1992. №1.

*Пастернак Б. Л.* Переписка с Э. Пельтье-Замойской//Знамя, 1997. №1.

*Пастернак Б. Л.* Собрание сочинений в 5-ти томах. Т. 4. М.: Художественная литература, 1991.

*Пастернак Б. Л.* Собрание сочинений в 5-ти томах. Т. 5. М.: Художественная литература, 1994.

*Пастернак Б. Л.* Собрание сочинений в 11-ти томах. Т. III. М.: Слово/Slovo, 2004.

*Пастернак Б. Л.* Собрание сочинений в 11-ти томах. Т. V. М.: Слово/Slovo. 2005.

*Пастернак Б. Л.* Собрание сочинений в 11-ти томах. Т. VII. М.: Слово/Slovo, 2005.

*Пастернак Б. Л.* Собрание сочинений в 11-ти томах. Т. X. М.: Слово/Slovo. 2005.

*Пастернак Е. Б., Пастернак Е. В.* Очерк исследований о Б. Пастернаке: http: // www. yandex. ru

*Пропп В. Я.* Исторические корни волшебной сказки. М.: Лабиринт, 1998.

*Ржевский Л.* Язык и стиль романа Б. Л. Пастернака «Доктор Живаго» // Сборник статей, посвященных творчеству Б. Л. Пастернака. Мюнхен: Институт по изучению СССР, 1962.

*Розенталь Д. Э.* Практическая стилистика русского языка. М.: Высшая школа, 1987.

*Семенова С.* «Всю ночь читал я твой завет...». Образ Христа в современном романе //Новый мир, 1989. №11.

*Симонов К. С.* Сегодня и Давно. М.: Советский писатель, 1980.

*Синявский А. Д.* Некоторые аспекты поздней прозы Пастернака//Boris Pasternak and his time: Sel. Papers from the Second Intern. Symp. on Pasternak, Berkeley, 1989.

*Синявский А. Д.* Поэзия Пастернака//Пастернак Б. Л. Стихотворения и поэмы. М.: Советский писатель, 1965.

*Смирнов И. П.* Мегаистория. К исторической типологии культуры. М.: Аграф, 2000.

*Смирнов И. П.* Порождение интертекста. СПб.: Издательский отдел языкового центра СПбГУ, 1995.

*Смирнов И. П.* Роман тайн «Доктор Живаго». М.: НЛО. 2004.

*Степун Ф. Б.* Пастернак//Литературное обозрение, 1990. №2.

*Соколов Б.* Кто вы, доктор Живаго? М.: Яуза-Эксмо, 2006.

*Суханова И. А.* Структура текста романа Б. Л. Пастернака «Доктор Живаго». Ярославль: Издательство ЯГПУ, 2005.

*Томашевский Б. В.* Теория литературы. Поэтика. М.: Аспект-Пресс, 2002.

*Фатеева Н. А.* Синтез целого. На пути к новой поэтике. М.: НЛО, 2010.

*Флейшман Л.* От «Записок Патрика» к «Доктору Живаго» //Известия Академии наук СССР. Серия литературы и языка. Т. 50. 1991. №2.

*Франк В. С.* Водяной знак в романе «Доктор Живаго» //Литературное обозрение, 1990. №2.

*Франк В. С.* Реализм четырех измерений (Перечитывая Пастернака) //Мосты, 1959. №2.

*Чернец Л. В., Хализев В. Е.* и т. д. Литературоведение. Литературное произведение: основные понятия и термины. М.: Высшая школа, 1997.

*Чудакова М. О., Лебедушкина О. П.* Последнее письмо Б. Пастернака Ф. А. Степуну «Быть знаменитым не красиво» //Пастернаковские чтения. Вып. 1. М.: Наследие, 1992.

*Шкловский В. Б.* О теории прозы. М.: Советский писатель, 1983.

*Щеглов Ю. К.* О некоторых спорных чертах поэтики позднего Пастернака: Авантюрно-мелодраматическая техника в «Докторе Живаго». Под редакцией *М. Л. Гаспарова* Пастернаковские чтения. Выпуск 2. М.: Наследие, 1998.

*Якобсон Р. О.* Работы по поэтике. М.: Прогресс, 1987.

III

阿格诺索夫，符·维主编：《20 世纪俄罗斯文学》，凌建侯等译，北京：中国人民大学出版社，2001 年。

巴尔，米克：《叙述学：叙事理论导论（第二版）》，谭君强译，北京：中国社会科学出版社，2003 年。

巴赫金：《巴赫金全集》（第三卷），钱中文主编，白春仁、晓河译，石家庄：河北教育出版社，1998 年。
巴赫金：《陀思妥耶夫斯基诗学问题》，白春仁、顾亚铃译，北京：生活·读书·新知三联书店，1988 年。
巴赫金：《小说理论》，白春仁、晓河译，石家庄：河北教育出版社，1998 年。
白春仁：《文学修辞学》，长春：吉林教育出版社，1993 年。
别特丽尼娅，桑：《伊文斯卡娅谈〈日瓦戈医生〉续集》，路茜译，《苏联文学联刊》，1993 年第 4 期。
伯林，以赛亚：《苏联的心灵：共产主义时代的俄国文化》，潘永强、刘北城译，南京：译林出版社，2010 年。
勃洛克：《勃洛克抒情诗选》，汪剑钊译，石家庄：河北教育出版社，2003 年。
勃洛克，亚：《十二个》，戈宝权译，桂林：漓江出版社，1985 年。
勃洛克，亚：《知识分子与革命》，林精华、黄忠廉译，北京：东方出版社，2000 年。
勃洛克、叶赛宁：《勃洛克叶赛宁诗选》，郑体武、郑铮译，北京：人民文学出版社，1998 年。
布斯，W. C.：《小说修辞学》，华明等译，北京：北京大学出版社，1987 年。
陈建华、倪蕊琴编著：《当代苏俄文学史纲》，沈阳：辽宁教育出版社，1997 年。
董晓：《〈日瓦戈医生〉的艺术世界》，《艺术广角》，1998 年第 2 期。
董晓：《乌托邦与反乌托邦：对峙与嬗变（苏联文学发展历程论）》，广州：花城出版社，2010 年。
冯玉芝：《帕斯捷尔纳克创作研究》，北京：人民文学出版社，2007 年。
弗兰克，约瑟夫等：《现代小说中的空间形式》，秦林芳编译，北京：北京大学出版社，1991 年。
高尔基：《不合时宜的思想》，余一中、董晓译，广州：花城出版社，2010 年。
格罗塞：《艺术的起源》，蔡慕晖译，北京：商务印书馆，1984 年。
顾蕴璞：《饱含哲理的艺术逻辑——解读帕斯捷尔纳克诗的一种切入》，《国外文学》，2009 年第 1 期。

顾蕴璞：《在瞬间感受中捕捉永恒——帕斯捷尔纳克抒情诗如是观》，《外国文学评论》，1989 年第 1 期。

哈利泽夫，瓦·叶：《文学学导论》，周启超等译，北京：北京大学出版社，2006 年。

何云波：《基督教〈圣经〉与〈日瓦戈医生〉》，《俄罗斯文艺》，1999 年第 3 期。

赫尔曼，戴卫主编：《新叙事学》，马海良译，北京：北京大学出版社，2002 年。

赫鲁晓夫，尼·谢：《赫鲁晓夫回忆录（选译本）》，述弢译，北京：社会科学文献出版社，2005 年。

怀特，海登：《作为文学虚构的历史文本》，张京媛主编：《新历史主义与文学批评》，北京：北京大学出版社，1993 年。

黄玫：《文学作品中的作者与作者形象——试比较维诺格拉多夫和巴赫金的作者观》，《俄罗斯文艺》，2008 年第 1 期。

卡西尔，恩斯特：《人论》，甘阳译，上海：上海译文出版社，1985 年。

老舍：《老舍全集》（第 16 卷），北京：人民文学出版社，1999 年。

蓝英年：《〈金星英雄〉话今昔》，《博览群书》，1996 年第 3 期。

李辉凡：《俄国“白银时代”文学概观》，北京：中国社会科学出版社，2008 年。

利哈乔夫：《利哈乔夫院士论〈日瓦戈医生〉》，严永兴译，《外国文学动态》，1988 年第 6 期。

刘亚丁：《苏联文学沉思录》，成都：四川大学出版社，1996 年。

龙迪勇：《寻找失去的时间——试论叙事的本质》，《江西社会科学》，2000 年第 9 期。

鲁迅：《鲁迅全集》（第五卷），北京：人民文学出版社，1981 年。

骆小所主编：《现代语言学理论》，昆明：云南人民出版社，1998 年。

略萨，巴尔加斯：《谎言中的真实》，昆明：云南人民出版社，1997 年。

马丁，华莱士：《当代叙事学》，伍晓明译，北京：北京大学出版社，1990 年。

帕斯捷尔纳克：《人与事》，乌兰汗、桴鸣译，北京：生活·读书·新知三联书店，1991 年。

帕斯捷尔纳克，鲍：《人与事》，乌兰汗译，北京：新星出版社，2012 年。

帕斯捷尔纳克，鲍·列：《日瓦戈医生》（上、下卷），白春仁、顾亚铃译，上海：上海译文出版社，2012 年。

帕斯特尔纳克：《日瓦戈医生》，力冈、冀刚译，桂林：漓江出版社，1986 年。

普罗普，弗拉基米尔·雅可夫列维奇：《故事形态学》，贾放译，北京：中华书局，2006 年。

普罗普，弗拉基米尔·雅可夫列维奇：《神奇故事的历史根源》，贾放译，北京：中华书局，2006 年。

钱锺书：《七缀集》（修订本），上海：上海古籍出版社，1994 年。

丘帕，В. И.：《〈日瓦戈医生〉的类诗结构》，顾宏哲译，《俄罗斯文艺》，2013 年第 2 期。

任光宣：《小说〈日瓦戈医生〉中组诗的福音书契机》，《俄罗斯文艺》，2007 年第 3 期。

申丹：《何为“隐含作者”?》，《北京大学学报（哲学社会科学版）》，2008 年第 2 期。

申丹、王丽亚：《西方叙事学：经典与后经典》，北京：北京大学出版社，2010 年。

什克洛夫斯基，维：《散文理论》，刘宗次译，南昌：百花洲文艺出版社，1994 年。

斯洛宁，马克：《苏维埃俄罗斯文学》，浦立民、刘峰译，上海：上海译文出版社，1983 年。

斯洛宁，马克：《现代俄国文学史》，汤新楣译，北京：人民文学出版社，2001 年。

孙家富、张广明等编：《文学词典》，武汉：湖北人民出版社，1983 年。

塔迪埃，让-伊夫：《普鲁斯特和小说》，桂裕芳、王森译，上海：上海译文出版社，1992 年。

谭君强：《叙事学导论：从经典叙事学到后经典叙事学》，北京：高等教育出版社，2008 年。

汪介之：《〈日瓦戈医生〉的历史书写和叙事艺术》，《当代外国文学》，2010 年第

4 期。
王加兴、王生滋、陈代文：《俄罗斯文学修辞理论研究》，哈尔滨：黑龙江人民出版社，2009 年。
王瑾：《互文性》，桂林：广西师范大学出版社，2005 年。
王艳卿：《俄语文论中的情节诗学研究》，《俄罗斯文艺》，2010 年第 4 期。
许贤绪：《当代苏联小说史》，上海：上海外语教育出版社，1991 年。
亚理斯多德：《诗学》，罗念生译，上海：上海人民出版社，2006 年。
于胜民：《勃洛克思想初探》，《外国文学研究》，2000 年第 3 期。
张纪：《〈日瓦戈医生〉中诗意的叙述主体》，《南京师范大学文学院学报》，2010 年第 2 期。
张建华：《新中国六十年帕斯捷尔纳克小说研究之考察与分析》，《外国文学》，2011 年第 6 期。
张敏：《白银时代俄罗斯现代主义作家群论》，哈尔滨：黑龙江大学出版社，2007 年。
张晓东：《生命是一次偶然的旅行：日瓦戈医生的偶然性与诗学问题》，哈尔滨：黑龙江人民出版社，2006 年。
赵一凡：《埃德蒙·威尔逊的俄国之恋：评〈日瓦戈医生〉及其美国批评家（哈佛读书札记）》，《读书》，1987 年第 4 期。
郑敏：《诗歌与哲学是近邻——结构—解构诗论》，北京：北京大学出版社，1998 年。
郑体武：《俄国现代主义诗歌》，上海：上海外语教育出版社，1999 年。
周启超：《白银时代俄罗斯文学研究》，北京：北京大学出版社，2003 年。
周忠厚等主编：《马克思主义文艺学思想发展史教程》，北京：中国人民大学出版社，2002 年。
朱立元主编：《现代西方美学史》，上海：上海文艺出版社，1993 年。
朱自清：《朱自清全集》（第二卷），长春：时代文艺出版社，2000 年。